JN029855

ダンバー

メディア王の悲劇

DUNBAR

EDWARD ST AUBYN

エドワード・セント・オービン

小川高義 訳

集英社

目次

ダンバー　メディア王の悲劇　5
『リア王』オリジナル・ストーリー　296
訳者あとがき　300
解説　河合祥一郎　304

主な登場人物

〈ダンバー家〉

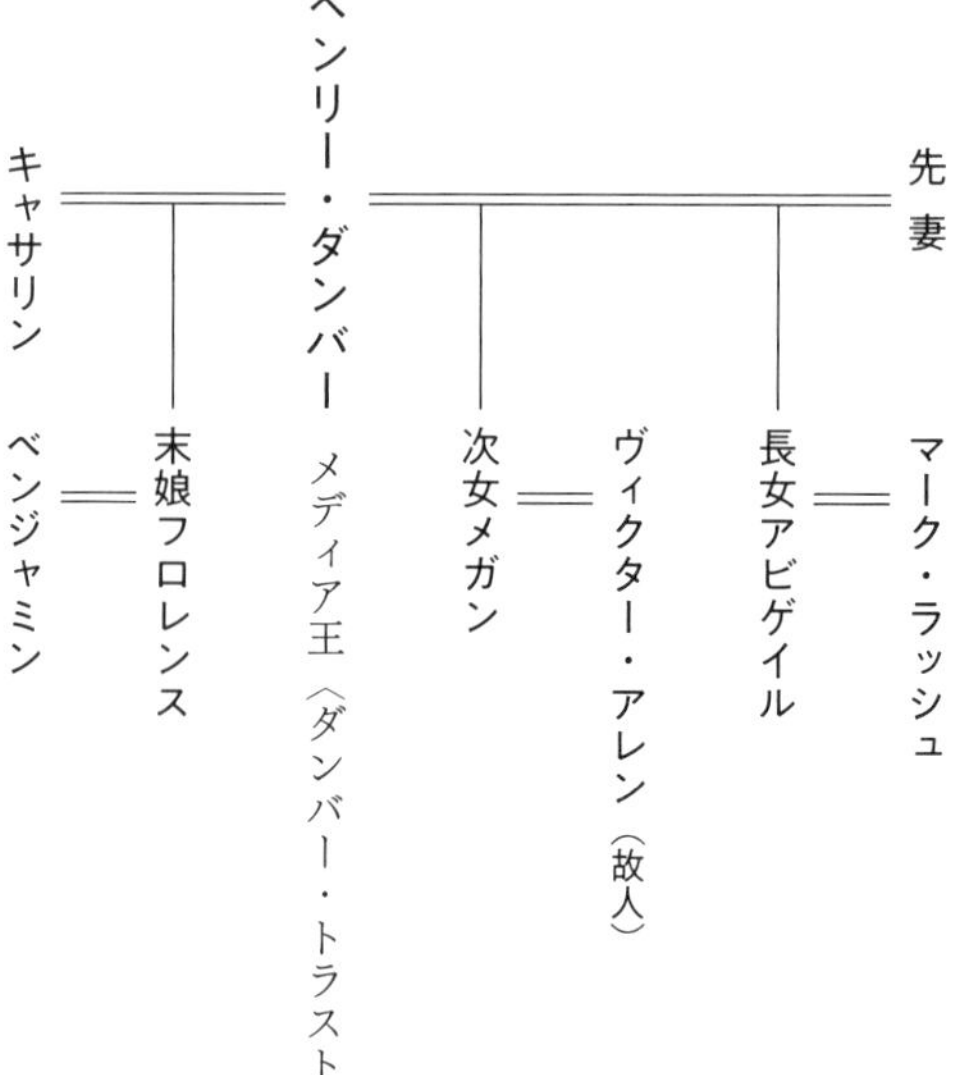

〈そのほかの主な登場人物〉

ピーター・ウォーカー　アルコール依存症の喜劇役者
チャーリー・ウィルソン　四十年来のダンバーの友人でもある顧問弁護士
クリス・ウィルソン　チャーリーの息子
ボブ博士　ダンバーの主治医
ハリス博士　療養所の医師
ミセス・アーシュラ・ハロッド　すっかり記憶をなくした入所患者
ジム・セイジ　グローバル・ワンの機長
スティーヴ・コグニチェンティ　ユナイテッド・コミュニケーションズ社長
ディック・ビルド　メガンの亡き夫ヴィクターと組んでいた経営者
サイモン・フィールド師　元牧師
ケヴィン　アビゲイルとメガンの護衛
J（ヘスス）　アビゲイルとメガンの護衛

画　平松　麻
装丁　細野綾子

ダンバー　メディア王の悲劇

ケイトへ

「もう薬は飲んでない」ダンバーが声をひそめて言った。

「もう薬は飲んでない、とっくに頭がいかれてる」ピーターは節回しをつけるように、「いまはベッドに寝ていない、もう薬は飲んでない！」すると今度は密議をこらすような声でひそひそと、「きのう、タオル地のガウンの襟元に、だらだら涎を垂らした病人が、きょうは薬を飲んでない。ぺっと薬を吐き出して、葉蘭の鎮静剤にしてやった！　あの百合の花だって――毎日届いて、みずみずしいとは言いながら、もし百合が……」

「その送り主が、どこのどいつかと思えば」ダンバーは唸るように言った。

「まあまあ、ご老体」

「おれの帝国を盗んでおいて、いまさら花を届けるとは腹立たしい」

「おや、帝国をお持ちでしたか」ピーターは座を取り持とうとする女のような声になり、「でしたら三十三号室のギャヴィンにお会いくださいな。ここには仮の姿で入院中。ところが、その本名は――」と、女の声色を低く落として、「アレクサンダー大王と申します」

「でたらめもいいかげんにしろ」ダンバーは不機嫌に言った。「とうの昔に死んどるわい」

「ふむ」ピーターは声音を変えて、ハーレー街の医師が所見を述べるように言った。「もし悩ましき百合の花が統合失調症であるとして、いやいや、本格的にではなく、それなりの症状が見られるものとして、たいした副作用もなく緩和されることになるでしょう」と、ここで顔を近づけ、小声になって、「どうせ飲まない薬です。百合の花瓶に入れてます！」

「帝国があったのは本当だ」ダンバーは言った。「それが盗まれた話は聞かせたのだったかな」

「さんざん伺いましたよ」ピーターは夢見るように言った。

ダンバーは肘掛け椅子から身を起こし、よろめきつつ、一歩、二歩と進んでから、まっすぐ立って、特別室の強化ガラスを斜めに抜けてくる光に目を細めた。

「もう業務は執行せず、ただの会長職にとどまればよい。そのようにウィルソンには言ったんだ。専用機があって、わずかな側近がいて、一応の資産と特権を保持していればよい。もう重たい荷物は――」と、大きな百合の花瓶に手を伸ばし、そうっとフロアに置いて、「もう〈トラスト〉の日々の経営という重荷は下ろしてしまいたい。だからウィルソンに言ったんだ。これからは世界を完全なる遊び場として暮らす。いずれは自家用のホスピスともなるだろう」

「おみごと」ピーターは言った。「世界はわがホスピス。初めて聞きましたな」

「ところがウィルソンは〈トラスト〉こそすべてと言った」ダンバーは話をするうちに気が高ぶってきた。「それを捨てたら何も残らないと言う。手放しておいて手元に残すことはできません、だそうだ」

「やりにくい立場ですな。男が立たぬ」ピーターが茶々を入れた。「いえ、他意はなく」

「いいから聞いてくれ」ダンバーは言った。「これは税金対策になると言ったんだ。いっそ娘たちに会社を明け渡してしまえば、あとで相続税を回避できるんじゃないのか。だがウィルソンは『みずから財産を放棄するくらいなら、税金を払うほうがまだまし』と言いおった」

「よさそうな人ですね」ピーターは言った。「まともな頭の持ち主だ。薬がしっかり――いや頭がしっかり、ネジで留まってる。頭はどれも大丈夫」

「頭は一つだろうが」ダンバーはじれったくなった。「あいつは怪物ではない。怪物なのは娘たちだ」

「おや、一つだけ!」ピーターは言った。「頭が足りませんな！　この私など、抗鬱剤が効いていれば、頭はいくつにも分かれます。頭がいっぱいになることもない」

「わかった、わかった」ダンバーは天井を見上げ、ウィルソンの断固たる口調を真似た。「『実権なくして、権力の装いだけにしがみついてはなりません。これ即ち……』」と、その言葉を避けるべく言いさしたが、結局は、それが天井の漆喰から落ちるのを受け止めるように、「『デカダン趣味にすぎない』」

「おお、デカダン、頽廃と滅亡」ピーターは芝居がかって声を震わせ、「もの言うたびに狭き墓へと下りていく。その足取りはフレッド・アステアのように軽やかで、振りまわすのはステッキならぬ大鎌で、命を刈り取り、死への階段を下りていく！」

「何てこった」ダンバーの顔に血が上った。「いちいち話に割り込むのではない！　おれが話をすれば、誰だっておとなしく拝聴したものだ。口をきくとしたら、ご機嫌取りか、欲得ずくの阿りか、そんなところだったが、まったく、おまえというやつは……」

「よろしい、皆さん」ピーターは怒れる群衆に呼ばわるような口をきいた。「この人にも言い分はあるだろう。まずは聞くとしようじゃないか」

「『何をしようと、おれの勝手だ！』」ダンバーは大きな声を出した。「――と、ウィルソンに言ったのさ。『これは決定の通知であって諮問ではない。しかるべく実行せよ！』」

ふたたびダンバーは目を天井に向けた。

「『だが、ヘンリー、この私は顧問弁護士というだけではありませんぞ、現存する最年長の友人として、あなたを守るために言っている』

『そうまで友情を楯にとってはいかん』と、おれは雷を落とした。『独力で創業した会社のことで、とやかく言われたくはない』」ダンバーは握った拳を天井に向けて揺すった。「そのときだ、おれはファベルジェの卵をつかんだ。つまり机の上に、薄紙を巣にして卵形の細工物が載っていてな、ひと月のうちに三つ目だぞ、まったくロシア人てのは飽きもせず宮廷人の真似をするものだ。成り上がりの強欲な政治屋もロマノフの貴公子を気取りたがる。『くだらんロシアの卵細工なんて欲しいものか！』そう叫んで、おれはインチキ卵を机のうしろの暖炉へたたき込んだ。真珠やエナメルが炉床に飛び散った。『うちの娘どもは、これをどう言っとるか――。安ぴか物。ど派手なロシアの飾り物！』

ウィルソンめ、平然としていた。おれは子供じみた癇癪を起こすということになっていて、ほとんど毎日そうだったから、いささか医療チームには気がかりだったようだが――あのな」と、ここでダンバーは興奮気味になって、「いまになると、あいつの胸の内が読めるような気がする。おれには……」

「……そう思うのは、そうと錯覚する症状が出たのではありませんか」ピーターは、またハーレー街で心理相談をする医師になって言った。

「ふん、医者の真似はやめとけ」

「では、何にいたしましょう？」ピーターは言った。

「いいから、自分のままでいろ」

「あー、それだけは難しい。もっと楽にできる役柄ではいけませんか。たとえばジョン・ウェイン」と言って、ヘンリーの答えを待つことなく、「おい、ヘンリー、さっさと出て行こうじゃないか」と、訛った声を響かせた。「あすの日暮れには、ウィンダミア酒場へ乗り込んでって、二人の男がバーテンに酒を出させる。自由の身になって好き勝手に飲むんだ。それが男ってもんだぜ」

「こら、おれに話をさせろ」ダンバーは悲憤の声を上げた。「ああ、神よ、わが心の乱るるなかれ」

「まあ、そのう」ピーターは、ダンバーの苦悩を意に介さず、「わたくし、名高い喜劇役者でありまして――いや、そうだったというか、そういうこともあったような――すでに歴史となったかどうか誰ぞ知る、なのでありますが、なにしろ鬱病を患っておりまして、これは喜劇的な疾患なのか、悲劇的な喜劇の疾患なのか、あるいは悲劇的な喜劇役者の史劇的疾患、はたまた史劇的な喜劇役者の悲劇的疾患をフィクションにした――」

「もういい」ダンバーは言った。「頭がごちゃごちゃになる」

「あー、抗鬱剤が効いている、効いている」ピーターは唄いだして、椅子から跳ね上がり、ダンバーと腕を組んで、ぐるぐる踊らせようとした。「もう効きすぎて、躁状態！」すると急停止してダンバーの腕を放した。「**地面にきしむタイヤの音**」いきなりナレーションを入れる声になって演技もつける。「断崖から落ちる寸前で、男らしいハンドル操作」

「そうだ、おまえの顔、いくつも見たことがあるぞ」ダンバーはわかりにくい言い方をした。

「いくつもの顔になって、何度も画面に出ていた」

「あー、わたくし、自分がユニークだとは申しません」ピーターは謙遜を振りかざして言った。

「唯一の存在ではないのです。と言いますのも、あれは一九五三年のこと、うっかり者の母親が、この涙の谷へ、つらい世の中へ、わたくしを産み落としてしまった年ですが、ロンドンの電話帳を見れば、それだけでもピーター・ウォーカーには二百三十一の存在がありました。それだけでも、どれだけ多かったことか」

ダンバーは部屋の真ん中で凍りついたように立っていた。

「ところで、話は逸れますが」と、ピーターは軽口めかして言った。「ご老体には、いかなる医療チームがついていましたかな」

「医療チームか」荒波に揉まれるような大揺れの思考の中で、勝手知ったる言葉を聞いたダンバーは、これを手すりとして摑(つか)まった。「おお、そうだ、つい前日のことだった。おれが決めたことをウィルソンに伝えた前日に、ボブ博士という主治医が、ウィルソンを脇へ呼んで言ったらしい。おれには『脳の内部に少々の異変』があるのだが、『ことさら心配するまでもない』そうだ」

「ことさらに心配なんてことが、そもそもありましょうかな」ピーターは口出しをせずにいられない。「あたりまえの心配だけで手一杯」

ダンバーは、うるさい蠅を振り払うような手つきをした。

「だがな」と話を続ける。「あのお調子者――金ぴかの蛇のような、十二面相のような信用ならん医者に言わせると――いや、なにしろ御典医にしてやって、おれの専属、おれに専属、ともかくその、ヘンリー・ダンバーのお抱えとなったからには、一流の名医であってほしかった――。このヘンリー・ダンバーだぞ」と、彼は胸をたたいて言った。

「まさか、カナダのメディア王たるヘンリー・ダンバーでは！」ピーターはすっかり夢中になったと見せている。「世界有数の金持ちで、世界一と言えるかもしれない支配力を有する、あのダンバー？」

「そう、おれのことだ。おれのこと、おれがこと――いや、どうも文法感覚に迷うことがあって、ぐるぐると渦を巻いたように迷うのだが、それはともかく、あの憎たらしい裏切り医者の説では、おれという人間は、なるべく癇癪を起こさぬよう我慢して、『最小限に』腹を立てるのがよいそうで、また、その周囲から接する人間は、なるべく刺激を避け、むやみに恐れ入らないことが望ましい」

「癇癪が最も強まるのは、あすの午後」ピーターがアナウンスを入れた。「ヘンリー台風が湖水地方を通過する見込みです。できるだけ地下に避難し、身体を鎖で岩に固定するとよいでしょう」

ダンバーは、さかんに蠅を追い散らす格好で、腕をばたつかせた。

「おれ……おれは……どこまで話したっけ。お、そうだ、おれが怒っていることをちらつかせたのに、ウィルソンのやつ、平気な顔をしていた。正しい対処のつもりなんだな。そのあたりで、おれは卵に目を留めたんだ。よく見れば表面が欠けて傷物になっていたが、中身はずっしり。金の卵なんだからな。おれの気が晴れるようには砕けてくれなかった。そっちへ行って、こいつめ、インチキ卵の分際で、腹が立つ、と思いながら、容赦なく踏んづけてやった。ところが予想外の抵抗をしおって、ずるりと靴底の下から逃れ出た。とっさに暖炉につかまったからいいようなものの、あやうく転倒して醜態をさらすところだった。忠義なウィルソンが椅子から腰を浮かしたくらいだ。いやはや、うっかり慌てたせいで、それまで怒っていたはずなのに、いきなり弱気が出てしまった。

『おれも年だな、チャーリー』とウィルソンに言いながら、おれは飾り物の卵を拾って、あの愚にもつかないダボスでの一件以来ずっと引きずっていた恐怖心を押さえ込もうとした。また倒れるんじゃないかと気が気でならなかった。自分の身体に謀反を起こされて、もう信用できないという恐怖だな。おれは『もう高度な責任を負う立場にいなくてもいい』と言った。『あとは娘らにまかせる。あいつら、老いたる父の後始末なら、大喜びで、争うように張り切ってくれるだろう』」

「つまり早い話が」と、今度はウィーンの訛りを響かせて、ピーターが言った。「『娘たちを母親の代用にしたのです』フロイトなら〈故郷〉と〈放浪〉の二方面に目配りしつつ、そのように言ったでしょう。いえ、他意はなく」

「おれは手近な窓を開けた」ダンバーは自分の話にこだわる。「卵を外へ放り投げて、『運のいいやつが拾え』と言った。

『運悪く頭蓋を割られる人がいなければ』と、ウィルソンが言った。『人の頭は金の卵より割れやすい』」

「おー、いいことをおっしゃる方ですな」

「おれはまた机の前の椅子に坐って、『だったら今頃は、危ない、とか何とか聞こえてるさ』と言ってやった。『うれしい声は抑えても、苦しい声は出てしまうものだ。ほら、これをやろう』おれはウィルソンにも卵を持たせようとした。『まあ、一つどうだ。遠慮なく持ってけ。こんなロシアのインチキ卵がたくさんある。金のオムレツができそうだ』おれは引き出しを開けて、金ぴか卵を一つ、ぽんと投げてやった。ウィルソンとは、もう長いことキャッチボールをしたもんだ。日曜日のランチに呼んだ最初の日に、うちの連中が——普通の家族みたいな格好をつけて――庭で野球をしていたところに、ウィルソンが来た。あれから数十年――。そうしたら、やつは卵をキャッチするのもうまかったな。深紅の表面に小粒のダイヤを格子状にちりばめた卵を、ちらりと見下ろし、坐った肘掛け椅子の横のテーブルに、どうとも言わずに、ごろりと置いた。この卵が、コーヒーを飲んだあとのマイセンのカップに、ぶつかる寸前で何とか止まった」

「よしよし、いいディテールだ」ピーターはご機嫌上々の演出家になった。「それで行こう」

「『ともかく、ある程度は、まとまった株を保有しておきましょう』と、ウィルソンは言った。『それから、この際とくに申し上げますが、〈グローバル・ワン〉を持ったまま、ということは許されません。747を専用機にする私人はおりません』

『許されません?』おれは雷を落とした。『許されませんとは何事だ。このダンバーの意志に逆らうやつは誰だ。ダンバーが思いつくことに否(いな)と言うのは何者だ』」

「もちろんダンバー自身」ピーターは言った。「それだけの力があるのはダンバーだけである、だけだった、だったものである」

「この点は譲らん。贈与の条件にしてやる。誰の指図も受けんぞ」

ドアにノックの音がして、ダンバーはぴたりと黙った。びくついた不安の色が出る。

「そら、急げ」ピーターは飛び上がり、ダンバーに寄り添った。「いいですか、ご老体、薬は飲む真似だけ、喉に落としてはいけません」そっと小声で言う。「いよいよ、あすは決行の日。大脱出ですからね」

「ふむ、ふむ」ダンバーもささやいて応じた。「大脱出だな。——どうぞ！」これは大仰に呼ばわった。

ピーターは『スパイ大作戦』のテーマをハミングしながら、ダンバーに片目をつむってみせた。

ダンバーも同じようにしたかったが、瞼（まぶた）を個別に操作するのが難しくて、目をぱちくりしただけだ。

二人の看護師が、薬のボトル、プラスチックのコップを載せたカートを押して、部屋に入った。

「はい、お二人とも、こんにちは」年上のロバーツ看護師が言った。「きょうは、いかがですか？」

「はて、ロバーツさん、お考えになったことがあるかどうか」と、ピーターが言った。「人間が二人いれば言うに及ばず、一人の人間だけでさえも、感情は一つにまとまらないのです」

「またお得意の引っかけ問題ですね、ウォーカーさん」ロバーツ看護師は言った。「きょうは会議の日だったんですか？」

「そう、きょうは会議の日。仲間同士の仲間らしい仲間意識に熱くなったことを、ご報告いたしましょう」

マルドゥーン看護師は笑いを抑えきれなかった。

「調子に乗せちゃだめよ」ロバーツ看護師が困ったものだと嘆息した。「また逃げ出して、パブへ行こうという相談じゃないでしょうね」

「おや、この私は、どう思われているのですかな」ピーターが言った。

「たちの悪いアルコール依存症です」ロバーツ看護師はぴしゃりと切り返した。

「この言わずと知れた景勝の地を――」ふたたび芝居がかったピーターが、細かい節回しをつけた。「どうして逃げ出そうといたしましょう。ここは天然の精神安定剤たる憩いの港。人の優しさが乳となり、また絹のごとき川となって流れる渓谷。すでに懐のあたたかい上客が、乱れた心をあたたかく癒やされる」

「うーん」ロバーツ看護師は言った。「なるほど要注意人物」

「さて、わがメドウミード城にあっては――」ドイツ軍の司令官になったピーターが言った。「九十九・九パーセントの安全が保障されている！　なぜ百パーセントではないかというと、諸君が味方の将校を一名、一晩中、窓の外に出していたので、その指が一本、凍傷で失われたからである！」

「いいかげんになさい」ロバーツ看護師が言った。「その花瓶、なんでフロアに置いてあるのかしら。マルドゥーンさん、これ、お願いね。そうしたらウォーカーさんを自室にお戻しして。ダンバーさんには午後の休息をとっていただきます。では、さよならの時間ということで、しばしの安静を差し上げましょう」

「じゃあ、相棒、またな」ジョン・ウェインがまた片目をつむってみせた。

ダンバーは、わかった、というつもりで何度か目をぱちくりした。

二人が出ていって、ロバーツ看護師はカートを押しながら、ダンバーを寝室に入れた。

「あのウォーカーさんと付き合うのは考えものですね。人間がよろしくありません。お気持ちが乱れるだけでしょうに」

「たしかに」ダンバーは素直に言った。「おっしゃる通りだ。どこにでも出没するやつで、びっくりすることもある」

「そうでしょうね。正直に言って、わたし、あの『ピーター・ウォーカーの多彩な顔』というのが嫌いで、いつもチャンネルを変えてました。わたしはやっぱりダニー・ケイがいいです。いまよりも時代がのんびりしてました。あ、それからディック・エメリー。よく笑わせてもらいましたっけ」と言いながら、ロバーツ看護師はダンバーの枕をはたいて整えていた。ダンバーはベッドに腰かけ、ぽかんとした老人を絵に描いたようになっている。

「では、午後のお薬の時間です」ロバーツ看護師は錠剤のボトルを二本選んでおいて、カートの隅に積み重ねたプラスチックのコップを一つ持ち上げた。

「この緑色と茶色のお薬で、ほんわか寛いだ気分になれます」と、ダンバー老人にもわかりやすい言葉で説明する。「それから、こっちの大きな白いボトルの薬。これはお嬢さん方に愛されていないという愚かしい考えを止めてくれます。なにしろ、メドウミードの病院ですてきな長期休暇を楽しめるように、また、ずっと長いこと多忙きわまりない大役を果たしたあとで、ようやく安心して暮らせるように、という費用は、そのお嬢さん方から出ているのですからね」

「まあ、愛されているとは思う」ダンバーは小さなコップを受け取った。「ただ頭が混乱することもあって」

「それはそうでしょう。ですから入院なさってるんです。そのあたりのお手伝いをさせてもらってます」

「だが娘というのが、もう一人いて……」と、ダンバーは言いかけた。

「もう一人ですって？　どうしましょ、ハリス先生とお薬の相談をしないと」

ダンバーはコップを傾けて錠剤を口に入れると、ロバーツ看護師が持たせてくれるグラスの水を飲んだ。看護師に感謝の笑顔を見せつつ、ベッドに横たわり、もう何とも言わずに目を閉じる。

「では、どうぞお昼寝を」ロバーツ看護師がカートを押して部屋を出た。「いい夢を見てくださいね！」

ダンバーは、ドアの閉まる音を聞いたとたんに、ぱっと目を見開いた。まっすぐに坐って、錠剤を手の中へ吐き出し、ベッドから身を起こすと、ずるずる歩いて居間に戻った。

「怪物め」彼はつぶやいた。「おれの心を、腸を、切り裂こうとする禿鷹め」食い荒らした血や肉にまみれる猛禽の頭部を、彼は思い浮かべた。浮ついた裏切り者の女ども――おれが雇った医者をたぶらかしおった。このダンバーの身体を診察し、採血、採尿をして、前立腺ガンの検査をして、痛んだ扁桃腺に光を照らすことまでも許された医師ではないか。それなのに、けしからん、考えるだけでも、けしからん――あの男をたぶらかして、まったく――女だけに都合のよい医者というか、えげつない御用達というか、くねくね曲がる淫具さながらに、乱倫の便利屋をさせておる！

いま手に吐いた錠剤を、震える親指で花瓶の首に押し込んだ。

「こんな化学物質で、おれを腑抜けにできると思っとるのか。ふん、性悪な娘どもが、いまに見ていろ。おれは返り咲くぞ。まだ終わっとらん。これから仕返しだ。これから――どうしたものだろうな。わからんが、ともかく……」

そこから言葉が出なくなり、どうという決意表明には至らなかったが、おさまらない怒りが体内にふくれ上がって、攻撃態勢をとる狼のような唸り声が出てきた。低い唸りが次第に強まりつつ、だからどうなるものでもない。花瓶を振り上げ、いまや監獄となっている病室の窓にたたきつける構えのまま、ぴたりと凍りついたようになって、投げることも置くこともできなかった。全能であり不能でもある。その両極端が衝突して内戦状態となり、彼の心身をがんじがらめに停滞させて、いかなる行動をも封じてしまっていた。

2

「いまの居場所くらい教えてくれてもいいじゃないの」フロレンスは言った。「私だって、父の娘なんだから」

「あら、いやだ、教えないってわけじゃないのよ」アビゲイルは掠れ気味の声を出した。カナダ英語の発音に、イギリスの教育がこってり上塗りされている。かしげた首に電話をはさみ込み、シガレットに火をつけた。「ある施設に入っていて、それが何ていう名前だったか、ああ、やんなっちゃう、度忘れして出てこない。あとで誰かにメールさせるわ、きょう中に――。約束する」

「ウィルソンが心配して、ロンドンまで追いかけたのに」フロレンスは言った。「着いたその日に、辞めさせられちゃった。いままで四十年の……」

「そう、そう、ひどい話よね」アビゲイルは、太陽を浴びるマンハッタンのビル街を、寝室の窓ガラス越しに見るともなく見ていた。「ダディも意地が悪くなったもんだわ」

「あんなに荒れた父を見たことないってウィルソンが言ってた。あの、たしか精神鑑定みたいなものをさせられたんですってね。そのあとハムステッド・ハイ・ストリートで通行人に当たり散らす勢いだったとか。キャッシュカードは機械に吸い込まれるばかりで、また携帯も不通にされたと知った腹立ち紛れに、走ってるバスの下へ投げちゃった。どうしてそんなことになったのか、さっぱりわからないわ」

「もともと気が短いことは知ってるでしょうに」

「あ、そっちじゃなくて、どうしてキャッシュカードや携帯が――」

「だからね、ああなると発作が起きたとしか言えないの。ハムステッド・ヒースで警察に発見されたのよ。公園内の木の洞にいて、一人でぶつぶつ言ってたんだって」

「独りごとを言っただけで精神科に入院させられるなら、世の中、面倒を見られる人ばっかりで、見る人がいなくなる」

「そう突っ込まれると、あんまりいい気分ではないけれど」アビゲイルは言った。「ボブ博士はね」と話を続けたが、この名前を持ちだした皮肉な演出効果を味わおうと、当の博士を見下ろして、にんまり笑っている。「……精神は一気に崩壊することがあって、ダディはその深刻なケースだと考えたの」

ボブ博士は、よくぞ言ってのけたとばかりに、左右の親指を上に向けた。

「で、まあ、いまの居場所というのは――」アビゲイルは言った。「スイスでも折紙付きの特別待遇のサナトリウム。ただ、その名前をね、すぐ言えればいいんだけど、口に出かかってるのに出ないのよ。ほんとに、まったく嘘じゃなくて。ウェブサイトで見たら、あたし、自分で入りたくなったもの。これはもう天国だって思えた。いま言葉がきつくなっちゃったかもしれないけど、あたしたちだって、ダディを思う気持ちはあなたに負けないのよ。というか、あたしたちのほうが関わってる時間は長いんだから、いままでの累積で考えたら、愛情の総計で上回ってると言っていいんじゃないかしら。だけど、まじめな話として、いまでも市場では〈トラスト〉の総帥と見られてる人だからね。そのヘンリー・ダンバーが正気を失ったという噂が出たら、あすの朝には株価が二十億ドルくらい消えてなくなってるかもしれない。その翌朝には、さらにまた同じくらい消えてるかも――。もう噂だけで、そういうことになるのよ」

「株の値段なんてどうでもいいの。父親の安否を知りたいだけ。もし困ってるなら助けたいと思ってる」

「まあ、高尚なご意見！」アビゲイルは言った。「でも、助けるというなら、とうに〈ダンバー・トラスト〉の経営を助けていた娘だっているのよ。まさか知らないこともないでしょうけど、父はそういうところで生きてきた人であって、その父のもとで、あたしたちが育ったのです。たしか、あなたは、そんな『きたないパワーゲーム』がいやだと言って脱けたのでしたね。自分は芸術家として生きて、子供たちは『まともな環境で』育てたい、ということでしたっけ。だったら株価なんていう俗世の雑事には、ご関心ありませんね。運用資産の取り分が毎月振り込まれていれば、あとはどうでもいいのでしょう」

「そんな、暴言だわ、アビー。私は父親に会いたいだけ」フロレンスは言った。「じゃ、メールで居場所を教えて。急いでね、お願いするわ」

「ええ、そうしたげる。こんなことで言い争いたくないよね……あら、切れた」アビゲイルは端末をオフにして、ベッドサイドテーブルに放り出すように置いた。「まったく、あの子、頭に来る」と言いながら、部屋着のガウンをはらりと落とし、ふたたびベッドにもぐり込んだ。

「この手で殺してもいい、なんて思ったりする」

「それはどうかと思うわよ」メガンが言った。ボブ博士をはさんでアビゲイルの反対側に寝そべっているのだが、あぶなっかしいほどの退屈が顔に出ていた。「プロを雇えばいい」

「それって必要経費で、控除の対象になるかな」アビゲイルは言った。「プロの技術サービスよね」

むっつり屋のメガンは、それを自慢にしているくらいだが、このときには、つい顔がほころんだ。

「おやおや、お二人とも」ボブ博士はおおいに怖がってみせる。「妹さんの話ではありませんか」

「腹違い」メガンが訂正を入れた。

「あの人からダンバー家らしからぬ部分を切除する手術でもしてもらえないかしら。すごくうれしいことだわよ。ねえ、メグ」

「たしかに、便法としては、いい線行ってる」

「脚が長いのは母親似だわ」アビゲイルが言った。

「目も母親譲り」メガンが言った。

「さあて、こうなると、木曜日の会議まで、あと五日ごまかして、知らないままにさせればいい」アビゲイルは言った。「それで取締役会はこっちの味方。もうダディの会長職は剝奪してあげましょう。執行しない会長職って、いったい何のことよ。濡れない水なんて言ってるようなもんだわ。ほら、ばからしいメモがあったじゃない！」

「ああ、その話、メールで言ってたっけね」メガンはいきなり活気づいた。「『メモ見てない？ダディは永遠に生きようとしてる！』」

「そうね、笑っちゃいけないんだろうけど」アビゲイルが言った。「ついハムステッド・ハイ・ストリートで『実行せよ、実行せよ』なんて、どなってるダディを考えちゃう」

「いままで生きて、心の知能指数が、そんな程度にとどまった人よ」メガンは言った。「『実行せよ』って叫んで、勝手なこと言って、気に入らないやつは首だとか——。ロンドンまで〈グローバル・ワン〉で行かせるわけにはいかないと通告したときの、あの顔ったらなかったじゃない」

「『なんで747じゃなきゃだめなの』って、あたし言ったんだった。『ガルフストリームがあるんだから、どれでも一機使えばいいでしょうに。ずっと快適だわよ』あのときは、その場で心臓発作でも起こしそうな感じだったわね」

「『ガルフストリームだと』」メガンが父親の口調を真似て、大きな駄々っ子のように言った。「『おれを誰だと思ってる。おれを誰だと、思い違いしている。そんじょそこらの、ただ金があるだけのやつとは違うんだ』」

「あたしたち、よく言われたわね。ビジネスに感傷は禁物だ——。その教えを守ってるだけ」

アビゲイルは素直な娘になって言った。「親権をめぐる争いで、たしかにダディは感傷を捨てていた。マミーを措置入院させるように仕組んだじゃないの。今度はご自分が同じように医学の効能を味わってもらいましょう。そう言えば、あなたは——」と、アビゲイルはボブ博士を部外者の気分にさせたくないのか、この男に話を振った。「どういう医薬の術を使ったの?」

「どうと決まったものではなく、心の歯止めをはずしたというか、暗示にかかりやすくしましてね。まずい状況に陥ると、被害妄想が強まる。そんな術だと考えてよろしい」この部屋に盗聴器が仕掛けられていなければよいが、とボブ博士は思った。

「それだけのことだったなんて、悲哀すら感じるわね」メガンが言った。「ああ、ダンバー、その精神とは、いかばかりのものであったのか」と、ふざけてみせる。「金もなく、電話もなく、車もなく、部下もなく、こちらに内通した精神科医にちょいちょいと厳しい質問で突っつかれ、ちょこっと妄想を煽られて——というだけのことで、もうハムステッド・ヒースで泣き言を洩らし、こそこそと木の洞に隠れるという体たらく」

「そういう木があってよかったじゃないの」アビゲイルは小さな子に言い聞かせる養育係のような口をきいた。不平を鳴らさず、どれだけ恵まれているか考えなさい、ということだ。

「ま、何にせよ、ありがたかったのは」と、メガンは言った。「一番の忠臣を自分から首にしちゃったってことね。まったく嘘みたい。ウィルソンを厄介払いするとしたら、かなり手間取ったはずよ。それなのに、父がまともに発した最後の命令に遺憾ながらと従うだけで、その法律顧問が取締役会から排除されていたなんて、願ったり叶ったりというもの」

「まあ、その」ボブ博士は患者だった人物の転落という話題から離れたくて、「私は世界一の果報者、と言わせてもらいますよ」と、太腿あたりを持ち上げてリズムを打ちたたき、いつも心に浮かんでいる『キャバレー』の挿入歌を歌い出した。

「『ビードル・ディー、ディー・ディー・ディー
二人のレディー
ビードル・ディー、ディー・ディー・ディー
二人のレディー
ビードル・ディー、ディー・ディー・ディー
男は僕が一人だけ、やー！』」
「やめなって、ひどい歌だわ」メガンが言った。「あたしたちの便宜的な三角関係には、テーマソングなんて、およそ不要なものだから」
「そういうこと」アビゲイルは、ボブ博士の胸を灰皿に見立てて、シガレットを揉み消す手つきをしたが、それを実行するのはベッドサイドテーブルの本物の灰皿にしておいた。
「お二人は、姉妹仲良く、ぐるになってますな。うっかり男が近づくと、こわい思いをしそうだ」
「こわがって喜んでるところもあるんでしょう？　そうじゃないとは言わせない」アビゲイルは男の乳首を片方つまんで、ぎゅっと捻（ひね）りをかけた。
ボブ博士は息を呑んで、目を閉じた。
「もっと強く！」と声を喘（あえ）がせる。

メガンも食いつくように参入して、反対側から医師の胸に歯を立てた。

「うわっ」ボブ博士は言った。「やりすぎだ！」

メガンは笑いながら目を上げた。

「うわっ」博士はまた言って、ずるずる這うようにベッドの中央を下がり、二つの女体が両側から寄りかかる括弧のような形状を脱した。

「意気地なし」アビゲイルが言った。

「ちょっと失礼。いま自分の乳首を縫合しますのでね。乳房の再建手術にいたるアメリカで唯一の男、なんてことにはなりたくない」

医者のカバンというよりは、贅沢なブリーフケースのように見えるものを手にすると、ボブ博士は裸のままバスルームへ急いだ。胸部の被害はいかばかりかと思って鏡を見たら、へんに青みがかった視野の中で（という繊細な副作用もある）バイアグラが、顔に暗い血色をつけていた。あの強欲な姉妹が突きつける要求のせいで、身体が壊れそうになっている。最も恐ろしいと想定する副作用は、陰茎強直症である。

医薬品ケースの中を見ただけで、とりあえず必要な自信を取り戻した。ケースの上半分に、注射用麻酔剤の小瓶が隊列を組んで、マジックテープのついた革ベルトで固定されている。ケタミン、ジアモルヒネのほかに、リドカイン塩酸塩があって、これは是非にも欲しいものだった。ちぎれそうなまでに噛まれた乳首を縫い合わせる麻酔として使える。そのボトルを第二列の中央から取り出して、流しの縁に置いた。ケースの下半分には道具類のトレーがある。メス、開創器（リトラクター）、カニューレ、骨のこぎり、聴診器、動脈クランプ……。いずれも紫のビロードの凹みにすんなり収まっていた。このトレーを持ち上げると、その下にも紫のビロードで成形した層がある。すべて同型でオレンジ色のプラスチック製シリンダーが、薬品の容器として、びっしりと格納されていた。彼はパーコセットを二錠振り出して口に放り込んだのだが、この鎮痛剤による麻酔効果に引きずられないように、とっさの思いつきでデキセドリンも飲んでおいた。頭は冴えていなければならない。あのダンバー姉妹がいるところで、ぼんやりしてしまったら敵わない。

リドカインを胸筋に注射してから、ボブ博士はケース内で特別に区分された箇所を開けて、半月型のレンズをつけた拡大メガネを取り出した。化粧鏡を囲んでいる照明のスイッチを入れて、大きく明るく見えるようになった傷口を診察する。自分の胸を縫おうというのだから、手術としては曲芸だ。鉗子で傷口を広げておいて、持針器を手に、その先の針と黒糸で縫合をする。だがボブ博士ほどの腕前があれば、傷口の端にわずかな細糸をのぞかせての美しい針仕事が出来上がっていた。

それにしても、メガンの凶暴性には、あらためて驚かされる。ほんとうなら父親ではなく、この娘をサナトリウムに収容してもよいところだ。アビゲイルとならば先々まで組んでいてもよいと（ぼんやり）考えることもできなくはない。もちろん、さすがに薹が立っているし、いささか行動様式がおかしい。イギリスの寄宿学校へ行って以来、だらけた特権階級の気分が身についてしまっている。たいていの場合に、道徳を行動の基準にしない。場合によっては、型通りの道徳にこだわる。都合次第では、平気で道徳に反する――となれば彼と同じように普通だとも言える。そこへ行くとメガンは精神の異常をむき出しにする。その愛情表現は、結果に対処できる病院内でのみ行なってもらいたいようなものだ。といって、最後には、どちらとも手を切ることになるだろうが、当面、博士はこの二人からの買収工作に乗っている。そうすれば取締役会の席に列して、六百五十万ドルの報酬と、〈ダンバー〉株の一・五パーセントに相当するストックオプションを得る。そんなことと引き替えに、不安症状が高まるよう操作された八十歳の老人について、これでは世界有数の産業複合体となった帝国を経営する任には堪えないと証言したのだった。悪い取引ではない。この十二年ほど、彼はじわじわと持ち株を増やしていた。老人からクリスマスのボーナスとしてもらった分もあるし、自己の余裕資金を〈ダンバー〉株につぎ込んでいたということもある。

バスルームのドアにノックの音が響いて、ボブ博士は絆創膏のロールに手を伸ばした。傷の保護として用心しておきたい。

「入っていい？」メガンが言った。おとなしい声だ。気が咎めているようにも聞こえる。

「どうぞ」ボブ博士は大急ぎで絆創膏を長めに切った。

メガンが入ってきて、博士の肩にキスをした。

「ごめんね。ちょっとやりすぎたみたい」

「いや、忘れよう」

メガンは博士の胸郭に手を当てて、ちりちりと爪の先をすべらせ、腰骨まで下げていった。

バイアグラがびくんと効果を発揮した。

「じゃ、ここで」メガンは大理石のカウンターにちょこんと腰かけ、その両脚をボブ博士の腰に巻きつけた。「ここで、して」

ボブ博士は絆創膏を置いて、メガンの膝の上あたりを、その裏側からつかまえた。すると彼女は強力な太腿を押し下げて、カウンター上で博士の手の動きを封じると、猛禽のようなすばやい一撃で、博士の胸の傷に鋭い歯を突き立てた。

「やった」勝利の高笑いが上がる。

ボブ博士は、はさまれた手を引き抜いて、あたふたと後退した。

「よせ、ばか！」博士は声を荒くした。

「そんな言い方するんじゃないよ」メガンは言った。「さもないと、魚みたいに腹の中えぐり出してやるから」

　ボブ博士は十まで数えた。かつてはダンバーに怒りのコントロールとして推奨し、何の効果もなかった方法である。

「いや、すまん」

「そうよねえ」メガンは、ひょいとカウンターから降りて博士の前に立つと、傷の縫い目から尻尾のように出ている黒糸を思いきり引っ張った。

「ひどいこと言うから、お仕置き」

「わかった、おれが悪かった」ボブ博士の胸の傷がまた開いて、たらたらと出血した。

「もういいわね、いちゃついてるお二人さん」アビゲイルがドアの裏から顔を出した。「そろそろ失礼するわよ。おぞましき夫のもとへ帰らなくちゃ」

「じゃ、あたしも亡き夫の遺灰のもとへ帰る」メガンはすり抜けるように廊下へ出て行った。

「今夜はディナーに来てもらいますからね、お忘れなく」アビゲイルがボブ博士に言った。

「忘れませんとも」どうして忘れられようか。いまや切り離せない三人なのだ。登山家がロープでつながって、日没の氷壁にいるようなものである。

3

「おれは誰だ」

「それはもう、ヘンリー・ダンバーじゃありませんか」ロバーツ看護師が部屋のカーテンを開けた。

「名前の話をしてるんじゃない。愚かしいやつめ」ダンバーは唸るように言った。「おれが誰なのか、どういう誰であるのか、誰にわかるかということだ」

「あらあら、私だって愚かしいと言われたら、そう面白くはありませんよ。おれは誰だとおっしゃるなら、けさのおいれはロバーツ看護師に謝らなくてはならない大変に無礼なご老人ですわね」

「そうか、すまん」ダンバーは合理精神の断片にしがみついた。きょうという日の重みを考えれば、ここは大事の前の小事、おかしな面倒は避けたいという判断である。

「はい、上等」ロバーツ看護師は言った。「ま、人間ですからね、なんだか寝覚めが悪くて、機嫌も悪い、なんていう朝はあります」

「まったくだ。ほとんど毎朝だな」

「さてと、ここで一人だけのお食事をなさいますか、それともダイニングルームへお出ましになって、ほかの方々とのご歓談とか？」

「だったら、いざ出陣とするか」ダンバーは言った。

「まあ、うれしいお返事です」ロバーツ看護師は、本来なら不要な車椅子の背後から体重をかけると、分厚いカーペットを突っ切って進み出し、ダンバーは車椅子の背にもたれて、哀れっぽく笑った顔を見せた。

　朝の薬が舌下で溶けるのではないかと気がかりで、彼は咳き込んだ振りをしてハンカチに薬を吐き出した。いまは薬が効いていないので、それだけ元気になっていられるが、それだけ悲(ひ)憤慷慨(ふんこうがい)を募らせることにもなる。思考と欲望が車輪のようにぐるぐる回り出すにつれ、そこから力が湧いてくる感触はあるとしても、車輪が回りすぎて吹っ飛んでしまわないか知れたものではない。ハムステッドでは、精神の診断をされたあと、たまらない不安に襲われた。もうあんな思いはしたくない。あれはいやだ。しっかりした固いものが一切なくなったような気がした。立っている地面でさえ、せいぜい作りかけのジグソーパズルのように頼りなくて、我慢のきかない駄々っ子に容赦なく壊されそうでもあり、しかも彼自身がその子供なのだから、まったく始末が悪いのだ。あらゆるものが敵に回ったのかもしれず、それもまた自分のせいだと思うしかないらしい。突き詰めて言えば、恐怖——。おのれの心が恐怖を原理として動いていた。

「そんなに咳が出るなら、きょうは屋外活動ができないでしょうに」ロバーツ看護師は言った。「大きなブーツを履いてらっしゃるのは、どうしてかしら。軽い室内履きのほうが楽じゃありません？」

「あれはいやだ」ダンバーはつぶやいた。じわじわと狂気に迫られることは耐えがたいが、さりとて病院の環境に迫られることも耐えがたい。そして逃げるためにはピーターに手伝わせなければならない。きょうという日に逃げなければ、二度と外へ出られないかもしれない。百合の花がぷんぷんと匂う部屋で、ロバーツ看護師にそっと手をたたかれつつ死んでいくことになりかねない。

「え、何ですって？」

ここで怒ってはならない。万全を期して嘘でごまかす。このダンバーが——直情をもって知られ、言うことに妥協はなく、合併買収で世間をあっと言わせてきたダンバーが——きょうばかりは、ひたすら自重して、本心を包み隠す。

「そうだね」ダンバーは言った。「きょうは外出はしない。青い火のそばで、おとなしくしていよう」

「青い火？」ロバーツ看護師の耳には、いかがわしいポルノみたいな表現に聞こえた。

「テレビだよ。いつ見ても、暖炉に青い火がちらついているような気がする」

「あら、まあ」ロバーツ看護師は安堵して、「そう言うとテレビにも癒やされる感じですね」

「癒やされるさ。いくつかチャンネルを所有して、ヒット番組のおかげで広告収入が右肩上がりだったら、まったく癒やされる」

「はあ」ロバーツ看護師はダンバーの車椅子をダイニングルームへ押していった。「でも、ハリス先生がおっしゃってましたでしょう。もうビジネスには神経を使わなくていいんですよ。ちゃんと引き継ぎがなされて安心なんですから。これからは楽隠居のつもりで、のんびりなさってくださいね」

このサナトリウムは、もともとヴィクトリア時代のカントリーハウスだった建物を中核とした施設で、ダイニングルームもその一角にあった。ウィリアム・モリス調の壁紙は模造とはいえ念の入ったものだし、オーク材のテーブルには当時からの古物が見受けられた。往時の豪邸としてダイニングルームも相当に広いのだが、耄碌（もうろく）して長くはない人々を放任しておくための現代の基準には、なかなか追いついていなかった。だが、この時代がかった部屋に続いて、広々としたサンルームがある。それが食事用の空間を増やすとともに、光あふれる社交の場ともなっていた。置きならべた肘掛け椅子とソファは大胆な花柄の布張りで、アマゾンの植物を思わせる大ぶりの花や葉が自然の治癒力を喧伝しているようだ。そんな熱帯模様の椅子から手近な位置に、ガラスの天板を載せた大小の竹製テーブルが配されて、小さい丸形テーブルはマンゴージュースのグラスを置くのに都合よく、大きな角形テーブルには読み古した雑誌が積まれていた。どこの歯科医の待合室にも、これだけの冊数はないだろう。もし夏であれば、両開きのドアの外には、伸び上がる野生の草花に揺れる土地が広がっているところだが、きょうは雨粒だらけのガラスの向こうに、濁った水たまりや、地面に打ち倒され、あるいは枯れ果てた草むらが、ぽつぽつと点在する。また霧、雨、雪の合間であれば、一年を通じて、絶美の湖が入り組んだ輪郭を見せて浮かび上がり、いよいよ安らかな風景が完成する。

ダンバーは室内に目を配って、ピーター・ウォーカーはどこだろうと思ったが、相棒との合流に気が急いているようには見られまいと、おおいに気を遣った。あの男は厄介千万で悪い感化を及ぼすだけ、とロバーツ看護師に警戒されている。

看護師は「さあ、どこへ行きましょうね」と自問しておいて、たとえダンバーが口をきけなくなっていてもお構いなしのように、間髪を入れず自答した。「共同テーブルがいいですね。新しい出会いがあります」

というわけで、思いもよらない出会いの崖っぷちへ押されていく。いままでのダンバーなら敬して遠ざけていたことだ。そうやって押されながら、だいぶ遠くにいるピーターがちらりと見えた。サンルームから戸外へ出るドア近くで、非常口と書かれた緑色の標識の下に立っている。すっ飛んで逃げそうな絵文字の人物は、ロバーツ看護師が取り持つ出会い地獄から避難したいのでもあるようだ。

「おや、ラッキーだこと」ロバーツ看護師は、こんなに恵まれたダンバーがけしからんと言いたげに、「ミセス・ハロッドの隣が空いてますよ」と、その空間に車椅子をすべり込ませた。隣にいる女は、どう見ても不幸の極みのようである。

「すっかり記憶をなくしちゃった」ミセス・ハロッドが言った。そのことに強烈な自信があるらしい。かつては毒舌で鳴らした時代があって、ずけずけとものを言う話し方は、いまなお癖になっている。機械仕掛けのような激しい口をきいて、「絶対に謝らない、言い訳しない」とも言った。

「ああ、そのために会計士がいる」ダンバーはいいかげんな返事をした。

「人と話してると、インド象かアフリカ象になっちゃう。どっちかなんだけど、両方ってことはない」

「ちょっと失礼」ダンバーは小さく言った。いまロバーツ看護師が部屋を出かかっている。どこかで薬を飲ませるのか、出会いを取り持つのか、ともあれ別の用事に向けて猛進するようだ。

そうと見たダンバーは、「あっちに知ってるやつを見かけたのでね」と、まだるっこしい車椅子をバックさせて、立ち上がった。

「もうロンドンなんて面白くない」ミセス・ハロッドが言った。「よその国の町みたいになっちゃった」つっと手を伸ばして、ダンバーの腕をつかまえる。

「あたし、ここで死ぬのかしら、ほかへ行くのが先かしら」

「いや、それは……何とも」目が回るようなことを言われてしまった。

「うちの父がよく言ってた。おれは生まれながらに外交官だったって」ふと一瞬だけ、ミセス・ハロッドが心の平衡を得たように、「二親が一日中言い争わないように調停したんだって」

ダンバーは彼女の手をなるべく穏やかに引き離した。

「あたし、前にもここへ来たことあるのかしら」という発言には、突き刺さるような苦悩があった。

もう答えようともせず、ダンバーはその場を離れた。

「ピーター」非常口めざして縫うように進みながら、もう声に出していた。

「おや、来ましたね、ご老体」ピーターは振り向きざま、ダンバーの肩にパンチする真似をした。

「おれたち、ここで死ぬのか、ほかへ行くのが先か」

「ほかへ行きますよ」ピーターは答えるが早いか、すたすた歩きだしていた。「ウィンダミアか、グラスミアか、バターミアか、ミアミアか——うるさいことは言いませんが、とにかくパブへ行きましょう。わたくし、いささか地理不案内なのですが、このあたりの土地勘を磨きたい情熱はありまして、かのワーズワースでさえカウチポテトに思われるほど、この一帯に親しむ所存。では、コートと襟巻きを取ってまいりましょう。それから看守の目をごまかす作戦として、あえて逆戻りでキッチンを抜けます」

「キッチンを?」ダンバーは、ピーターに遅れまいと急いで、細密なタイル張りの廊下へ出た。「怪しまれないよう、さりげなく」ピーターが緊迫の顔で芝居をすると、ダンバーは釣り込まれて不安になった。

この二人がそれぞれに番号を割り振られたコート掛けから外套をはずした。ダンバーの大きな黒いコートは扱いにくいほどの重さがあって、胸にダブルのボタンがならび、毛皮の襟もついている。ピーターが着るのは、ゴアテックスの裏地と軽快なジッパーをつけた短い緑色の防水コートなので、その違いが際立っていた。ダンバーは何ヤードもありそうなクリーム色のカシミアを首に巻きつけ、ピーターはパレスチナ人のようなチェック柄のスカーフをくるりと一回だけ巻いた。

「そう、キッチンなのです」ピーターが役者らしく言った。「われらが天才料理人のギャリー

――すなわち〈何でもソース〉によって、魚でも鶏でも見境なしに、あらゆる料理を照り輝かせ、また〈とろとろスープ〉であれば、豆かニンジンかリーキ（西洋ねぎ）か、ブラインドテストではわからないという、みごとな腕前を見せるギャリーとの話がついておりますので、わたくしは御法度（ごはっと）のシガレットを吸いに行くものとして、キッチンを通過することができるのです。よろしいですか、さりげなく」と、差し迫ったように声をひそめる。

「そう言われると、かえって気が気でなくなる」ダンバーは言った。

「気が気でないと言えば、先立つものが……。わたくし、所持金を差し押さえられてしまったのです。それも治療の一環だというのですが、なに、とんでもない荒療治」ピーターは芝居がかった声音で言った。「病人の治療に名を借りた虐待というもの」

「おれだって現金を持たない」ダンバーは言った。「カードはすべて無効にされた」

「何ですと?」ピーターは恐怖の声を上げた。「だって億万長者もいいところではありませんか。そりゃ、もちろん、ウサギの罠を仕掛けて、その土地の恵みで生き延びる人だとは思いませんでしたよ。またハングライダーを調達して、逃げる算段をつけてくれるとも――つまり、大げさな水たまりみたいな湖のある地獄も同然の場所を出て、石畳の道に情趣豊かなパブが軒を連ねる風光明媚な湖畔の村へ、わたくしも飛ばせてもらえるとまでは言わずとも、いくらかの持ち合わせはあるはずだと思っておりました」

「だが一枚だけ」ダンバーは内なる興奮をちらつかせた。「盗っ人猛々しい娘どもの知らなかったカードがある。スイスの口座だ」

「スイスの口座」ピーターはぴょんぴょん跳ねた。「して限度額は？」

「ない」と言ったら、やけに恐ろしくなった。

「ない！」

「もう言うなって」

「リムジンを呼べますね」ピーターはダンバーに腕を回して、キッチンのスイングドアへ向かわせた。「それでもって、この国立公園とはおさらばしましょう。ロンドンへ行けます。ローマへも行ける。世界に名だたる遺跡でネグローニを飲めますぞ！」

「遺跡なんかどうでもよい」ダンバーに昔の威厳がぴくんと動いた。「おれは帝国を取り戻す」

「それはもう」ピーターはダンバーの肩に腕を回したまま、キッチンに入らせた。「必ずや、取り戻せます」

「よう、ピーター」と、ギャリーが言った。

ピーターは「これはマエストロ！」と返しておいて、ダンバーに言った。「この人ですよ、湖水地方にあって、かの名シェフ、エスコフィエにも譬えられる料理人」

「また一服しようってのかい？」ギャリーはぶよぶよの塊になったスクランブルエッグを銀

の皿にかき落としていた。

「悪い癖をやめようとすると、その癖がなおさら悪くなる」

「まあ、いいや」ギャリーは言った。「だったら、まずオーソン・ウェルズをやってくれよ」

「オーソン・ウェルズ？」と言いながら、すでにピーターは完璧な物真似をしていた。「いったい、どういうことだ」ふらふらと二歩下がって、まさか名優本人が来ていたりしないかとばかりに左右をうかがい、ステンレスのカウンターにどさっと身体を預けた。

「何を食いたいかとは聞かんでくれ」と言った声は、ウェルズがオセロを演じて、愛と復讐に迷いながら朗々と響かせた調子である。「食うべきものは決まっている」ここで間を置いてから、悲痛な声を絞った。「魚のグリル！」

「そう来たか」ギャリーは笑った。「めんどくさ」

「あんたの特製ソースは使えなかったと思うよ。ウェルズはダイエット中だったんだ。いまのはゴア・ヴィダルとのランチの席で、ロサンゼルスのウエーターに言ったとされることだけどね」

「ほう、歴史のひとコマってやつか」

「では、一つ内緒で教えて進ぜよう。あらゆるものは歴史なのだ。あっと気づいた瞬間には、もう歴史になっている。『現在』とは稀代の詐欺師にして、するりと認識の隙間に消えていく。

隙間にご注意！」と、これは電車のドアが開く前の案内放送のようだ。

「よけいなこと言わんでくれ」ダンバーはカウンターに寄りかかっている。

「じゃあ、通っていいよ」ギャリーが言った。「吸いたいものを吸ってきな。また戻ってきたら、そのときはレオナルド・ディカプリオをやってもらうよ」

「こりゃまた厳しい税率だね」ピーターは、ぽかんとしているダンバーを、裏口へ向かわせようとした。

「成功の対価ってやつだよ」

「わかった。応じよう」と言いつつ、ピーターは裏口ドアのハンドルを回していた。

「足元を見られてはいかんぞ」ダンバーは言った。「税なんてものは、まともに頭を働かせれば、せいぜい七パーセントがあたりまえだ」

「かもしれませんね」ピーターはコートのジッパーを引き上げた。キッチンを出ようとすると、その暖気が外の寒さに押し戻される。「でも、まともに身体が働かなくなったら、病院は税金以上に利用したいです。たとえば乗った車が衝突した場合とか――」

「しっかりした運転手が来るんだろうな」ダンバーは衝突という言葉を聞いて、ありありと心に浮かんだ惨状に恐れをなした。ねじ曲がった金属、砕けたガラスの現場で、わが身が骨折し、出血していて、傍らに立つ救急隊員が彼の税金申告書を見ながら、おやおやと首を振っている。

この負傷者は国庫に対する貢献度が低い、応分の社会契約を果たしていない、つまり出し惜しみしていたのだから、この場で失血死するにまかせよう……。

ピーターが、しぃーっと指を立てて、まずい顔をした。

ダンバーは、いまの状況を、はたと思い返した。ぼんやりしていたようだ。なぜ運転手などと言ったのだろう。すべてぶち壊しにするところだった。愚かなことだ、何と愚かだ。よく母親にああいう顔をされた。それだけで言うことを聞かされてしまった。もう長らく、彼には恐れ入るということがなくなっていた。それが最近の苦境によって古い坑道に発破をかけたように復活した。これまでは権力と財力の重みで落盤したように穴がふさがっていたのだが、いまピーターの叱った顔が心に焼きついて、消え入りたいくらいの思いがした。いっそ消えたいという願望が、だいぶ深いところから出てくる。これまで何十年も、大物になる、ヘンリー・ダンバーになる、世に知れ渡る、というつもりで過ごしてきた年月が、かろうじて消滅を思いとどまらせているかのようだ。いやはや、どうなっているのやら、おれとしたことが、こうまで我を忘れたりする。自己の認識がふらふら定まらず、雨中の水彩画のように溶けて流れてしまいそうだ。

「すまん、すまん」ピーターに続いて外に出ながら、こんな愚かな老人は見捨てると言われたらどうしようと思っていた。「すまん。おれも行っていいか。いいのかな」

「そりゃそうですよ、ご老体」ピーターは言った。「われらの逃亡計画が洩れたら困ると思っただけです。この監獄では、せっかく収容したお客さんに、予定より早く出発されることを嫌いますのでね。いや、それにしても寒い。しっかりした運転手付きの車があればいいと言いたくもなります。でも、いまは歩くしかありません。十二月のカンブリア。冷たい雹（ひょう）のまじる嵐が観光の目玉です。スカーフェル・パイクの山には、立ち見席しかありませんがね」

　二人の男が、色分けされた巨大なリサイクル品回収箱を通過して、こっそり逃げるには手頃な森の小道をたどるべく、サナトリウムの入口通路をだいぶ下ってから、その方角へ折れた。いよいよ構内を出ようとするところで、塀に隠れるように業務用の四輪バギーがあって、なんとキーが刺さったままだった。

「おお、神の思考とは、いかに強力であることか！」ピーターは壮大な叙事詩のナレーションをした。「始めに思考ありき。思考はダンバーとともにあり、ダンバーが〈車〉と思考すると、見よ、車があって、彼はこれを良しとした」

「おれがそんなことをしたのか？」ダンバーはうさんくさそうに言いながら、ピーターとならんで座席に乗り上がった。「だったら、おれが悪いことを考えたら、どうなるんだ」

「ご心配なく。そこまで出来上がった仕掛けではありません。しっかりした運転手だって、まだ出てきてませんでしょ。わたくし、憚（はばか）りながら、そんなものだと言われたことはありません。アルコールの限度を超えたら、なおさらですよ。きょう中には超えたいと思ってますがね。基準の二十倍くらい行っちゃいますかな」

エンジンがぶるぶるんと始動して、バギーが発進した。森へ向かう。細い泥道をがたがた走りながら、ピーターはうるさいカーマニアに変容を遂げて、エンジン音に負けまいとする声を張り、子供が夢中になったように技術情報を語っていたが、ダンバーはたいして聞いていなかった。おのれに特殊な能力があるのかという論点を考えていたのである。ずっと前から、なくもない、とは思っていたが、こうして荒れ地を走破して逃げるための乗り物が都合よく出たとなると、すっかりその気になってしまった。運命の激動を感じる。頭のてっぺんから足の先まで、電気が揺れて光るようだ。彼は目を閉じて、ふと一瞬、澄みきった心境になった。すべて取り戻せるだろう。そして実権を回復した暁には、根性の悪い二人の娘を処罰して、帝国は末娘フロレンスに譲るものとする。本来なら子供への愛に分け隔てがあってはならない。そんなことは昔からわかっているが、可愛らしくて心の喜びとなるのはフロレンスだったというのが偽らざるところだ。あれは母親似で、美しくもあるが、また優しく寄り添おうとしてくるのがうれしい。ただ聞き役になってもらうだけで、へんに凝り固まっていた自分が、するすると解(ほぐ)れていくような気がする。そういう術を仕掛けられるのではなく、氷が一定の温度で溶けるのと同じことで、まったく自然な現象なのである。また彼がフロレンスを愛したのは、この娘にそなわった美質のせいばかりではなく、唯一、キャサリンが産んだ娘だったという単純な理由もある。キャサリンこそ、彼が生涯かけて愛した女だった。少なくとも愛なるものが人の姿をとって現れていた。それが死によって永遠となり、密封状態で陳腐化を免れた。絶賛を容認に格下げし、ついには憤懣へと変えていく日常性から隔離されたのである。いまになって、心が澄んだこの一瞬に思うと、キャサリンが交通事故で死んでからというもの、彼はフロレンスに執着するあまり、かえって娘の独立心を促し、父親の事業とは縁を切ろうと決意させてしまったのかもしれない。だが当時の彼には、拒まれた、また去られた、としか思えなかった。一方で、そのような見方を、ほかの娘どもに煽られたのでもある。この二人は父親が末娘ばかり可愛がることを恨んで、だったら喜ばせてやろうではないかと、父親そっくりに容赦なく権力を志向して、あらゆる手を尽くした。父に進言し、まず三女フロレンスの持ち株を取り上げておいて、長女と次女、すなわち父の実績を尊び、その衣鉢を継ごうとする忠実な二人の娘に与えるのがよいのだと思わせた。いやはや、ダンバーも目が曇っていたことだ。いまになって考えれば、本物の気骨があったのはフロレンスかもしれない。きっぱりと出ていった娘に、もう迷いはなかった。

　バギーの速度が落ちた感覚に、ダンバーがびっくりして目を開けると、黒っぽい岩が地面から突き出して苔だらけになっているあたりで、道の真ん中にミセス・ハロッドが立っていた。

止まってくれと手を振っている。ピーターも停車せざるを得なかった。

「タクシーやってるの？」ミセス・ハロッドが運転席の側へ回った。

「アーシュラ！　どこ行くつもりだい？」

「うちに帰る」

「じゃあ、おんなじ方角だ！」ピーターは言った。「タクシー代、ある？」

「いざというときの用心金」ミセス・ハロッドは、オーバーのポケットから、くたびれた封筒を引っ張り出した。ピーターは、五十ポンド札が三枚、と数えた。

「ぴったりだ。お釣りなし」と言って、自分のジャケットに収めてしまう。「では、ご乗車」

「よせよ」ダンバーがひそひそ言った。「こいつは頭がおかしい。何をしでかすかわからん」

「これはしたり」ピーターは、たしなめるように言った。「このあたりはワーズワースの言う『小さく、名も無く、世に知られざる親切と愛の行為』で有名な土地なのですよ。どのみち〝愚者の船〟たる世間に漕ぎ出せば、相乗りの客には事欠きません」

「しかし相乗りのスペースには事欠くぞ」ダンバーは渋々動いて座席を詰めた。

「おや！」ピーターが言った。「これは吉兆！」

と、指さす先には『プラムデール方面（馬の通行は可）』という標識が出ていた。

「この小さなバギーちゃん、馬の道でも踏み越えて行けます。しかし監獄からの追跡隊は普通の車。ここで動きがとれなくなる」

ふたたびバギーが動きだし、新しくできたらしい森の道に唸りを上げたのだが、ダンバーの気分は急転直下で落ち込んだ。このピーターというやつは、たいして当てにならない。酒が飲みたくて騒いでいるだけのことだ。もちろん認知症のミセス・ハロッドが頼りになるとは思えない。結局は単独で逃げることになるだろう……。すっかり葉を落とした森の木々が、黒ずんだ枝をでたらめな角度でヒステリックに突き出して、病魔に冒された中枢神経の解説図のように見えていた。人間の苦悩を冬空に描き出す解剖学。

4

フロレンスは、セントラルパークの貯水池にきらきらと光る噴水を見やっていたが、ほとばしる勢いに興じたというのではなく、はしゃいだ子供に厳しいことを言って黙らせる父親のような、いったん飛び跳ねた水を引き戻す重力に、心を奪われていたのだった。彼女はテラスの引き戸をすべらせて、自身の居室に戻った。部屋の中が暑いと思って出たのに、今度は外が寒いので引き返す。すぐにまた暑いと思うのだろう。どうにも落ち着かない。何をしてもだめだ。アビゲイルに電話をしてから、居ても立ってもいられず、こうなったら姉二人への直談判で、父をどこに隠したのか聞き出そうとニューヨークへ来てみたら、入れ替わるように二人は姿をくらまして、こちらからのメッセージやメールには反応がない。ニューヨークにいたのはマークだけである。つまりアビゲイルの夫だが、その内心は複雑で、妻との仲はしっくり行っていなかった。昨夜、この男に電話をすると、やはりダンバーの居所は知らず、アビゲイルの行き先にも心当たりはないということだった。

「いまのところ聞かされてるのは——」フロレンスは言った。「ヘンリーがどこかスイスの病院にいるってことだけ」

「とすると、まずスイスは除外できる」マークは、ふふっ、と笑ったつもりだったが、うぐっ、と呻いたようにしか聞こえなかった。「アビーという女は、まるで必要がなくても、ひどい嘘をつきたがる。正直に話したら弱みになると思ってるからね。まあ、ざっくり言って、真実なんてものは一つだろう。スイスにいるのかいないのか、どっちかにしかならない。だが、そこで嘘をつけば、無限に可能性が出てくる。あの二人が忌み嫌うものを回避できる。つまり単調であることが大嫌いなのさ」

「ああ、なるほど」

「なるほどって、あいつは妹の木馬の脚を緩めたこともあるお姉ちゃんじゃないか。ゆらゆら乗ってる最中に、がくっと脚が折れたら、妹の首まで折れるかもしれない」

「つらかったんだろうと思う。姉にとっては母親が代わっていたんだし——」

「それを言ったら甘すぎる」マークが口をはさんだ。「あいつと暮らせばわかるさ。木馬の一件を初めて聞かされたときは、よく打ち明けてくれたとか、難しい子供時代を乗り越えてえらかったとか、そういう話として受け止めるべきなのかと思ったんだが、いまから考えると、あれは早くから女傑の片鱗を見せていたと言いたい自慢だった」

「だったら、どうして別れないんです？」フロレンスは言った。

「恐怖心だな。もし別れるなら、彼女から言い出すのでないといけない。おれが言ったら、おれの破滅だ」

フロレンスは言葉を失った。結局、マークとの話し合いは、予防線を張るような約束をされただけで終わった。もし彼自身が「サナトリウムに入れられて終わる」のでなければ、その限りで協力してくれるらしい。

マークが「サナトリウム」と言うと、旧ソ連の収容所をやんわり言い換えたようにも聞こえた。この義兄はすっかり骨抜きにされたらしい。電話するのではなかったとフロレンスは思った。父の行方がわからなくなったせいで、どうにも気になって仕方ないのだが、もし和解を果たせないまま父に死なれてしまったら、父と娘の間には、見損なった、けしからん、という感情に押し潰された記憶しか残らなくなるだろう。セントラルパークの噴き上がった水が崩れ落ちるようなものだ。一年前までは父に可愛がられて、一番のお気に入りだという自覚があった。その点では姉二人に負けなかったし、また取締役会の面々にも、経営の実権に迫りたがる側近にも、あるいは四万人の社員にも、負けることはないと思っていた。だが、じつは家業に関わっていたい心境ではなくて、夫のベンジャミン、および子供たちと、ワイオミングの田舎に引っ込んで簡素に暮らしたいのだと言ったとたんに、ダンバーの怒りを買った。荒れ狂ったダンバーは、フロレンスを取締役会から締め出し、遺言からも削除して、意地の悪いことに彼女の子供たちまで〈トラスト〉とは絶縁させた。事業に関わりたくないという娘の態度を、私怨による非難中傷のように受け取り、また青臭い空論だとも見なした。いずれ時がたって社風になじめば解消しただろうに、というのである。その社風というのは、すなわち、歴史とは単に目撃されるものではなく、彼のメディア帝国によって創られるものだという自負である。そんなことはないとフロレンスは思っていた。ニュースにおもしろおかしく角度をつければ、それで歴史ができあがるわけではなかろう。しかし、ヘンリーとの仲違いを決定づけたのは、そういう論点ではなかった。父があれだけ硬化した要因は、彼女が独立心を見せて、ただ後継者になりたがらないばかりか、その母親の生きた遺留品としての役割に甘んじなかったことだろう。たっぷり可愛がられたからこそ、ようやく親離れする気にもなれたのだったが、ヘンリーのような所有欲の強い父親は、娘が自立しようとすることを喜べず、上の娘二人が欲深いことを情愛の濃さと誤認する失態も防げなかった。

フロレンスが母に死なれたのは十六歳の年だった。もう母がいないということばかりを考えて、その一点だけに自分の存在が縮こまるような時期が長かった。しかし同時に、母の死はとめどなく意味を広げて、学校の先生の態度も、食べるものの味も、草の色までも、母の死から説明がつくように思えた。そんな麻痺した時間が一年ほども過ぎると、どこかに忘れていた母の記憶が、徐々に蘇ってきた。フロレンスの夢の中にでも、あるいは母の話しぶりや仕草を思い出せる人々との会話の中にでも、母の記憶がするすると巡りだした。母は娘の心の中に生き返った。ところがヘンリーにはそういうことがなく、妻は理想像として凍りついたまま、その美質を永久保存する役割が娘に託されたのだった。これはヘンリー・ダンバーが得意とした手法だとも言える。合併と買収、権限委譲とブランド再構築――。つまりフロレンスという生きた娘が、キャサリンという妻の亡霊と合併された。彼の魂の必要に応じてブランドを更新された娘は、伴侶で、親友で、心優しき女で、最有力の後継者とされたのである。しかし彼女は、父よりも夫を、旧世代よりも新世代を選んだ。これを父の目から見れば、最後の防衛線を破る薄情な行為なのだということも、フロレンスにはわかっていた。父はキャサリンが完全に消滅したことを認めたくなかったのだ。その父の気質からすれば、悲しみを怒りに転化したがることも意外ではなかった。だが、父がいつまで和解に抵抗するのか、その見込みだけは立たなかった。いまのままでは、和解するより先に、どちらか一方が死んでしまうかもしれない。

　父はさんざん悪態をついて喚（わめ）き散らした。いわば言語に現れる発作のようなものだろうと彼女は思ったが、さもなくば許しがたい暴言になっていた。だが、その間にも父は、いくらフロレンスを処罰しても極貧に落とすことまではできないと知っていたはずだ。ダンバーの水準で言えば彼女は貧民だったろうが、しかし金に困って降参するほどではない。それくらいの余裕はあった。いま彼女がいるアパートは当時から所有権を持っていたのだし、母親から相続した財産もあった（これについてダンバーは、うっかり度量を見せてしまったことに憤懣やるかたなく、すべては父親のおかげなのだから、そっちも本来は父親のものだろうと言った）。また彼女はダンバーが娘たちのために開設したサテライト信託の受益者にもなっていて、それはウィルソンの法律論によると、ダンバーにも勝手に解消できるものではなく、一人の娘だけを除外することもできなかった。だが会社の株については、彼女は文句を言わず、支払いも受けず、そっくりダンバーに返していて、これまたダンバーにしてみれば逆に度量を見せつけられたようで口惜しいのだった。

フロレンスはふたたび引き戸を開けて、テラスに出て行った。いかにも予想通りなのだが、予想が当たったことにしたいだけかもしれなかった。ほとんど眠らずに朝を迎えてしまった。時計がじりじりと進むのを見ながら、ウィルソンに電話してもよさそうな時刻を待ったのだ。この一年ほど、ウィルソンは父の盟友として筆頭格でありつつ、彼女を庇護する役割も果たしてくれた。だが、いきなり首だと言われてからは、バンクーバー島のトフィーノ近郊に持っている別荘に、妻子とともに引っ込んでいた。カナダ西部の時間帯では、まだ電話するには早すぎる。あとどれだけ待ったらいいだろうと考えるのも何度目か、というところで電話が鳴って、ウィルソンの名前が表示された。

「ウィルソン！　まだ電話したら早いかと思ってたの」

「いえ、こちらこそ、もう二時間ばかり遠慮していたのですよ。昨夜、ヘンリーが行方知れずだと耳にしまして、心配で眠れませんでした」

「居場所に心当たりはありません？」

「法務の若い連中を使って、ヨーロッパ、北アメリカの病院に片っ端から電話させてましてね。実名はもちろん、かつてお忍びでホテルにチェックインした偽名でも問い合わせてますが、いまのところさっぱりです」

「私にできることは？」フロレンスは言った。

「決戦となる取締役会まで、あと四日しかありません。私も電話を掛けまくってますが、どうやら姉上お二人が過半数を押さえたようです。役員の多くは穏健派でして、その人選には私も相談にあずかっておりましたが、そういう面々にも、さる文書が見せられてしまったとのこと。これは鍵となる文書でして、そんなものに署名してはなりませんとお父上には申し上げていたのですよ。それさえあればアビーとメガンが実権を握ることになります。しかも、ボブ博士の所見なるものが用意されていて、お父上を執行権のない会長職から追うことまで正当化する材料になります。姉上たちは徹底して父親を排除するおつもりですよ。いまでもお父上の存在感はたいしたものですからね。たとえ法律上の権限がなくても、その場にいるだけで、役員はご意向を忖度しようとするでしょう」

「ただ、もし父に業務の遂行がかなわないのだとしても、代理人を立てておけばよいだけのことですよね。それがウィルソンさんになっているのだろうと、てっきりそう思っていましたが」

「そうでした。でも、それには私が社内の人間であるという条件付きでしてね。おまえは首だと言われてしまえばおしまいです。では誰が後釜に坐るのか、もう見当はつきますでしょう」

「といって理屈の上では――」

「無駄です」ウィルソンが遮って言った。「仮に私に代理の権限が戻ったとしても、あの二人が取締役会で地位を固めれば、さっさと私の首を切るでしょう」

「そんな、まるで隙のないクーデターじゃありませんか」

「だから釈然としないのですよ。お父上ほどに権力なるものを熟知する人はいませんでした。これまで四十年、どの大陸にも事業を広げ、少なくとも後半の二十年は、ニュースに光を当てるなり、ふくらますなり、ボツにするなり、どうとでもできて、会いたいと思えば各国のリーダーをつかまえられて、あちこちの選挙に影響を及ぼし、敵を潰してきた御仁ですよ。それが、ある日突然、目を覚ましたら、事の本質を見失って、子供だましみたいなものに引っ掛かった。私も愕然といたしましたよ。いままでなら見向きもしなかったことでしょう。とはいえ、いったい何があって目がくらんだにせよ、いくら何でも、その人をどこかへ拉致して、辱めて……」

「それから……?」

「いや、どうでしょうね、この先どんなことをされるか知れたものではない。とにかく、あのハムステッドでの一日ほど、恐怖心に駆られたようなお父上を、私も見たことはありません。パニック障害になってました。空がこわい、光がこわい、というのですから、あれは広場恐怖症だと申しましょうか――。大空が大好きだと言って、ニューメキシコに百万エーカーの大牧場を購入したこともあるというのに」

「なんだか火災報知器で目が覚めたみたいな気がします」フロレンスは言った。「私がベンジャミンと暮らしていた生活は、のんびりと贅沢なファンタジーだったのでしょうか。その間に、姉たちが〈トラスト〉を乗っ取って、父をどこかへ隠してしまった……」

「そろそろダンバー家の娘として甲冑をまとっていただかねばなりますまい」

「ええ、ご心配なく。その覚悟はできています。父が無事に見つかるまで、甲冑は脱ぎませんよ」

「あちらにも一つ弱点はあるでしょう。また駄目元かもしれませんが、手がかりとして、もう一つ。まずはアビーの夫マークですね。あれは攻めどころになります。あの男なりに良心はありそうですが、何よりもアビーに愛想を尽かしているらしいのが、こちらの付け目。うまく懐柔すれば、元顧問弁護士には言わずとも、かわいい義妹には言えることがあるのではないかと」

「だめだわ。もう電話したのよ。あの人、すっかり怖じ気づいてる」

「しかしながら、じっくり話し込んで、やつの言い分を引き出すのも悪くありません。アビーにあからさまに刃向かうことはないでしょうが、悩みは深いようですから、役に立つことが聞けるかもしれない」

「で、駄目元のほうは？」

「ジム・セイジという男を覚えてますか？〈グローバル・ワン〉の機長です」

「それはもう。私に操縦を教えようとしたこともあって」

「あの専用機で行ったのだとしたら、当然、彼は着陸地を知っています。それくらい教えてくれるでしょう。もし口止めされていたら話は別ですが、そっちを攻めるとは敵にも予想外かもしれません。さっそく彼の携帯番号をメールいたしますよ」

「わかりました。このあとすぐに電話してみます」

「今夜には私もニューヨークへ出ます。クリスも同行させましょう。あの息子は、洗礼以来、ヘンリーには世話になってますのでね。さて、あと二十分したら水上飛行機の迎えが来て、まずバンクーバーまで飛びます。そろそろ支度をして桟橋へ行きませんと」

「すみません、チャーリー。あんな扱いをされたら、いやになって引っ込んでもおかしくないのに」

「ええ、女房には隠居せよと言われますが、外の嵐をながめ暮らして、たまに世界遺産の観光に出かける、なんていう生活にはまだまだ早いと思ってます。私は戦いますよ。お父上に復権してもらいたい。四万人の従業員のためにも過渡期は穏やかなものであって欲しい。それにまた、思いきり本音を言ってしまえば、あのお姉さん方には勝たせたくない」

フロレンスは、電話を切ってから、テラスでうろついても仕方ないと思って、セントラルパークへ出て行った。歩いて不安を消し去りたい。つい一年前にみずから望んで棄権した家族内の政治力学に、どれだけ巻き込まれるものなのか考えたい。どうやら父の無事を確保するためには、姉二人との開戦が不可避である。どっちつかずの義兄には圧力をかけ、おおいに論陣を張って取締役会を説き伏せねばなるまい。だが、さっきウィルソンに言ったことに嘘はなく、すでに甲冑をつけて戦闘態勢をとっている。おとなしいと思われている女だからこそ、戦意はその気質の深いところから出ていた。冬に生まれた地下の水流が、豪雨のあとで山麓から湧いたようなものだ。ひとたび地上の川となれば、川石を押し流し、木々を根こそぎに倒す。

シンダー舗装の道は、やたらに折れ曲がる具合からして、公園の外の街路とも変わらず面倒なものだったが、それにしてもフロレンスが苛立つ様子を家族や友人が見たら、どうかしたのかと思ったことだろう。公園の道は、ここは余暇として歩くもので、余暇とは曲がりくねって急がないものだ、と言いたいらしい。二地点間の最短距離を行けばよいという馬鹿正直な実用性とは大違いということだが、いまの彼女は回り道をして面白がる気分ではなかった。ゆっくり行程を楽しめとは言われたくない。ずばり勘所（かんどころ）に迫りたい。父の救出には行動あるのみと思って気が逸る。芝生を突っ切って勝手に進んでいたら、ウィルソンからメールがあったことに気づいて、ジム・セイジの番号をタップした。

「はい」

「ジム？　私です、フロレンス・ダンバー」

「ああ、うれしいですねえ、お声を聞けるとは」ジムは懐かしそうに言った。「どういう御用でしょう。ついにまた操縦を習う気になりましたか？」

「あら、わかります？」フロレンスは適当に話をつないだ。「きのうの旅がひどかったもので、いっそ自分で飛べる免許を持てばいいって言われたことを思い出したわ。どうにか時間とれる？　いまニューヨークにいるの。予定を組んだりできるかしら」

「そうしたいのは山々ですがねえ、マンチェスターに来てるんですよ。いつになったら戻れるのかわかりません。ダンバーの親父さんにくらべると、お姉様方は融通がきくというか、思いつきで行く先を決めるみたいで」

「マンチェスターにいる？　どうして、そんなところに」

「さあ、どうしてでしょうね。私にはさっぱりなんで、いやな天気だ、空が暗い、としか思ってません」

「じゃあ、また戻ったら、いっしょに飛んでくださいね」フロレンスはすみやかに会話を終えようとした。ウィルソンが旧式の水上飛行機に乗り込んで、がたがたぶるぶると騒々しくなる前に、何とか話を通したい。

「じゃ、そういうことで」ジムが言った。

　彼女は電話を切って、ただちに次の電話をかけた。

「フロレンス！」波打つ水音がしてウィルソンの声が聞こえた。「いま乗ろうとしてます」

「マンチェスターなの。いまジムと話したら、着陸したのはマンチェスターだってわかった。だから電話作戦はイングランドに集中して。重点はロンドンというよりマンチェスターに近いあたり」

「はい、了解」ウィルソンは言った。「お手柄です。いまエンジンをかける寸前ですが、クリスもよろしくと申しております」

「私からも、そのように」と言ったフロレンスは、この数日間で初めて、顔に笑みを浮かべていた。

5

〈キングズ・ヘッド〉というホテルは、建物をいくらか湖岸から離して、水際まで芝地が続き、その真ん中にイングランドの旗を掲揚するポールが立っていた。ダンバーはホテルのバーにいて、出窓の手前に坐っている。白地に赤い十字の旗が、ひゅうひゅうと湖水から吹き寄せる風に煽られて身をよじり、いまにもロープから離れて飛びそうに見えた。風は暗い湖面にも吹きつけて、ざわめいて立った白波が、ホテル下の狭い岩場の湖岸にあわただしく打ちつける。芝地との境界線として、白くて太い支柱に黒くて重そうな鎖を掛け渡しているのが、湖面の色調に呼応するとともに、さっきからテーブルに置いたままの黒ビール（ギネス）とも似たような配色になっていた。外から内、内から外。湖からグラス、グラスから湖、その中間にうねる鎖の一線——。あの鎖に引っ掛かって、岩場に転げ落ちる、という自分が目に見えるようだ。なけなしの頼りない脳味噌がこぼれ出し、波が食らいつくように打ちかかって、血の色は風に揉まれる旗の十字と同じ色。

ダンバーはテーブルにしがみついた。あれも似ている、これも同じだ、と思えてばかりで、その類似性に身を裂かれる。ものごとを落ち着かせて考えたい。湖水は湖に、ビールはグラスに、血は体内に。

「では、あらためて、お代わりを！」ピーターが大はしゃぎして立ち上がった。

ミセス・ハロッドはジンジャーワインを少しだけ飲んで、ダンバーは一杯目のギネスに口をつけてもいなかったが、すでにピーターは自分のギネスを飲み干した上に、ウイスキーをダブルで三杯飲んでいた。ここへ着いたとたんに、まるで三人分のように注文して一人で空けたのである。

いそいそとカウンターへ寄っていく姿には、憎めない雰囲気が出ていた。

「フェイマス・グラウスを、もう一杯ずつ、ダブルで。それからギネスの追加を二つ。あちらのレディは、まだまだジンジャーワインを大事にしてますのでね」

それからサンドイッチも適当に見つくろって、という注文を出してから、カウンターに五十ポンド紙幣を置いて、とんとん指先でたたいてみせた。豪勢に飲み食いするが、ちゃんと金は持ってるぞと言いたそうでもあり、できることなら手放したくないという半ば無意識の動作にもなっていた。これはミセス・ハロッドが持っていた三枚のうちの二枚目だ。あと一枚が残るのみ。もちろん使った二枚からの釣り銭はあるとしても、そろそろダンバーをせっついて、スイスの口座だというクレジットカードの効能を見せてもらいたい。それが無効なら、もう二人の道連れとはおさらばだ。バーで飲んで散財するのではなく、どこか酒屋へ行って買えばよい。酔うべくして酔っていたい。そういう精神状態になっている。無明（むみょう）の酒に酔う旅回りで、初めて見る人がびっくりするような芝居をして、いずこやらへと流れ着き、知らない町の知らない部屋で、ついに錯乱して終わる。それが自由だとは言わずとも、自分を見失ったきりでいられよう。

「すぐに全部お持ちします」バーテンが言った。

「ウイスキーは自分で運ぶよ」ピーターは協力的なことを言う。

テーブルに戻ると、ダブルの三杯分を一つのグラスにまとめた。

「わたくし、昔からイギリス式の計量法は愚かしいと思ってましてね。たしかビアトリクス・ポターの記念館みたいなのが、このへんの近場にあったと思いますが、もし行けば、かわいらしいキャップ形の指貫が見られます。そんなものの大きさが元になってシングルの分量ができたっていうんですから、生まれたてのリスか、しみったれのヤマネに、ぴったりの酒量を定めてやろうってなもんじゃありませんか」

「あら、ビアトリクス・ポター、大好き」ミセス・ハロッドが言った。「行きましょうよ」

「ああ、これだぜ。こいつをワンショットと言いたい」ピーターはジョン・ウェインの声色になって、大盛り満杯のグラスを持ち上げ、ぐいっと一気に呷った。空っぽのグラスを置いた顔は、何事もなさそうでいて、満更でもなさそうだ。

「あっちの山、クリスマスのプディングみたいじゃない？」ミセス・ハロッドが対岸の丸い山を指さしていた。「アイシングの砂糖をぱらぱらっと振りかけたような」

「よせやい」ダンバーは、ミセス・ハロッドの比喩表現に、さらなる類似性の混乱を誘発されそうになった。

「でも、その通り」ピーターが口を出した。「冬枯れのシダの葉と、降り積もる雪。たしかに超大型プディングだ。アーシュラには見る目があるんですね。そのように言われたことありません？」

「やだ、ないわよ」ミセス・ハロッドは照れたようだ。

「ほんとですってば」

「いいか、あのな」ダンバーは不安を打ち消したくて怒気を見せた。「つまらん記念館には行かない。クリスマスのプディングに山登りもしない。まず車を調達してロンドンへ行くぞ。どうあっても現状を把握し、主導権を握らねばならん」

「そうですとも、ご老体」ピーターは元気づけるように言った。「とりあえず、ご負担を減らしましょう。ぬるくなったらまずいです」と、ダンバーの前のグラスを取って、半分ほど飲んだ。「いま新しいのが来ますのでね。こんなのは先に片付けましょう」ぷはっ、と芝居がかった音を立てて、あとの半分も飲んでしまった。「まずはスイスの口座のものというカードを確かめたいですね。それが使えるのであれば、タクシーの運転手がいやとは言えないほどの料金を払えます」

「人の耳があるところで、その話をするな」ダンバーは、テーブルに身を乗り出して、しっと叱りつけた。「秘密口座なんだぞ」

「アーシュラなら、聞かれても大丈夫」

「え、秘密って?」ミセス・ハロッドが言った。「何の話だっけ?」

ピーターは、ほらね、と笑ったが、ダンバーは安心できなかった。

「それはそうと、アーシュラ、いざというときの現金を増やしといたらいかが?」ピーターは言った。「これからヘンリーと二人でATMへ行くんで、ついでに少し下ろしてきてあげましょう」

「あたし、もうカードを持たされてないのよ。番号を覚えられないから」

「それは鬼のような」ピーターは言った。「ひどい仕打ちをする」

「あんたも娘らにカードを取り上げられたのか」ダンバーが言った。

「いえ、銀行に」ミセス・ハロッドは言った。「仕方ないとは思うけどね。そんなのがあったら、あたし、何するかわかんないもの」

サンドイッチとビールが運ばれてきて、ピーターはウイスキーを追加したい心を抑えつつ、現金を下ろせる最寄りの場所はどこかとバーテンに聞いた。

男二人は食べるものにかぶりついて腹に落とす。

「このごろはロンドンなんて行かないの」ミセス・ハロッドが言った。「外国の町みたいになっちゃった」

「だったら結構じゃないか。無理に連れて行くまでもないってことだ」ダンバーは素っ気なく言った。

ピーターはミセス・ハロッドの隣に坐って、その手を取った。

「じゃ、アーシュラ、いくらか現金を調達してくるんで、留守番を頼みますよ。すぐ戻りますからね」

「ここ、どこなの?」

「ここは〈キングズ・ヘッド〉だ」ダンバーは言った。「そういうホテルにいる」

「それ、飲みます?」ピーターはダンバーのグラスを指さしている。

「勝手にしろ」ダンバーは焦れったくなった。「そうまで飲みたいか」

「いやはや、ひどい渇きに見舞われて」ピーターはアイルランドの訛りを響かせた。「乱れる心に火と燃える。もし消せるものがあるならば、この悲しき世界にただ一つ」

「あら、大変ねえ」ミセス・ハロッドが言った。「お医者さんに見てもらいなさいな」

「はい、ここにギネス先生がいらっしゃいますのでね」ピーターは大仰にウィンクしてみせた。「だいぶ良くなってまいりました。ありがとうございます」


プラムデール・ハイ・ストリートに、銀行は一つだけだった。ホテルから坂道を下って、しばらく行ってから道なりに曲がる。そのＡＴＭは、舗道に面して一箇所、屋内にも一箇所あった。

「中へ行きましょう。そのほうが暖かい」

「防犯カメラがあるんじゃないか」

「さては、お嬢さん方も、ノーザン・ロック銀行チャンネルをご覧になってる」ピーターが利いたふうなことを言った。

「そうだったら困ると言ってるんだ」

「はあ、なるほど。でしたら管理者不在の街路にたたずむといたしましょう。肉切り包丁のように斬りつける風も、われ先に雨を降らそうとする黒雲も、そんなものはないと思えばよいのです」

毛皮の襟がついた外套に身を包むダンバーは、この脅迫的な気象条件にもまったく動ずることなく、ついにスイスのクレジットカードを財布から取り出すにおよんで、もはや忘我の境とさえ思われた。これを投入口に差し込もうとすると厳粛な雰囲気さえも漂って、こういう人であったのかとピーターは思った。画面にいくつも出てくるオプションを選び、のぞきたがるピーターの目から隠して暗証番号を入力するうちに、ダンバーは一回り大きくなったようだ。その五百ポンドの引き出しという要求に機械が応じて、ついに紙幣を数える音が聞こえると、いよいよ彼は身の丈いっぱいの堂々たる立ち姿となり、ふたたび金銭の支配者として、いまの二人が是が非にでも欲しい現金を掌握した。世間の目で見ても、おのれの判断としても、金の力とは切っても切れない縁のある男だ。この様子にピーターは熱気球を見るようだと思った。だらりと萎んでいた大きな袋にバーナーの炎が吹き込まれ、みるみる気球がふくらんで、地上につながれていたゴンドラをぐいぐい引っ張り上げようとする。

「うまくいった！」ダンバーは、機械がぱかっと口を開けて歯列が点滅したような空間から、現金を引き出した。

「これは重畳」ピーターは手をたたいて、いま空想した気球に変身したように、ふわふわ飛び跳ねた。「では、もう一度！　なにしろロンドンまで三百マイルですからね、そんな長旅でリムジンを配車させたら、どれだけ請求されるかわかりません」

「一マイルあたり、二ポンドから三ポンドかな」

「ほうら、それだったら、この倍くらいは持っていたいですよ。せいぜいバーミンガム止まりになってはいけません」

「カードで払えばいい。こいつは……」ダンバーは言い淀んだ。

「限度なし！　もう無限！」

ダンバーは目を閉じた。脳内に押し寄せる映像を締め出したかったのだが、かえって鮮明に思いついてしまった。ぷつんと命綱が切れて、宇宙飛行士が母船から遊離し、極寒の暗黒に弾き出される。まわりは星だらけだが、いずれも遥かに遠く、わずかな光が彼のサンバイザーに反射するまでには、星そのものは消滅しているのかもしれない。宇宙船が見えなくなれば、あらゆる方向感が失われ、重力もなく、およそ境界面、基準点となるものが消えて、無限の空間に虚しく君臨するのみである。四万一千二百五十三平方度、すなわち天球の全体に、いかなる交渉もない。

ダンバーの肩に、ピーターの腕が回される感触があった。そうっと身体の向きを変えて、またＡＴＭの前に立たせようとしている。暗黒世界の映像がもたらした衝撃で、いまだ呆然としていたダンバーは、ぽちぽちと引き出しの手順を繰り返し、ふたたび出てきた二十ポンド札の束をピーターが引き抜いてズボンのポケットに突っ込むことを、あえて止めようともしなかった。

「心配ありませんよ、ご老体。引き出した金は、わたくしが忘れずに預かっております」ピーターは、いま来た道へダンバーを誘導していた。「これで旅の支度はできました。ともかくホテルに戻って、プラムデールの町で最高のリムジンを呼びましょう。車内にバーがあるかもしれませんよ。悠々と脚を伸ばしていられますな。細長いプールが付いてるとか――いや、羊の消毒プールが動いてるみたいなものかもしれませんが――ま、いずれにせよ、ロンドンに向けて出発です。いざ、煙の都、世界の首都へ！」

　ところが歩きだした道が曲がっていくところで、いきなりピーターが腕を突き出し、ダンバーはわけがわからないまま、どんと胸を押されていた。

「戻って、戻って」ピーターは言った。「ホテルの前にヴァンが一台駐まってます。メドウミードから追っ手がかかったんですよ。いまごろアーシュラを水責めにして、洗いざらい白状しろと迫っているに違いない。あの人は記憶があやふやだから大丈夫かもしれませんが――ＡＴＭはどこかなんて、うっかりバーテンに聞いてしまいました！　さあ、大変、大急ぎ」

　ピーターはどたばたと舗道を走って、すぐに怪しまれるだろう銀行を通過すると、まず一本目の横丁に逃げ込んだ。これをダンバーも追ったのだが、ミアウォーター通りへ折れようとするあたりで、もう少しゆっくり行ってくれ、と言った。

「はい、それなら」ピーターは言った。「のんびり来てください。このまま湖のほうへ下ればよろしい。車は行き止まりのはずですが、念のため、わたくし先に行って、徒歩なら抜けられないか確かめます。だめだったら、ロバーツ看護師が遊園地の射的みたいなことをして楽しむ一日になるでしょう。ヴァンの窓を開けて、鎮静剤注射のダーツを飛ばしてきます」

「いやなことを言うな。リアルすぎる」

「心配ありませんよ、ご老体。どうにかなります。窮すれば通ず。ひょっとすると水際を伝うことになるかもしれませんが、とりあえずホテルへ戻って、今夜の泊まりに二部屋とりましょう。敵の裏をかきます。いったん捜索して空振りに終わったホテルなら、まさか舞い戻るとは思われない」

そんな無茶苦茶な、とダンバーが異を唱える暇もあらばこそ、ピーターは偵察に駆け出していった。二人とも電話の端末を持っていない。ダンバーの携帯はロンドンでバスの車輪に踏みつぶされ、ピーターは度重なる脱走の企てにより、入院を継続する条件として機器の没収処分を受けていた（そして入院加療は『ピーター・ウォーカーの多彩な顔』の新シリーズを立ち上げる前提条件になっていた）。もし電話ができるなら、ダンバーはただちにタクシーを呼んだろう。もう状況はわかっている。ここはプラムデールという町のミアウォーター通り。彼は敏捷とは言えなくても、実戦向きで、牛のように頑丈だ。カナダで過ごす冬はクロスカントリーのスキーをして、カナダで過ごす夏には自身が所有する湖で遠泳をする。かなり大きな湖だ。いま歩いている道の突き当たりに広がる湖よりも大きかろう。

「ヘンリー！　こっちですよ！」ダンバーの右手側から、ピーターが小さなゲートを抜けて出た。「さ、早く。追っ手が下りて来ないうちに、こちらは姿を消しましょう」

　ダンバーは急いでゲートを通って、得意がっている相棒のあとから進んだ。

「お誂え向きですよ」ピーターは言った。「大きなプラスチック製の案内図が、地場産の板材にがっしり留めてありました。この道は湖をぐるっと回る遊歩道のようです。ここを行けば見つかりっこありません。樹木は多いし、あちこちに分かれ道がある。いますぐ山側へ上がったら人目につくかもしれませんが、湖の対岸まで行ってから峠を越えれば、その先の谷へ逃げられます」

　ダンバーは、うむ、と言って了承したが、自分なりの歩調を保とうとしていた。見込みの話に気を散らされて無駄にエネルギーを消耗したくない。いまの目標はただ一つ、ロンドンまで行って、どうにか〈トラスト〉の実権を取り戻すことだ。われながら近頃おかしくなっていたと思うが、身体だけは健全だ。まだまだ丈夫だという実感があって、しっかり動けている身体に、だんだん気力も追いついてきたように感じる。そうであってこそ、これからの戦いに——

まったく考えたくないことだが――どこも無限だという感覚との戦いに臨めるというもの。しかし、考えたくないとは言いながら、何かしら考えなくては、どう考えていないのか定まらない。これまでずっと一つのことに焦点を絞って生きてきた。これを人によっては――心理学で解釈したがる向きであれば――固着した、とでも言うのだろう。その一つのことというのは、取引であり、合併であり、ときとして女でもあったが、なぜそうなるかと思ったことはなかった。そうだからそうなので仕方ない、としか思えなかった。だが、いまになってわかった。なぜなのかわかった。いわば彼は水の中へ飛び込んでも棒きれを拾おうとする犬のような、あるいは空高くから急降下して雀を摑もうとする鷹のようなものだった。つまり、そうでもしなければ、およそ方向がなく、帰る先もなく、ただ飛び過ぎるだけの虚空に生きることになったからだ。ああ、そういうことを考えたくない。とうに言ってあるではないか。そう言ったはずなのに、どうして誰も言うことを聞かない。秘書は四人とも持ち場を離れて、どうせ爪でも切っていて――おれが電話で「そんなこと考えたくない、わかったか」と怒鳴っても、さっぱり音無しのまま……。

「対岸には駐車場もあります」ピーターが言った。「ひょっとすると公衆電話があるかもしれない。わたくし、これまでに病院から不認可の外出を敢行した折りに何度となく見ていますが、このあたりの長閑（のどか）な田舎の住民は、まだ公衆電話を破壊するほどに進化していないようです。

いまなお使える機械がありまして、いいですか、コインで電話ができるのです」

ピーターはポケットの小銭をじゃらつかせ、準備は万端、この機を逃すことはない、というところを見せた。

「よかろう」ダンバーは言った。「電話するか、峠越えか、どっちの線でもいいぞ。とにかく実行だ」

彼は心の迷いを踏みつぶしたいように歩を進めた。ぴしゃりと言ってのけた声には、それ以上の話を終わらせる響きがあった。二人の男が黙って湖岸の道をたどる。もう向かい風ではなくなっていて、ダンバーが樹木の間から湖の様子を見ると、このあたりは同じ湖岸でもホテルの前ほどに吹きさらしではなさそうで、荒い波に打たれるのではなく、波立つ沖合から伝ってくる小波がぴちゃぴちゃ揺れているだけだった。歩くうちに、いきなり景色が開ける地点があって、彼は思わず立ち止まった。黒と銀色の岸辺に、大きな石が日本庭園なみの自然な配置でならんでいる。湖面の向こうにはブロンズ色の禿山があって、山頂付近の斜面には雪が縞模様をつけているが、するする流れる雲の影で大理石(マーブル)調の変化が見えていた。この島国の美しき風景を、過去には疾走する車の窓から見ることが多かった。つまりロンドン周辺州での会議から戻る途上で、あるいは首相の公式別荘(チエッカーズ)で週末を過ごしてから、あるいはバッキンガムシャーの田園趣味の屋敷に感心したあとで、ロンドンへ戻ろうとする車の窓越しには何度となく見ていたが、こんな凄絶なまでの奇観を、いまここで見せられるとは思いもよらないことだった。眼前の湖面が線描画のように光って揺れる。どうにか気を取り直し、陶然と没入しそうになった絶景ポイントからわが身を引き剝がすように、彼はまた森の道を歩きだして、体力を温存する歩調に戻った。前進するにつれて不安が減少し、もう一度フロレンスに会いたいと思い出す余裕が出た。この願望も不安とたいして変わらないくらいに激しく寄せてくるのだが、さほどに不愉快な感情ではない。末の娘と和解したい気持ちは強い。もし彼女がこの場にいたら、すまなかった、許してくれ、と言って膝を突いてもいいくらいだ。どうしてこんな心地になるのか。いや、どうしてこうなっていなかったのかと問うべきかもしれない。人生とは、かくも心を乱し、切実なものである。どうしてそんなことに鈍感だったのか。はて、これはつまり、ようやく本然の自己に立ち返ったということか、それとも逆に自己の本質からずり落ちた結果なのか。どちらとも決めかねていたら、その思考をピーターに中断された。

「まったく、一杯飲みたくもなります」

「もう相当に飲んだろうが」ダンバーは厳しかった。

「相当とおっしゃるのは――」ピーターが不平を鳴らす。「何をもって基準とするのでしょう。わたくし、まだ不相当にしか飲んでおりませんが、その審理のためとあらば、ハーグの国際司法裁判所にでも参りますよ」

「駐車場というのは、あれか？」ダンバーは樹間に空き地を見て言った。

「あ、そうです、駐車場！」ピーターは元気回復である。「お先に走って、電話をさがします」

「おい、待て」とダンバーは言ったが、ピーターはとっとと走り出した。

その次に目にしたピーターは、閑散とした駐車場で案内所の脇に立ち、すっかり気落ちしていた。

「壊れてます」

「じゃあ、峠越えってことだな」ダンバーに泣きごとを言っている暇はない。

「わたくし、自信がありません——。ずっと登り坂で、雪道で、ナッティングまでは距離がある、と地図を見ればわかります。ここは一つ、ホテルへ引き返すのが上策かと」

ピーターは案内所にあったパンフレットを見せて、地図上の道をたどった。

「歩いて五時間かかります。途中で日が暮れますよ」

「懐中電灯とスイスアーミーナイフがある」

「何でもスイスがお好きなんですね。でも、わたくし、正直に申しまして、そんな長い道のりを、一杯も飲まずに行けるものじゃありません。タクシーを使わせてもらいます。ナッティングまで一人で乗って、そっちで拾ってあげましょう」

「無理だな。ホテルに戻ったら、つかまるぞ」

「ああ、おわかりではない」

「わかってる。酒飲みなら、さんざん見てきたさ」ダンバーは言った。「どうしても、やめられないんだろう。だが、この場合は、それが間違いになる。まあ、ともかく」彼はポケットからウールの帽子を引っ張り出して、頭にかぶった。「連れ出してもらったことには礼を言うよ。おれ一人ではどうにもならなかった。さっきの金は、取っておいてかまわん。そいつが役に立てば、うまく逃げきれるかもしれない」

「いい人なんですねえ、ヘンリー・ダンバー。思ったよりも、ずっといい」ピーターは老人に抱きついて、その背中をばたばたとたたいた。

　もうダンバーは何も言わず、外套の襟を立てると、駐車場から裏手の道に向かった。

6

機内では乗務員もいることで自制せざるを得なかったが、マンチェスターに着いてしまえば、アビゲイルとメガンは市内の最高級ホテルにチェックインすると、そのロイヤルスイートを拠点にして、あとでランチに来るようにとボブ博士を誘った。もう博士も腹をくくるしかなかった。大事な用件を電話で済ますのは危険なのだが、そうも言っていられない。あの姉妹のことだから、すでに食傷気味の変態趣味にさらなる刺激をかき立てるべく、どこまでも変態の服用量を増やしたがるに違いない。彼の肉体には痛めつけられた痕跡が生々しい。みみず腫れや切り傷がひりひりして、打ち身のあとが変色して、つい最近の追加となった何針かの縫い目が胸に残っていた。その身体が復讐せよと叫んでいる。また一方、患者だった人物を裏切ったので少々は良心が咎めているのだが、今度は娘たちを裏切るということで、ねじくれた報復を果たせるのではないかとも思っていた。

ドアに「起こさないでください」の札を下げた。このホテルの場合には「私だけの時間ください」という文言になっているのだが、とにかく札を下げておいて、机に向かって坐ると、プリペイド式の携帯を取り出した。いつもの端末はアビゲイルの有能な部下に盗聴されたことがある。また通信記録を残したくないので、特別な番号を心の中だけに記憶している。その相手とはスティーヴ・コグニチェンティ。すなわちカリスマ的で目立ちたがりな〈ユナイテッド・コミュニケーションズ〉の社長である。この企業は〈ユニコム〉と通称されて、メディア会社としては〈ダンバー・トラスト〉の規模を上回る唯一の存在だった。どちらもニューヨーク本社の高層ビルが六番街にあって、二ブロックしか離れておらず、上層階の遮光した窓に双方から映り込むことが知られている。それぞれがハリウッドに有するスタジオについても同様に、ぎくしゃくしたご近所同士の関係ができあがっていた。この両社は、長年にわたって同じような獲物を狙い、テレビ局、映画スター、ふらついた地方新聞を取り込もうと熾烈な争いをしてきたのだが、真正面からぶつかり合うことは避けていた。うっかり公開買付にでも乗り出して失敗したら、かえって自滅しかねないリスクがある。

日曜日の朝八時——。普通ならば電話をかけるには早い時間だろうが、ボブ博士はスティーヴから直接に聞かされていたことがある。もちろん『ウォールストリート・ジャーナル』『フィナンシャル・タイムズ』『フォーチュン』の読者であれば、とうに何百万という数の人間が知っているのだが、日曜日、この時間のコグニチェンティは、いつも通りの長々としたエクササイズの終わりに近づいている。つまり、メールやメモの口述をしながらエクササイズバイクに乗っていて、目の前のスクリーンにはバーチャル3Dツール・ド・フランスが映し出され、画面の下端をブルームバーグのビジネスニュースが流れている。これは電話の時間帯でもあって、非公開の特別な番号を知らされている幸福な少数者からの通話があると同時に、世界中の眠っていない地域に彼からの連絡が始まる。〈ユニコム〉系列で経営や編集のトップにいる幹部に対して、まるで太陽の運行を追うように指令が飛ぶ。アジアの午後に飛んで、まもなくヨーロッパの朝にも飛んでいく。光の天体がマンハッタン上空を通過するにつれて、東海岸でぶち上げた話が西海岸で構想にまとまる。あるところで評価を切り下げられた資産が、ほかでは最大限に見積もられる。どうかするとディナーの席に向かう彼が、ひょいと思い立ってアジア地域に第二の電話を入れ、前の晩に成果の上がらなかった担当者への罰として、ヨガのエクササイズや朝のコーヒーを邪魔してやることもある。

「ボブじゃないか！」スティーヴが言った。つらく長かった別れのあとで大親友に話しかけるような口ぶりだ。

「この時間でよろしいですか？」ボブ博士は言った。

「よろしい？　すばらしいよ！」スティーヴは耳栓のおかげで夜はぐっすり眠れている。イヤホンを兼ねるという巧妙な仕掛けの耳栓であって、まわりから遮音された耳に肯定感を高めるメッセージをささやいてくれるのだが、これが通常の可聴レベルをわずかに下回って、しかし使用者の意識下には届くように、こわいものなし勝手放題の気分を注入する。「寝ている間に自己評価を鍛えましょう……人生には最高の賞賛があってよいのです」最新の妻からの最近のクリスマスプレゼントに書かれていた宣伝文句を初めて読んで、どうせ嘘だろうと思っていた彼も、いまでは〈パワースリープ〉の耳栓をせずには一夜たりとも過ごしがたいと思うようになっていた。自然界によくある大誤解の例として、じつは睡眠こそ言語道断ではないかと常々感じている。他者を愛する精神などよりも、なお説明しがたい悪行だ。寝てしまえば三時間、いや、どうしようもない人間なら八時間は、まったく金を稼ぐことができなくなる。もし投資によって夜のうちに利益が上がったとしても、あらかじめ決めた方針が良かったというだけのことだ。眠っているというのは、いやでも受け身に回らされる監獄のような状態であって、いかなる新しいこと、大胆なこと、本物の攻めと言えることも不可能になる。だが〈パワースリープ〉があれば、寝ながらに強力な防弾仕様のエゴを構築して、絶えざる競争とニュース速報の荒々しいフロンティアに立ち向かっていくことになる。

「どんな話なのかな?」スティーヴが言った。

「ひとつ確認できましたよ」ボブ博士は言った。「市場株価からのプレミアムは、せいぜい十五パーセントのようです。〈イーグル・ロック〉という、あちらのファミリーファンドが、木曜日の朝に〈ダンバー・トラスト〉の自社株を買い付けます。取締役会の承認を得たら、ただちにそういう動きに出るでしょう」

「十五パーセント止まり？」

スティーヴが短い応答をする合間に、はあはあという息の音が洩れていた。それも仕方のないことで、いまツール・ド・フランスは山岳地帯にかかっていて、エクササイズバイクがピレネー山脈の急勾配を上がろうとしているのだった。「その会議をリアルタイムで聞かせてもらわないとね。きみのラップトップのマイクで拾えるだろう」

「ことによると、あと三パーセントの上乗せはあるかもしれませんが、そこまでが上限でしょう。それから、もう一つ。ダンバーは執行権のない会長職からも追われるようです」

「何だって？　今度のことはダンバー抜きでの企てか？　よほどに成算のあるやつが裏にいるってことだ」

「切り回してるのはディック・ビルドですよ」

「ヴィクターと組んでた男か。メガンとはどういう仲なんだ？　彼女から見れば、亡き夫の唯一の友、だったよな？」

「そうです。ただ、陽気な未亡人に酷使される愛人リストには載ってないでしょうね」

「どうかな、見込み違いかもしれんぞ」

「ま、ともかく、私も取締役会に連なりますので……」

「そうだな、連中にとっては、まったく頼もしい限りだろう」スティーヴは仮想現実の山道でヘアピンカーブを曲がった。「しかし、わかってないようだから言っておくが、私は情報に対価を払っている。しっかりしたことを知りたい。いま連中が眠れないほどに心配してるのは何かな？」

「中国です」ボブ博士はスティーヴの口調が急変したことに慌てていた。

「え？　周(ジョウ)との衛星ビジネスに失敗したから？　あれに勝ったのは〈ユニコム〉だからね。私が知らないわけがなかろう。仕掛けた当人だよ。〈ダンバー〉が中国でつまづいてるのは、市場では知れ渡っていることだ」

「いや、ところが、そうでもありません。周は〈ダンバー〉にかなりの埋め合わせをしたんです。どっち側にも中国への敵対感情を持たれたくないんですよ。たいした金額が動いてます。あの姉妹が眠れなくなるとしたら、そんな結構な話が大っぴらになって、買い付けようとする株が急騰する心配からでしょう」

「ほう、それはなかなかの情報だ。で、あの老人は、どうなりそうなんだね？」

「はあ、いま私はマンチェスターにおりまして……」

「マンチェスター？　どういうことだ、一八五〇年か」スティーヴは言った。「いまどき行こうとするやつがいるのか」

「この付近の療養所に、ダンバーがいるんですよ。もっと安全な施設に移そうと思ってますが」

「というと地下六フィートの隠れ穴みたいな」スティーヴが発した笑いには、とくに悪意もなく、冗談もなく、まるで感情が染みついていなかった。「どうかな」と、これは的外れの企画に反対するような口ぶりになった。「私はダンバーが好きなのだ。あの老人は大いなる帝国を築き上げた。だから私が引き継いで差し上げねばならぬ。どうあっても、やつの出番があってはならん、いいな、ボブ」

「はい」ボブ博士は決意を鈍らせまいとして、アデロールを一錠、ぽんと口に入れ、いくらかの水で飲み下した。「ですが一つだけ、面倒な要素がありまして、フロレンスという末の娘が、父親をさがそうとしています」

「こちらへの害はあるのか？」

「正念場の会議よりも前に、ダンバーを表舞台に戻すかもしれません」

「で、対応としては？」

「オーストリアへ移します。おっとりしたイギリスの施設とは違って、警備は厳重です」

「だが社用機を飛ばしたら、いささか人目につくだろう」スティーヴは見透かしたようなことを言った。

「ですから〈グローバル・ワン〉はマンチェスターに駐機しておきます。いわば囮(おとり)として敵の目をごまかし、われわれはチャーター機でリヴァプールから抜け出す。そうすればフロレンスが父親の専用機を見つけたとしても、それ以上は父親に近づけません」

「その娘も株を持ってるのか?」

「いえ。ダンバーと不和になった際に、ほかの娘たちに分配されました」

「それでも父親をさがしている? どういうことだ。被害者が見せる忠誠心――ストックホルム症候群てやつだな」

「そんなものかもしれません。ただ、彼女の場合には、父親への愛もあるでしょう」

「よく出来た娘だってことか? そういう見立てをする医者だったとはな。だったら――」

「あ、すみません。いま別の携帯にアビーのメールが来て、すぐに来いと言ってるようなので」

「おや、首に縄をつけて引っ張られてるのか」

「いやいや、そんなものでは」

「ま、頑張ってくれ。ここまで来れば、木曜の夜を待つだけだ」

ボブ博士は電話を切った。すぐに行かなければ、アビーがこっちに踏み込んでくるかもしれない。心臓がどきどき打って、肌がむずむずして、口が乾いて、頭皮がかゆくなった。ばらけて崩れそうな気がする。この全身が、とめどない兆候と激しい副作用の集合体にすぎなくなっている。

ロイヤルスイートまで歩いていく長い廊下で、このところ寝室に持ち込んでいる『残酷で異常な刑罰』という本のことを思い出した。機内で読み終えた章には、ジェームズ一世時代の謀反人の末路が書かれていた。中途半端な絞首刑になってから、生殺しのままに去勢され、腹を抉(えぐ)られ、おそらくはご大層な作法によって引き裂かれたという。いま彼は狂乱しそうに疲れていて、まるで無防備な状態にあり、瞼の裏にサンドペーパーが貼り付いたような気がする。踏んで歩くカーペットは色彩の混沌でしかない。染みがついていても目立たないという陰謀なのか、あらかじめ製造工程でさんざん痛めつけられたような模様である。すさまじい拷問の結果が飛び散った処刑台の板だと見えなくもない。ボブ博士はふらりと壁に寄りかかって、つい泣き声のようなものを洩らしていた。心の中にあったのは、サー・エヴァラード・ディグビーのこと。ジェームズ一世を爆殺せんとする陰謀事件に連座した男である。その処刑の際には、心臓を摑み出され、執行役が「謀反人の心臓だ」と叫んで高く掲げたというのに、なお彼は「この嘘つきめ！」と喘いだという。

ボブ博士は壁にもたれたまま、ずるずる崩れ落ちてしまいたくなった。あの自負心はどこへ行った。計略がずばり的中したのではなかったか。有利な立場に躍り出て欣喜したのではなかったか。いまこそ自己の核心となっている冷酷な悪人と手を組まねばならない。それなのに、遠い昔の人が意地を張り通してカトリックの教義に殉じたことに泣けてくる。主義のため、仲間のため、理想のために命を捨てる。そんなことに欠けている自分が嘆かわしいとでもいうようだ。

どん、と壁をたたいた。やけに力が入ったが、とっさに手だけが動いたようなもので、心情が発露したというより、むりやり力を押しかぶせていた。八つ当たりする相手もいないので、自分の拳骨で間に合わすしかない。その手の痛さにびくっとして、哀れっぽくなっていた気分が抜けた。まっすぐに立って、また廊下を進みながら、木曜日の夜までには、誰が何と言おうと金持ちになっていられると思い直した。こつこつ稼ぐような退屈なものでも、遺産が転がり込むような堕落したものでもない。おのれの機転に、知謀に、特異の才によって、また凡人の囚われがちな奴隷根性を超越したことによって獲得するのだ。あすにはコグニチェンティからの支払いがスイスの口座に振り込まれるだろう。いま持っているダンバー株は合併後に価値が倍増する。ダンバーの娘たちを裏切る直前に抜け目なく受け取っておいた報酬もある。ということで、すべて合算すれば、億万長者のお抱え医師として慣れてしまった生活を、少なくとも擬似的な形態としては維持することができるだろう。投資して稼げる所得などは高が知れているが、子供がいるわけでもなく、自分一人でどうにでもなるという生活を無理に拡張するつもりもないので、たとえ資産を使い果たしてから借金を残して死んでも構うことはない。

廊下の突き当たりで、ドアが大きく左右に開いたときには、もう彼は不遜とも言える足の運びになっていた。

「ちょっと、どこ行ってたのよ」メガンが言った。

「そんなに大声を張らなくても聞こえます」ボブ博士は笑った顔になって近づいた。「やきもきして、火がついたようですな。ご用心ください。ひょっとすると、そのうちに――」彼は言葉を止めて、相手のすぐ目の前でぱちんと指を鳴らした。「心臓発作か卒中で、ころっと逝くかもしれない」

メガンは泡を食ったようだ。案外、ねじ伏せやすい女だ。ダンバーの娘というのは、えらそうに威張り散らして強がっているが、強がるからといって強いわけではなく、えらそうであっても貫禄はなく、威張っているとしても、ただ受け継いだ収入から生じる虚栄というにすぎない。

「それって脅しなの？」メガンが言った。

「とんでもない。そんな馬鹿なことをするものですか」ボブ博士は、ふふっ、と愛想よく笑った。「そんなに苛立って暮らしたら身体に良くないと、主治医の立場で申し上げています。このところストレスを溜めていますでしょう。いけませんね」と、相手の肩にそっと親切な手を添えながら、今週はまだ敵意や反抗心をむき出しにしないのが得策だと考えていた。

「ちょっと困った事態になっちゃって、あんまり落ち着いていられない」彼女は内情を認めた。「ダディが逃げ出したらしいのよ。しょうもない病院だわ。つかまえるのが先だけど、いずれ病院を訴えて、とことん潰してやる」

ボブ博士は「ま、そうなんでしょうね」と言いつつ、メガンのあとから客室に入ったのだが、すぐに口を閉じた。アビゲイルが電話を耳に当てて室内をうろうろ歩いていたのだ。

「これは警告ですよ」たったいま聞いたらしいことにアビゲイルが返答していた。「本日午後五時には、そちらに行きます。それまでに父が自室に戻っていないということであれば、メドウミードの病院に関わる報道が連続すると思ってください。悪いニュースが広まるとどういうことになるか、あらためて認識してもらいましょう」

通話を終えると、彼女は憤慨の声を洩らして、携帯をソファに放り出した。だがボブ博士は、いまの脅し文句には疑義があると思っていた。ずいぶん長いことダンバーの医師をしていたので、あの老人が誰それの評判を落としてやると息巻く場面にも、何度となく立ち会った。しかし、あくまで隠密にであって、その相手に言って聞かすのではない。脅迫とは、それとなく行なわれて、はっきり伝わることを良しとする。いまのように怒りをぶちまけたのでは、かえって小物なのかと思われそうだし、世界に売っているニュースが、じつは私怨を晴らす道具なのだと認めることになって、もはや語るに落ちたというものだ。そんな女の思いどおりにさせてはならない。せめて世界のメディアの半分でも、勝手気ままな運営をさせないように、悪だくみの足をすくうことを博士は義務として考える。今週末になれば、ダンバー帝国の崩壊に手を貸した男だと思われるだろうが、不埒な後継者には渡さないということで、実態としては帝国をさらなる堕落から守ろうとしているのだ。後世の目で見るなら、彼が救世主だったということになるかもしれない。もちろん短期的に考えれば、どこからも感謝されはしないだろう。

「まったく冗談じゃない」アビゲイルは言った。「朝食時から姿が見えないとか言って、まだ敷地内にいるかどうかもわかってない」

「まあ、体力は年齢以上の人ですが、金もない、電話もないとしたら、さほど遠くには行っていないでしょう」ボブ博士は気休めに言った。

「遠くにも近くにも、行かせちゃだめだったのよ。どこにも手抜かりのない作戦だったはずなのに」

「ということなら、かの有名なお父上に逃げられたとしても、病院を痛めつけるニュースは、しばらく流さないのが賢明でしょうな」

「せっかく準備させたのに」

「中身のない脅迫は、弱みを見せたも同じです」

「幼稚なマキャヴェリみたいなこと言わないで。立場をわきまえなさい」

「そう、あたしたちが何なのかってことも、わきまえてね」メガンも喜んで口を出した。医師の忠告めかして恐怖を煽った男に、二人がかりで逆襲するつもりなのだ。

ボブ博士はすんでのところで女たちを張り倒しそうになった。それどころか、さっきスティーヴ・コグニチェンティと話したことを思えば、いかに二人が見込み違いをしているのか大得意で言ってやりたくもなったのだが、深いところに埋蔵した我慢の知恵で取りつくろい、あと数日の忍従に甘んじることにした。

「これは失礼。たしかにパワーゲームでは私など足元にも及ばないお二人だ。わけのわからない流行語で言えば、ＤＮＡに組み込まれているというやつでしょう」

「四十五分後に、ロビーで落ち合うわよ」アビーは、やりこめられた家来に背を向けて、それ以上は何も言わずに去った。

「はい、結構」と言ったボブ博士の顔には、もう嘘のない笑みが浮いていた。そういう予定ならベッドに行く御用はないだろう。それだけでも守護天使の存在を信じたくなる。

7

ダンバーが登ろうとする坂道は、山腹を落ちる急流に並行していた。その川音が静かに続くノイズになって、不安な心のざわめきに消音効果をもたらしてくれる。一歩に一呼吸を単位として精神を集中し、両足がしっかり地面につく瞬間に休止を入れて、また道を上がった。行く手の傾斜がきつくて、見通しもきかないが、とにかく次の一歩を踏み出すしかない。ひたすら前進して生きてきた男だ。その力が、いまなお彼を突き動かす。いつだって未来へ伸びていこうとして、新しい大陸に事業を持ち込み、その事業に新しい技術を注ぎ込んだ。そんなものに詳しいわけではなく、使って面白いと思うこともなかったが、新しいものには新しい匂いがあった。しかし、いまとなっては、そんな昔の余勢で動いているとはいえ、すぐ自信が揺らぎそうになるので、もう遠くの目標を見るのではなく、目の前の地面だけを見るようにする。いわば夜の闇が降りてから、ぼんやりと足元を照らすランタンの光に頼るようなもの。

川水の跳ねる音が近づいたので目を上げてみると、まもなく川を渡ることになるのだとわかった。平たい石が続いて、それなりに橋の役目をしている。ふたたび下を向いて歩を進めたのだが、視野を限ろうと念じるほどに、その小さい範囲が複雑なものとして立ち現れてきた。道端の石は灰色にくすんで、ところどころに白とアシッドグリーンの地衣類がこびりついている。水たまりができる割れ目や窪みには、暗色のビロードのような苔がまとまって生えている。道そのものは、岩石質が風化しつつ赤錆色の痕跡をとどめていて、きらりと水晶のような輝きを見せることもある。海辺で遊ぶ子供のように、石ころを拾ってみたくなった。黒っぽい表面に白い鉱物質の脈がぐるりと巻いているのだが、どうせ拾ったところで見せる相手はいない。

しかし川にたどり着くまでには、ただ下を見ていればよいというものではなく、それどころか細密な世界に引き込まれて目が回りそうになった。あるはずもない顕微鏡で見たように見えてくる。そこかしこの地衣類が、どれも奇妙な色をした胞子の森になって、生息地とする石の惑星から太い茎をもたげている。われながら心がやわになったものだと、いまさらのように驚きつつ、どうしたらよいのか悩ましくて、川の途中で立ち止まった。いま足元には呑み込まれそうに豊かな世界がある。だが、あえて厳しい道を選んだつもりで、こんな人里離れた山中に来てしまった。その孤独はとんでもなく大きい。さて、どうしたらよいものか。

平たい石に立って、行く川の流れを目で追った。ガラスのような水が灰色の川石を越えていき、その先の段差を転げ落ちて泡を立てる。川水が彼の乱れた心をも流路として、その心を乗っ取らんとする混乱と恐怖を押し流してくれることはなかろうか。山下りで走る水は斜面を切って抜けるかに見えている、というような比喩を思いついたとたんに、まるで彼自身がすぱっとメスを入れて裂かれているような奇想にとらわれた。あわてて気持ちを切り替え、ミアウォーターの静かな湖水のことを考えようとしたのだが、もう遠くなった駐車場が目に浮かんでしまって、あそこでピーターと別れたのだと思うと、にわかに迫ってくる淋しさがあり、それもまた考えていたいことではなかった。ようやく目を上げると、途切れがちに広がる薄雲があって、もっと上空の光あふれる青い色をのぞかせていた。その雲が急接近するように見える。湖の左右に山が立つので、まるで狭間に吸い込まれるように飛んでくる雲は、いま峠を背にしている彼に、大きなＶ字地形の下端に囚われたような錯覚をもたらした。それだけでも心が騒ぐというのに、なぜか罪悪感まで生じたのだからわけがわからない。たとえて言うなら、この乱雲が途方もなく高価な青と白の壺であって、それを預かっていたところが、うっかり落として割ってしまい、持ち主が帰ってくるまでに、どうにか接ぎ合わせなければならない、というような心地である。

「ああ、わが心、乱るるなかれ」と、小さく口に出してから、はたと考えた。いま第二の混乱が生じている。いったい誰の慈悲にすがろうというのだ。彼は馬鹿ていねいに川の流れに頭（こうべ）を垂れた。わざとらしい格好をつければ、それだけ自分に余裕が出るかと思ったのだが、ふざけている場合ではなさそうだった。

「ああ、どうか、わが心、乱るるなかれ」もう冗談ではなく頼みたかった。こんな気分が失せてくれるなら、もう二度とふざけたことは言わない。

　彼は無理やりに身体をひねった。こんな石の上でよろけたら大変だが、あとどれだけ登れば峠まで行けるのか見当をつけておきたかった。その間ずっと「ああ、どうか、どうか」と言いながら、その祈りが水のようにするする流れて、もっと大きく穏やかなものに合流できるならよいと思っていた。

　いま彼がいる斜面は、すでに日が陰っていた。まだ日射しを残す峠には雪が積もっている。夕日が雲を染めようとしていた。太陽光が地表付近の汚れた大気を進むと、光の色はスペクトルの青から赤寄りに変わっていく。夕焼けとはそういうことだ。空気中で塵芥（ちりあくた）が小躍りする。おそらく孫の代になれば、赤くなったままの空の下で暮らすことになるのではないか。もはや死にそうな自然が、喉を裂かれて逆さ吊りにされた動物のように血を流し、大空を染めているだろう。

「こら、塵、芥」ダンバーは声を上げた。ほんの束の間とはいえ、外界に怒鳴りつける対象があったおかげで気が紛れる。

さっきよりも速めに足を運んで川を渡りきった。すばやく移動すれば、おっかない考えを少しずつ振り捨てていける、と言いたいところだったが、そんな都合のよい空想はすぐに終わって、おれも年を取ったものだという情けない自覚が生じ、さらには火のついた男が火を消そうとして走り出し、ますます火に包まれるという幻影に置き換わった。おかしな妄想が襲いかかってくるが、しかし彼はあきらめようとしなかった。暗くならないうちに峠まで行かねばならない。次の谷の地形を見るとともに、今夜の居場所をどうするか様子をさぐりたいのである。だんだん薄暗くなり、気温も下がってきているが、いまの気分がどうあれ、ともかく坂道を上がっていかなければ命が危ない。本当に死んでしまうだろう。死にそうだと思っているうちにボブ博士が来てくれるというのではない。何かしらの検査をして、たいしたことはありませんと言ったり、お丈夫ですなと誉めてみたり、処方薬を追加したり、ということにはならない。

うっかりボブ博士を思い出したら、ダンバーの足が止まった。登り坂を急ぎながら、同時に息が止まりそうな怒りを覚えるというのでは、心臓の負担が大きすぎるかもしれない。わが血肉を分けた娘ども。血肉を養生すべく雇った医師。その三人が結託したという。裏切られるのはつらいことだ。彼が日の出の勢いで大躍進した時期には、忠誠心という大きな要因が存在した。だから、いまになって裏切られると、なおさら情けなくなる。かつてナポレオンは近臣を元帥にまで取り立てて、そんな顕官の屋敷が凱旋門から放射状にならんだという。彼もまた、ウィルソン以下、草創期からのチームを率いて勢力を伸ばした。もとは『ウィニペグ・アドヴァタイザー』という地方紙を引き継いだにすぎなかった男が、世界各地の要衝で無敵の政治力を振るうことになった。その権力が娘二人と医師によって簒奪されようとしている。まったく血肉の病というべき連中だ。もし退治するとしたら、血管を裂いて川水に浸し、血液とともに病原を洗い流すしかないのではないか。外套のポケットに入れたスイスアーミーナイフに、ずっしりした鋼鉄の重みがある。川辺に膝を突く自身の姿が目に浮かんだ。つつっと手首から出た血液が、くるくる巻いて、澄んだ早瀬の水に運ばれていく。かくして夕暮れ時に犠牲の死を遂げる。あれやこれやと頭に浮かび、目に浮かび、浮かんだもの同士が衝突する。衝突と言えば、事故で死んだ妻のキャサリン――。現実にあったこと、空想しただけのことが、奇妙に等価となって拮抗する。思考や映像でしかないものが、彼の心の支配権を奪おうとする。たとえばキャサリンの死は過去の現実。それが非現実に思えるというよりは、いま考えることが一つずつありありと現実めいている。だからこそ宇宙は膨張しているのかもしれない。考えることが現実であって、いろいろ考える人間が次々に出てくるのなら、どこまで膨張しても切りがない。ぽたぽたと一滴ずつ袋の中に溜まるようなもので、宇宙だって押されて膨らんでいくしかない。

「ああ、どうか、どうか……」泣き声が洩れた。「もう大きなことを考えたくない。もういい」

がっくりと膝を突いてしまいたかった。祈る人のような格好で、こちらから膝を屈して、屈辱感をごまかしたい。だが、先へ進みたい願望は、それよりもなお強かった。こんなところで立ち止まっていても破滅的な心境を誘われるだけだ。いま膝を突いたら、ここの気分にずぶずぶと沈みそうだ。そう思って彼はまた足を運んだ。ときどき目を上げると、雪の積もった上方の斜面に、夕日の光線が射していることもあった。その光はもう頂上に寄っている。まもなく地上を素通りすることになるだろう。

　さるライバル会社のジャーナリストに投げられた言葉を、彼は忘れていなかった。敵弾の破片による古傷のように、いまなお眉間の奥で疼いている。「低利の融通、倫理の低落」彼の経歴を表現したことになっている阿呆くさい寸評としても、まったく気の利いていない部類だが、不当な言いがかりとして記憶に残るものだった。もちろん大間違い、大嘘だ。勤労と忠誠心があったではないか。また冷静でもあり、勇気や魅力もあったではないか。いやはや、こういう肝心なときにこそ、うまいことを言って持ち上げてくれる者がいてもよさそうなものだ。世辞や追従を言うやつばかりがそろっても仕方ないが、いまはピーターまでも去ってしまった。ちょろちょろ動いて、なかなか愉快で、世話好きなところもある。そんな男に彼はたちまち馴染んでいた。どちらからも話を聞かせ、また聞かせられていたが、普通の意味で、まともな聞き役として機能したとは言いがたい。双方とも心に思うことがありすぎて、そっちに気を取られていた。それでも誰かしらいると思っていられるなら、そのほうがよい。誰かがいる。それでよいのだ。よくある言い方をすれば、他者とのつながりというものだろう。ここまで登ってきた道には、つながるような存在が乏しい。鴉だって闇の濃くなる山へ上がってこようとは思うまいし、この地方の名物になっている丈夫な羊、すなわち渋めの色をして毛の硬いハードウィックシープでさえ――ピーターは（本人の弁として「何度となく何度も」）入院を繰り返すうちに、案外、この羊に詳しくなっていたが――雪を踏みしめて峠に向かう山道に来てくれようとはしないようだ。

なだらかな土地が開けて、思いがけない風景に、彼の足が止まった。川の源流をたどって小さな丸い池に出たのだった。あと少し登れば峠に達する。このあたりは道のすぐ左側が岸辺であって、天然の休憩所、観照の場として文句なしの趣があった。いまは雪景色で、水面にはうっすらと氷が張っているが、水が出て行く箇所だけは凍らずに黒っぽく見える。対岸には断崖が湾曲して立ち上がり、池にすっぽりと帽子をかぶせたようだ。絶景である。その美しさが身体を突き抜けるようだが、いささか出来過ぎでもあって、ここで美しき最期を遂げるべくお膳立てされた場面なのかとも思えた。この周囲には何マイルという範囲に人っ子一人いないのだから、死んでいく役割を演じるとしたら、その役者は彼だけということになるのだろう。ダンバーは験（げん）を担いでさっさと歩きだした。妊婦がうっかり墓場の塀に近づいたと気づいて十字を切るようなもの。雪ですべりやすい石の道を、急げるだけ急いだ。この池をぐるりと回ると、いよいよ道は峠にさしかかった。すでに峠も夕闇の中にある。峠の彼方の山頂にだけは、いまなお冷たい金色の光がちらついていた。

しかし、いかなる佳景であれ、いまの彼が見れば病んだ思考と絶えざる不安に塗れてしまう。自業自得。そうとしか解釈のしようがない。さんざん人を踏みつけにした罰を、いまになって受けている。娘どもや医師がけしからんと憤ったところで、その自分がけしからんことをしてきた。最愛の妻に対しても背信を繰り返した。事業の拠点とした各地に愛人を置いたのだ。不倫の瀬戸際でためらう女には、妻の存在について適当な嘘をならべた。フロレンスには怒りをぶつけ、勝手な考えは許さんと叱りつけて、それきり絶縁していた。つまり、アビゲイル、メガン、いわんやボブ博士ごときの所業とくらべても、それどころではない悪事を重ねたのが、ほかならぬダンバーということだ。愛してやまない者たちを裏切ってしまった。そこへ行くと、娘らは父親を敵視して裏切るのだから、道義的にはまだましだとも言えるだろう。ボブ博士などは、ただの日和見にすぎず、雲行きを見て動いただけのこと。あるいは、ものは言いようで――たとえばサンバレーでのトップ会議とか、どこかの財務大臣との会談とか、そんな時と場合であるならば――企画性、行動力などと言えそうな対応だったかもしれない。いま彼は裏切られた怒りに燃える父親であり患者であるが、じつは彼こそが卑劣な裏切りの本質を知り抜いている男なのだ。その当人が、こうして石と氷の犠牲台に引き出されているとしたら、それも致し方のない運命だろう。羽根飾りをつけた神官が裏切り者の心臓を抉りだす儀式は不要である。彼の心臓は、疚しさ、悲しさの内圧で、いまにも破裂しそうになっている。

苦しいほどの不安に駆られ、この悪しき池から遠ざかりたくてたまらず、ダンバーは峠の手前の登り坂で、深まる雪に転びそうな歩を進めた。足跡のない新雪の道は、吹きだまりに埋もれて、どう続いているのかわからない。こうなったら最短距離で行くことにして、よろめく一歩ごとに尖った石や思わぬ陥没を踏むかもしれなかったが、積もった雪が足場になってくれることを祈った。ズボンの裾をブーツに突っ込んで一応の対策としたものの、まもなく雪は足輪のようにまとわりついて、ズボンにせり上がった。ようやく峠に登った頃には、もう膝から下が凍りついたようになり、そのくせ上体は汗だくになって、心臓は激しく打って、充血した耳がじんじん鳴った。

前方には次の谷間が広がっている。ぽっかりと凹んでいるだけで何もない、ということを彼は見てとった。低い石垣が土地を区切って走るようだが、樹木や湖はない。およそ屋根になってくれるものがない。ナッティングはどこだ。ナッティングへの道しるべはどこだ。すっかり暗くなってきた。雪明かりが薄気味悪く残っているが、夜の闇は本物だ。こんな残光では気休めにもならない。雪中に凍死するだけのこと。一日ずっと歩きづめだった谷を、これで見収めというつもりで振り返った。どこか安全なところへ行こうとして逃げてきたのだが、あの村や、林間の駐車場を見やれば、安全なところから逃げ出したと思わなくもなかった。分厚い黒雲が、雨、霙（みぞれ）、雪をたっぷり含んで張り出してくる。さっき川を渡りながら見た雲は、夕日に染まって途切れそうに薄かった。いまのところ黒雲は湖の対岸、ちょうど〈キングズ・ヘッド〉の上空あたりにあるようだ。それが彼を追って峠に近づこうとしている。まもなく冷たい降水を老人の頭に容赦なくたたきつけるだろう。いまさら引き返しても、このまま無理に進んでも、どうという結果にはなるまい。とりあえず空から降ってくるものを、どうやって凌（しの）いだらよいのか、いまの問題はそれに尽きる。そういう場所が見当たらない。

8

こんな場合でなかったら、〈キングズ・ヘッド〉の寝室の、四柱式ベッド、鉛の窓格子、小さいバラの花がこぼれるような壁紙の模様に、メガンは心を奪われていただろう。獰猛な心の持ち主でも、案外、感傷を大事にしたがることはあるものだ。犬や馬を可愛がることもなく、チロル風のスカートにも冷淡な彼女が、イギリスのカントリーハウスめいたホテルとなると、もう無抵抗と言ってよかった。〈キングズ・ヘッド〉は、さりげない佇まいの天国として、彼女の理想に叶っている。暖炉には「火をつけないでください」という但し書きがあるのだが、それすらも好ましい。この暖炉は、カントリーハウスだったことのないカントリーハウス風のホテルにあって、ただの飾り物であるというところが、ますます気に入った。感傷とは、彼女の激烈な人格にあって、ほっと息を抜ける休日のような部分である。靴を蹴り飛ばし、足先をぐりぐり動かしながら、一般庶民（と彼女が思っている人々）のように、くだらないテレビを見ていられる。彼女が住んでいる油断も隙もない警戒区域より外の、だらけきって広がる大衆の日常。

　ということで、なおさら頭に来るのだった。この月曜日の朝、雨が鉛の窓枠にたたきつけ、風の音が火のない暖炉に反響する荒れた朝に、いまだ父親の居場所がわからない。あの父をつかまえて、警備の万全なオーストリアの施設に移すまでは、ぬくぬくしたイギリス気分を片時も味わっていられないのだから、いかにも腹立たしいことである。あっちに行けば峻険な氷河の山岳地帯だが、このあたりの山地は、くっついて寝ている子犬の背中のように、なだらかな起伏が続くだけなのだから、いとも簡単に逃げ込まれてしまいそうだ。メガンは、せっかくのご馳走を前に、お預けを食ったような気がした。そこでポジティブな脳内の可視化技術を採用して、望ましき結果を架空の映像として結んだ。あの父がボブ博士の鎮静剤でおとなしくなり、とろんとした目をして、ありがたそうに恍惚の表情を浮かべている。彼女はこんがり焼けた丸いパン（クランペット）の、月のクレーターみたいな穴だらけの表面に、溶けそうなバターとストロベリージャムを塗り広げる。そこへ純朴な湖水地方の乙女らが、一生懸命に、競い合うように、濃厚なクロテッドクリームとフィンガーサンドイッチを運んでくる。これに目顔で返礼してやると、ストロベリーとクリームのような娘らの顔がぱっと赤らむ……ということは、まだ乙女心には少々難しかろうが、メガンの胸中を察していないこともない……。ああ、現実はけしからん、こんなことがあっていいのか。身勝手な老いぼれの父親が、すべてぶち壊しにしている！　彼女は目を開けて、椅子から飛び出した。むやみに空想している時ではない。ボブ博士はベッドのお勤めについてはストライキ中のようだし、見たところホテルのスタッフには、やる気のないポーランド人のウエーターが二人、オーストラリア人のバーテン、グレーの髪をショートにしている堅気の女らしい帳簿係。つまり、たったいまポジティブに想像した聖トリニアンズ女学院をブーシェの絵にしたような図柄とは、似ても似つかない陣容だ。

どうも男というのは困ったもので、彼女と対等に渡り合える人材に乏しく、いわんや持久戦に応じられる相手は皆無である。とりあえず主導権は男に委ねたいのだが、大きく考えれば、もちろん男が奴隷である。彼女はおどおどした初心者という役柄を好むので、男にはその便宜を図らせるだけでよい。心配げな上目遣いをして「これでいいの？」と言いながら、手と足と口を駆使した熟練の技で男を締めつける。そっと小さな声で「初めてだから」と言ってみるのが大好きだ。下肢をわななと強ばらせつつ、そのくせ千度も繰り返した体位をとる。いい頃合いがあれば、ぴくんと震えて、声を喘がせ、唇を噛むのだが、これは乱暴な男にいじめられて逆らうこともできないという体裁だ。ここで動きを止めて何か不都合があったのかと聞くような男は、ただちにお払い箱となる。とはいえ、女が花を散らされ、仕込まれる、という筋書きに付き合って、一週間も勤め上げられた男だと、なおさら深みへ引きずられ、苦痛と愛欲の倒錯という地下牢につながれる。彼女の観点からは、痛みこそが本物だ。愛というのは金本位制下における紙幣のようなもの。基準になるのは痛みである。愛はふらふらして定まらない。そんな風評めいたものは、もっと実質のあるものに転換していけばよい。移ろいやすく裏表のある感情は、何度でも繰り返せる実感に変換すればよい。

いずれ折りあらば、地上から消し去ってやりたい。そう思うのが、このメドウミードという場所だ。ハリス博士という医師がいて、とんでもない看護師がいる。病院スタッフで最後にダンバーを見たのはこの看護師だというのだが、どちらにしても彼女とアビーが求めたいような平謝りの態度ではなかった。それなりに謝罪はあったけれども、まったく誠意が感じられない。こういう不始末なのだから、穴があったら入りたいくらいどころか、マリアナ海溝より深い墓に入ってもまだ足りないくらいなもので、まずダンバーを見つけ出してから、二人とも死んでお詫びをするのが、せめてもの償い……という態度を見せてもらいたいものだった。それどころか、娘としての怒りを浴びせるのも第三波になったあたりから、ハリス博士は、ここは刑務所として運営しているのではないのだし、ダンバーの病状もボブ博士およびハムステッドの医師から受けた報告とは違っていた、などと言いだした。つまり小憎らしい反抗におよんだのだ。それが昨日の午後である。ハリス博士の診察室に坐って、机の上の文鎮を見つめながら、この乙に澄ましたイギリス頭に、あれを思いきりたたきつけてやりたいと思っていた。映画で暗殺指令が出るような場面なら、「ただ抹殺せよ」というところだ。すると足首の太い看護師が、そう手厳しいことをおっしゃらずとも、とか何とか横から口を出した。大変な状況であることは重々承知しておりまして、すでに同行して逃げようとした二人の身柄は確保しています、とも言った。さほどに惚けていない一人の話から、どうやらダンバーはコッカーマス方面に向けてヒッチハイクをしようとしたことがわかっている。当院からも二人のスタッフを派遣し、地元警察とも充分に連絡をとって、慎重を期すべき案件であることも伝えてある――。そう聞いた彼女は、あの父がヒッチハイクをするなど嘘っぱちもいいところだと思って、いいから証人に会わせなさいと言って呼びつけると、ピーター・ウォーカーという喜劇役者だった。自分がどのように困った人間であるのか隠そうともしない。

「アルコールでえらいことになってまして」と、みっともない泣きべその顔でハリス博士の診察室に入ってきた。「いまアルコールが切れてます」自分の太腿をぱんと打って、ぜいぜい息が切れたような笑い声をあげた。「ああ、昔はよかった。なつかしい」

メガンとアビーは、この男を敷地内の散歩に連れ出して、ダンバーとの脱出劇をぺらぺら話したくなるように仕向けたいと要求し、その上で、えげつない手段をとった。酒を飲ませると誘いをかけて、〈キングズ・ヘッド〉まで連れ帰ってしまったのだ。ピーターを意のままに操って、事の真相を聞き出そうという魂胆である。彼がダンバーと別れたと称するプラムデールの町角にさしかかって、銀色のボクスホール・アストラに乗せてもらうダンバーを見たような気がするとの小細工めいた供述もなされた時点では、だんだん暗くなって、嵐も近づいていた。その嵐がまだ外で吹き荒れている。真冬の日曜日の夜、〈キングズ・ヘッド〉にはたっぷりと空き部屋があったので、まず上等の三部屋を確保した三人は、定番クラスの四部屋を二人のボディーガード、運転手、およびピーターにあてがった。患者の行き先に手がかりはあったのかとメドウミードから問い合わせてくるメールや通話の着信は、あっさりと無視している。

ディナーの席では、ピーターにいくらでも飲みたいだけのウイスキーを飲ませた。と同時に、ボブ博士の薬品カバンから出た水薬もさりげなく投与している。そうと知らされたら、また何の薬なのかわかったら、いくらピーターでも断じて飲もうとはしなかったろう。いつの間にか体内に入った成分によって、ますますピーターの心の歯止めがきかなくなり、どうにかしようと思うと、ますます酒量が上がった。不安が強まっていくほどに、人を喜ばせないと不安になった。

「知っている人は知っている――」と、ふらふらしながらジャック・ニコルソンの物真似芸を繰り出す。「お父上こそ一番大事な人なのだ。おわかりですかな」

「さあねえ」アビーは焦れったそうだ。

「そういう人であるなら」ボブ博士が、いきり立つアビーに代わって、理解ある笑顔を向けた。「その人がどこにいるのか知っておきたいですね。こんな嵐なのだから、どこでひどい目に遭っているかわからない。そうなったら大変だ。おわかりですかな」

「まあ、ね」ピーターは口ごもった。よくわからなくなってきた。ダンバーの娘らだって嵐よりはまだましではないのか。ひょっとして、いま友人ダンバーの生命を、危機にさらしていることにはならないか。

「もし銀色の車に乗ったのを見たという記憶が曖昧で――」ボブ博士の声にも、さらなる温情が入り込む余地はなさそうだった。「ほかに行き先の心当たりがあるのなら、お伺いしたいものですね。それ次第では救助に向かえるかもしれない」

「なんだか妙な心地になってきた」ピーターは芝居抜きで言ったようだ。これまでに見られなかったことである。「いま自分が誰になってしゃべっているかというと――」

「――話のわかる人として、本当のことをしゃべっている」最後まで言ってやったボブ博士に、してやったり、という会心の笑いが出た。「妙なことにかけては、あなたこそ一番だ」

「おれが……一番」ピーターはおだてられて困惑した。

「精神安定剤(バリアム)は、お入り用でしたかな？」ボブ博士が言った。

「あ、はい、はい、はい」ピーターは言った。「ぜひともいただきたい」

「では、そうしましょうか。私は医者だ。あなたは一晩ぐっすり眠らないといけない。心労の乱れた糸をまとめる安らかな眠り、というものです」

「ああ、そうだ、乱れた糸、まとめたい。まったくもって」

「なるほど、そうでしょうな」ボブ博士は椅子の横に置いていたブリーフケースを持ち上げた。

「では、必要なものを差し上げましょう。それから、ほかにヘンリーの行き先として思いつくことがあるなら、いま伺っておきますよ」

「ナッティング」ぼそぼそと返事があった。

「ちょっと、ほんとに薬が欲しいなら、何かしら言いなさいよ」アビーが叱りつけた。

「いや、ナッシングと言ったのではないでしょう」ボブ博士は我慢をきかせて修復を図った。

「それが地名なんだね？」

「そう、ナッティング」

さすがに医者である。ボブ博士はピーターに口を割らせていた。その仕事ぶりを見ているメガンは、ほとんど憧憬に近い感情を覚えていた。といって厳密な意味では違うかもしれない。憧れるというのは、血液銀行に売血するみたいな、ぎりぎりで生きている人間がぎりぎりまで追い詰められてすることだと彼女は思っていた。人も羨むほどの地位にいながら、うっかりしでかしてよいものではない。それでも、ぼんやりと憧れめいた気分を誘われることはある。そうなってくると、ボブ博士を共有しないといけないことが、もどかしくてたまらない。たしかに姉のアビーとは昔から熱烈な結びつきがあって、いつもチームとして行動した。寄宿学校時代に二人で組んでほかの生徒をいじめたり、大人になってから株主総会でどのように議決権を行使するか決めたり、どんなときでも仲間なのだった。ところが、いま彼女はボブ博士を独占したくなっていた。何だかんだ言って、未亡人になっているのは彼女であって、アビーの場合には、茶番のような夫婦仲だとはいえ、まだまだ再婚できる境遇ではない。たまにはアビーに向かっ腹を立てることもあるので、そんなときメガンはいっそボブ博士に結婚を持ちかけようかとも思う。でも、結局は、長年におよぶ姉妹の協力関係に背を向けることを躊躇（ちゅうちょ）する。昔から続いている関係の、もう古典としか言えない初期の事例を挙げるなら――あの年齢で発揮した組織力には、いまでも驚くのだったが――寄宿学校の夏季休暇中に中絶をしたという年長の生徒に、おおいに頑張って嫌がらせをしたことだ。失意の母親として戻ってくる前に、その部屋をベビー用品だらけにしたのである。モビールを釣り下げた昔ながらのベビーベッドを置いて、どっさりと大量の紙おむつ、高級なクリーム、母乳用の搾乳器を用意して、かわいらしいジャンプスーツを何着も積み重ね、手の込んだカーディガンも取りそろえて、やわらかい素材の各種のおもちゃがクッションの裏からのぞいていたり、棚から足を出して坐っていたり――ということでスラウの町にあった〈マザーケア〉の支店が在庫を空にされそうなほど買い漁ってきていた。そんな意地悪をして面白がったのだが、その楽しみが長続きすることはなかった。いじめの被害者になった娘は、騒ぎすぎだという非難も浴びて、たちまち精神に変調を来(きた)し、また逆戻りで帰郷したきり復学にはいたらなかった。翌日に集会があって、校長は「今回の恐るべき非道な行為」について「徹底した究明」を約束したものの、徹底した結果としてダンバー姉妹に行き当たってしまい、予想外の苦戦を強いられることになった。アビゲイルに聞くと、お嬢さん育ちなので、いままで中絶などというものを考えたこともなかったと答えた。まあ、先輩の一人が妊娠したと聞いたので、きっと喜んでもらえると思って、たくさん買っておいただけ、ということだ。たしかに世間知らずだったとは言えるだろう。だが、そういう若い幻想が崩れ去った上に、この件をマスコミが取り上げて「中絶女学院」とでも報じられたら、とんでもなく悲惨なことになる——。それからのダンバー姉妹は相次いで全校生徒の代表を務めた。まったく安泰な連覇の時代であり、あとからフロレンスが来るような鬱陶しいこともなかった。この妹だけは、母親に可愛がられて、寄宿校へは行かず、マンハッタンで通学したのである。

すでに娘時代から冷静な態度に徹する名人だったアビーを知っているだけに、昨夜のように下手な脅しをかけるとは、どうしたことかと不思議だったのだが、さすがに挽回の手を打つのも早く、アビーは警護主任のケヴィン、および新規に雇ったヘスス（Jと呼んでくださいと言う）に出動命令を出した。見るからに頼もしげなヘススは、元はグリーンベレーの隊員で、ひと睨(にら)みするだけで相手の首を折ってしまいそうな迫力だ。この二人を嵐の真夜中に進発させると、さっそくナッティングに到着したケヴィンからの連絡が入った。ほとんど何もない土地だという。家は四軒だけで、ほかには農家の納屋らしい建物と、壁に作り付けた赤い郵便ポストが見える。ダンバーが来た形跡はない。夜明けを待って、プラムデールに通じる小道を捜索する。つまり、ピーターの供述にあったダンバーの行路を逆にたどるとのことだった。それから夜が明けて、もう三時間はたっている。誰もが続報を心待ちにしていた。

　こんなに荒れた天候では、ヘリを飛ばすことができない。また、このあたりのボランティア組織で「ミアウォーター山岳救助隊」というのがあるらしく、そのパンフレットがホテルのフロントにあるのをメガンは見ていたが、そんなものに依頼するのは、いかにも不用心なことだった。もしヘリが使えるなら、間違いなくダンバーを捕捉できたろう。赤外線カメラを装備していれば、さらに確率は高まる。彼女はヘリコプターで狩猟をしたことがあった。アラビアでガゼル、ニュージーランドで野牛、テキサスで野豚。そういう趣味を通人気取りでさかんに勧めてくる人がいるのだが、正直なところ、ヘッドホンやゴーグルをつけて、がたがた揺れる飛行物体に閉じ込められ、一分間に数百発も撃ちまくって大自然に薬莢をばらまくとは、すさまじい狩りがあったものだ。手つかずの土地にゴミを散らかしているような気がした。また狩られる動物が哀れで、ばらばら降ってくる弾を逃れようと、彼らなりの名人芸として跳躍の術を見せるのだが、いくら逃げ回ろうと、上空から見れば、スローモーションで下手な動きをしているだけだ。豚の子供は母親に従って飛び出すものと決まっているので、もし母豚を殺すか手負いにしたら、子豚まで仕留めてやるのが慈悲だと考えられている。にんまり笑って、人生の醍醐味とばかりに旋回して舞い戻るということだ。

ドアにノックの音がして、メガンの夢想を破った。

「はい？」

「あたし」アビーが言った。「入るわよ」

もう着替えをして、ジーンズ、厚手のセーター、ブーツという出で立ちのアビーが、するりと押し通って、最新ニュースを速報した。

「あのね、いま連絡があったのよ。大きい湖から上がった山に、小さい池みたいなのがあるんだって。そこからの電話らしいんだけど、あいつらの衛星電話でも、この天候だと聞き取りにくいわね。ともかく、いまのところ捜索の成果はなし。上のほうは雪がひどいそうで、足跡なんて、すぐに雪で埋まっちゃうみたい。とりあえず下りてくるように指示したわ。ピーターが最後にダディと別れたと言ってる駐車場で、合流することにした。そこまでピーターを連れて行けば、また何か思い出すかもしれないから」

「もし彼が嘘をついてるとしたら……」メガンは自分の考えることに言葉が追いついていなかった。

「まあね」アビーは言った。「とりあえずシャンパン付きの朝食を手配してやったわ。メドウミードへ二日酔いを持ち帰るつもりだと可哀想だから」

「おやさしいこと」

「もう一つ、用意してあげたこともあるのよ」

「というと?」

「あとのお楽しみ」

なるべく急いで、下の階で待ち合わせることにした。ピーターを連れ出す役目はボブ博士にまかせてあるそうだ。

こういうアビーの復活を、メガンは喜んでいた。てきぱきと決めることを決めて、いたずらも仕掛ける。遊び心というものだ。それなのに、このところ何週間か、ぷりぷりして、ドジを踏んで、へんに威張りたがるところがあった。もちろんダディの跡を襲おうというのだから緊張しないわけがないのだが、何にせよ楽しくなければ意味がない。

駐車場まではせいぜい二マイルほどの距離なので、アビーは自分で運転することにして、ジョージには来なくていいと言った。だが、この運転手に来させたくなかった本当の理由は、(つい忙しさに紛れて)まだ首にしていなかった古参のジョージが「ミスター・ダンバー」はどうなったのでしょうと聞いてばかりなので、煩わしくてならなかったということだ。

「ですが、ほかの方々をお迎えに行くなら、もう一台出さないと乗れませんでしょう」

「大丈夫、どうにかするから」アビーは、ばんとドアを閉めながら、表情を固くして、メガンには聞こえるように、「乗れないやつは歩けばいい。あんたが来なけりゃ、それでいい」と言った。

「じゃね」メガンは窓越しに手を振って、ぽかんとした顔の運転手が吹きさらしに取り残された。

「でもまあ、けさは彼にも一つ働いてもらったわ」アビーはバックミラーに映るピーターに笑いかけた。

「おや、何です?」ピーターが言った。

「ウイスキーを一ケース買わせた」

「ケース? 一ケース全部? これは身に余る幸運、そんな願ってもないことに、わたくしごときが恵まれるとは」

「ダディがいそうな場所を教えてくれたからね」

「で、見つかりました? ダディさん、見つかった?」

「まだ」アビーは言った。「これから最後に別れたっていう駐車場へ行くわよ。おみごとな記憶術と物真似芸で、場面を再現してもらうわ」

「あ、いや、それは申し上げたとおりで――」

「いいから、あっちで実演して」アビーは最後まで言わせなかった。

まもなく湖畔の道路から折れて、人気のない駐車場に入った。

「なんだかパニック障害が来そうですよ」ピーターはボブ博士に言った。「もう一回、バリアムもらえます?」

「それは適切ではないだろう」ボブ博士が言った。「ベンゾジアゼピン系の薬は依存性が強い」

「わたくし、もともと依存症ですよ。もらえません? パニック障害なのにもらえなかったら、何のための安定剤なんですか」

「ああ、いますね」ボブ博士がアビーに言った。「案内所の脇の小さなシュルターに」

「ああ、誰がいる?」ピーターが言った。

アビーは車を近づけていった。

「そう、これは適切だわよ。案内所ってのがいいじゃない。きっちりと案内してもらうんだからね、ピーター」

「そんな、もう洗いざらいしゃべりました」

「ほら、降りて」

「無理ですよ。ひどい嵐だ。木だって真横に傾いて飛びそうじゃないですか。異常気象チャンネルだって、こんなの撮影してないかもしれない」

「降りろって言ってるでしょ」アビーが声を荒らげた。「いま父親の生死を問おうとしてるのよ。あんたが言い忘れたことでもあって、それが分かれ目になったらどうするの。降りなさい！」

ピーターは転げるように車外に出ると、たちまち横風を食らってよろめいた。

「しっかりしろ」ケヴィンが腕を伸ばしてピーターの肩をつかまえ、シェルターに引き込んだ。「ウイスキーを取ってやれ」とヘススに言う。

「おお、これは」ピーターは言った。「パーティタイムだ！　これだったら、いやになるほど心地よいホテルの〈湖畔ラウンジ〉で、小さなカクテルをちびちび飲んでることはありません。こんな氷点下の一般駐車場でも、スコッチのボトルを一人占めして可愛がっていられる。心得てますな、ご同輩」

「まあ、坐って、楽にしてくれ」ケヴィンが言った。「おれだって一休みしたいところだが、せっかく午前三時から動き回って捜索したんだからな。二時間前には腰まで雪に埋まってた。何にも見えやしねえ。おれがどう思ったかわかるか？　これが偽情報だったとしたら、そのピーターってやつを磔（はりつけ）にでもしてやる――」

「まさか、偽情報であるもんか。嘘じゃないって」

「おい、J、こいつの腕を押さえてろ」

ピーターは両腕をヘススにねじり上げられ、ベンチの背に回して押さえられた。ケヴィンは二本のウイスキーを開栓し、ピーターの頭から掛けていった。ウイスキーが髪の毛に浸透し、顔を流れて、シャツを濡らし、ジャケットの下襟に広がった。二本のボトルが空になると、ケヴィンは空き瓶をケースに戻して、さらに二本を手にした。

「これは何かな」ピーターは米軍大佐の声色を使いながら、ふたたび流れてきたウイスキーをいくらか吸い込もうと顔をひねった。「ウイスキー責めか？　ジュネーヴ条約でも、これは禁止したらいかんだろう」と言ったが、まるで反応がなかったので、バーの客が文句を言う声に切り替えた。「まだ若いねえ、どれだけバーテンの修業をしたんだ。一つ大事なことを教えといてやろう。あのな、グラスというか、シェーカーでも、ココナツの殻でも、とにかく容器になるものを出したまえ。まあ、きみの場合は、大きな葉っぱを二枚縫い合わすのかな。ほら、肩から銃弾を吸い出して、自分で傷を縫うような、手術用の糸があるだろう……」

ケヴィンは平然として、一本また一本と、ピーターにウイスキーの雨を降らせた。アビー、メガン、ボブ博士が、シェルター内にならんで見ている。

ピーターはまたもや変身して、おかしな発音をするヒスパニック系のスタイリストになった。

「あのね、言っときますけど、このカクテル、あんまり流行んないんじゃないの。材料費かかりすぎー。びちゃびちゃになっちゃって、やばいじゃない、これ！」

「やかましい」ケヴィンが言った。「ミスター・ダンバーの行き先を言いたくなるまでは、一言もしゃべるな」

「もう言ったじゃありませんか」ピーターは泣きそうになっている。

「これ、何だと思う？」アビーは小さな銀色のピストルを顔の横にかざして、引き金を引いてみせた。ぼっ、と銃口から出たのは、ガスの炎である。「ハリケーンライターなのよ。きょうみたいな悪天候でも着火するようにできてる」

「ズボンも忘れちゃいけない」ケヴィンが言って、坐らされたピーターの膝あたり全体にウイスキーを振りかけた。

「やだよ」ピーターは言った。「だめ、だめ、よせってば」

アビーは同じベンチにならんで坐り、かちゃかちゃと、病みついた癖のように、ライターの着火を繰り返した。

「で、きのう、ここまでは父と来たのよね」

「言ったとおりですよ」ピーターは息をするのもやっとだ。「あのへんで別れたんです……大きな木があるでしょ……握手してから……きっと峠の道は雪ですよって言ったのに。ほんとなんですって！」

アビーは円錐形に噴き出る炎に見とれて、ピーターには聞く耳を持たないようだった。そのライターをピーターの顔に寄せていく。

「ほんとに嘘じゃないんですっ」ピーターが泣き声を絞った。

「尋問の現場は何度も見てきましたが」と、ケヴィンが言った。「こいつは嘘をついてませんね」

熱くなった銃身が、ウイスキーに濡れそぼったピーターの髪をくぐる寸前に、アビーはライターの火を消した。

「あちち！」ピーターがわめいた。「火傷するじゃないか！　親父さんが言ったとおりだ。あんた、化け物だよ。ひどいもんだ、もう人間じゃない！」

「ほんと？　そんなこと言ったの？」アビーは冷静なまま銃口をピーターの臍の高さに下ろして、シャツの裾に火をつけた。

「そこまで必要ですか？」ボブ博士がうんざりしたように言った。「こいつは嘘をついてません。昨夜もそうでしたよ。精神状態は整えておきましたので」

うっすらした青い炎がシャツとズボンにじわじわ燃え広がって、ピーターは悲鳴を上げていた。

「いくらか躾をしてあげるのよ」アビーは言った。「何ですか、化け物とは」

「こいつは聞いたことを言ってるだけです。引用元になった御仁をさがしましょう。ニューヨークに引き返す時間を考えれば、遅くとも水曜までが勝負です。そろそろ腕を放してやらないと、病院行きになっても事が面倒」

アビーがうなずいて承知したので、Ｊはピーターを解放してやった。ピーターは大慌てで、胸やら膝やら、ぱんぱん叩いて火を消そうとした。さらに風雨の戸外へ飛び出して、まもなく火は消えたのだが、心の中で何かしらぷっつり切れたものがあるようで、止まらずに湖の方角に駆けていって、わけのわからない叫びを上げていた。

「大げさなやつ」アビーは言った。

「ガソリンじゃあるまいし」Ｊも言った。「ちょっと気の利いたフレンチレストランでも、あのくらいの火はつくでしょう」

「クレープシュゼットによる巻き添え被害」ボブ博士が言った。

「そういうことです」

「あら、煙が出てる」メガンは言った。「写真、撮っとこ」

「それはいかがなものかと」Ｊがやんわり進言した。

「たしかに」メガンは筋肉質で刺青のあるＪの前腕をつかんだ。「つい悪乗りしちゃった」

しばらく様子を見ていると、ピーターは空に向けて意味不明の罵声を浴びせながら、じゃばじゃばと水に分け入ったが、ほんの数ヤード行ったと思うと、すべりやすい石に足を取られて、バランスを失い、湖水にひっくり返った。

アビーとメガンは、おもしろがって笑いが止まらず、二人で支え合うように立っていた。

「やっとわかったわ。ほんと、おかしな男だったのね」メガンが言った。冷えきった水の中でじたばたするピーターに喝采している。

「お楽しみ中にすみませんが」ボブ博士が携帯の画面から目を上げた。「ジム・セイジからメールが来ました。フロレンスがマンチェスターに向かっているそうです。お姉様方がどこにいるか聞かれたとも言ってます」

「放っとけばいい」アビーは即応した。「ジムだって知らなければ教えられないでしょ。わざわざ黙ってるように指示するのはまずい。じゃあ、これからナッティングへ行って聞き込みにかかるわよ。四軒あったという家にも、真夜中には行けなかったでしょう」

「はい、そこまで目立ちすぎてもどうかと思いまして」ケヴィンが言った。

「私だけ、徒歩の道をたどります」Jが言った。「相手が引き返してくる場合に、取り逃がしてはいけません」

「なるほど」アビーは言った。

「あなたってヒーローね」メガンはあらためてJの腕に手を置いた。この男の肉体が発するエネルギー感にうっとりする。ものすごい人殺しで、女殺しでもある。その二つを知り抜いていて、ほかのことは無知に近い。もう極楽。

「これが仕事ですから」Ｊはリュックサックを背負った。「では、またナッティングで」

「ねえ、ほら」メガンがアビーに言った。「ジョギングして行くわよ！」

「ほんと、仕事してるわね」

その姿が樹間に消えるまで、メガンはじっと見送った。

「さあ、乗った、乗った」アビーがハンドルを指でとんとん打っている。

メガンは後部席でボブ博士とならんだ。振り返るとピーターが見えた。すっかり忘れていた。いまのピーターは場違いな置物になったようだ。もう岸に上がって、ヨガの講師なら子供のポーズとでも言いそうな格好をしていた。地面に膝を突いて、背中を丸めて前屈し、組んだ腕に前頭部を乗せている。

「火に洗礼され、水に洗礼され」ボブ博士が言った。「あれで生まれ変わらなかったら、生まれ変わる人はいませんね」

「あら、やだ」メガンが言った。「憎いこと言うわね」

9

石積みの塀に梯子段が掛かっている。ダンバーはなるべく隠密に乗り越えると、この低い石垣の反対側から顔だけをのぞかせ、ナッティングという期待はずれの小村を振り返った。夜明かしに利用した納屋も見えている。いまのところ人に見られたかどうか定かではないが、どこからでもお見通しの谷間にいたのでは、窓ガラスを這っている虫のように目立ってしまう。もともとの心づもりとしては、夜明けを待ってから村の住人に頼んでタクシーを呼んでもらい、ロンドンへ行こうと考えていた。そのような交渉を敢行することへの危惧はあった。こんがらかった現状で、人にわかるような話ができるかも怪しい。心の混乱が外見にも出ているとしたら、タクシーではなくて救急車かパトカーに乗せられてしまいそうだ。いまの彼は緊急にして重大な局面を迎えている。たとえて言うなら、沈もうとする船のフロアをすべっているピアノの鍵盤に手を伸ばしながら、うろ覚えの音楽を弾こうとするほどに、あたふたしている。

また、他者との遭遇を回避していられることがありがたいとも思う。一人でいるから狂おしさが増すのだとしても、その狂おしさと、いやでも一人で向き合う状況になっている。いまは大変な無秩序だが、これが新種の秩序に切り替わることだってあるかもしれない。少なくとも、どこかで新しい見方ができるようになるかもしれない。雲だらけの空で苦労するパイロットが、視界ゼロの空域をふわりと抜け出して、穏やかに明るい上空に達したとすれば、雲海を翼の下に見て、それまで眼前を塞いでいたものの全体像がわかるだろう。ああ、そういうことを望むのだ。そうなることを切望する。

すぐにナッティングを出ようと思ったのは、昨夜、納屋にいたら二人の男が入ってきたからだ。ダンバーという名前を小声で言い合う様子から、敵方の捜索隊であることはわかった。幸い、積み上げた干し草に身を隠す余地があって、懐中電灯の照射からも遮られていた。納屋の中では、一方の側に牛が飼われていて、その熱い息と体温のおかげで、空気に温もりが感じられた。牛の反対側には、まとめた干し草が積み上がっていた。入口から正面の奥にはトラクターがあって、油と、土と、濡れた金属の匂いを発していた。彼が納屋へ行ったのは、放たれた刺客が来るよりも何時間か前のことだ。彼もまた懐中電灯をつけたが、こわごわと断続して光らせただけである。必要なものを見定めたかったとはいえ、その光が人目を引いてしまわないかという心配が先に立った。ちらちらと調べるうちに、トラクターの横の片隅に荷袋が何枚も重なっているのが見えた。積んだ干し草には、いい具合に凹んだ箇所があって、これが寝床になりそうだった。彼は雨で重くなった外套を脱ぐと、乾いている荷袋を引っかぶってから、濡れた外套を上掛け毛布のように広げた。毛皮の裏地がついた外套は、ずっしりした暖かみがあって眠りを促してくれようし、寝ている間に表側が乾くことにもなるだろう。この条件下にあっては一夜の宿として万々歳だ。しかし、空腹と警戒心から眠り込むまでにはいたらず、納屋の戸が開いて、その瞬間だけ嵐の音が強まると、どきっと心臓が跳ねて覚醒していた。すぐには話し声が聞き取れなかったが、戸が閉められ、二人が納屋の中央まで進んで、彼が隠れている真下に来ると、干し草の隙間を抜けるように、はっきり一語ずつ耳に届いてきた。

「ダンバーが真夜中に他人の家をノックすることはあるまい」第一の男が言った。この声は、どこかで聞いたような、とダンバーは思った。「自分の意志で動きたがる男だ。人に頼るのは真っ平だろう。それに、どこかの家に潜んでるとしても、こっちの対応としては、朝になってからだ。山歩きの仲間が嵐の中ではぐれた年寄りをさがしてるということにしよう」

「うちの田舎はテキサスで、やっぱり納屋があるけども、こんなのとは違ってるな」第二の男が言った。

「そうかい、J、おもしろいじゃないか。じゃあ、ここに腰を落ち着けて、田舎の納屋っていう話を聞かせてもらおうか。そのために来たんだっけな?」第一の男は馬鹿にしたような笑いを発した。「トラクターの運転席を見ておけ。そんなところで寝てやがるかもしれない」

二人が納屋のフロアを動きまわって、トラクターの本体をのぞき込み、シートのかかったトレーラーやプラウまで見ていた。

やはりそうだ！　声の主を思い出した。アビゲイルの護衛役をしているイギリス人で、何という名前だったか――。ケヴィン。そう、ケヴィンだ。もとは特殊部隊にいたという気に食わんやつ。だいたい警護に雇われる連中は特殊部隊にいたというのが相場だが、その特殊な攻撃力にものを言わせて、空中で吹き飛ばされるクレー射撃の標的のように、彼の心を打ち砕こうとしている。そういうことのプロなのだ。しばらく肉体を生かしておいて、まず心の破壊を味わわせようとする。こんなやつらに生け捕りにされてたまるか。もし最上段の干し草を突き落としたら、ケヴィンの首をへし折ってやれるかもしれない。このダンバーは、ダンバーであるかぎり、最期まで戦ってやる。

「ぼてついた年寄りが麦わらの砦によじ登ることはないよな」ケヴィンが言った。「まさかとは思うが、念のためだ、ちょっと上がってみろ。おれはビーフの様子を見る」

「積んであるのは干し草ですよ。そっちのは乳牛です」Ｊは農家の出らしいこだわりを見せた。

「え？」ケヴィンは言った。「何だ、そりゃ。王立農業大学ってか？　まあ、おれなんか毛並みのいい雌牛に詳しいと思われてるかもしれないな。そういうのに雇われてるんでね。そういうのを乗りこなす技術も、ぜひ勉強させてもらいたいぜ」

Jの動きで干し草がぎしぎしと音を立て、ダンバーは不安に身を強ばらせた。いま隠れている場所は、草の山に上がった中央付近である。丸見えではないとしても、見つからないわけがない。

ケヴィンは、たかが牛だと侮って、ずかずか近づいていった。強力な懐中電灯の光に、びっくりした牛の目がガラスのように浮いた。敵意のある態度を感じたのか、牛がざわついて、その動揺が広がった。一頭か二頭の牛が大きく鳴いた。牛舎の柵にがちゃがちゃと体当たりする牛もいた。ほどなく犬の声がして、また別の犬も吠えた。

Jが乗り上がってくると思えた瞬間、ケヴィンが下から鋭い声を飛ばすのが聞こえた。

「降りてこい――騒がしくなりやがった！」

Jはひょいひょいと身軽に降りた。

「いないみたいだしな」

「ともかく出よう。農家の親父が鉄砲持って出てくるとまずい」

二人が去っていって、ダンバーは至福の安堵感に浸っていた。これほどありがたいと思ったことはない。牛に守られ、犬に守られた。さっきと同じだ。ようやく雪の峠道を踏み越えたものの、霙(みぞれ)に打たれながら目印のない暗闇をふらふらと下ってきたら、かすかに犬の鳴き声がした。すると別の犬が（いまのように）呼応して、また人の声も聞こえた。犬を屋内に入らせようとしたのか、黙らせようとしたのか、その言葉はわからなかったが、怒った声音ではなく、やんわりと言うことをきかせたい口ぶりだった。そんな一連の音に引き寄せられて進んだ方角には光が見えて、納屋の前の地面を照らしていた。そして、いま新たな危機を迎えたところで、ふたたび動物が割って入るように助けてくれた。ほとばしる歓喜とともに、自然はわれの味方であると思った。長女と次女による不自然に冷酷な行動に、自然もまた怒りを燃やして加勢してくれたのだ。

もともと彼は自然との結びつきが強かった。若い頃は夏になるとオンタリオの森へ行って、これこそが本来の家だと思いながら、湖畔の別荘で過ごしていた。いまでも彼の私有地になっている湖で、カヌーを漕ぎ、ヨットを走らせた。樹上の小屋を作ったりもした。ハイキングに行き、キャンプをして、泳ぎながら冷たい湖水を飲んだりもした。あたりの草や木や動物と、いとも簡単に結びついていられる気がした。あれから年齢も財産も増えてしまって、すっかり自然からは遠ざかっていたのだが、こうして自分の限界まで試される事態になると、より深いところの本能、自分の中の古い部分にまで戻っていけるようでもあった。あのケヴィンというやつめ、「ぼてついた年寄り」が干し草に上がれないとは、見込み違いも甚だしい。ちゃんと隠れていて、ドジな捜しものをする追っ手の目を欺いてやったではないか。いつだって体力勝負には人一倍の自信があった。せいぜい三時間も眠れば、あとは一日中、文句なしの働きを見せていられた。さっきの筋肉ばかりで頭が空っぽのやつは、誰が相手なのかわかっていない。おのれの戦闘能力に溺れて、内なる強さの何たるかを知らないのだ。

そんなダンバーの高揚感は、ほんの数分で下り坂に転じ、はらはら崩れて、消えていった。あのケヴィンと格下の暴れ者らしい二人組が、本当にいなくなったのかどうか気がかりになった。そのあたりに潜んで、納屋の戸口に監視のレンズを向けているのではないか。あるいは農家の親父が本当に鉄砲でも持ち出して、番犬と乳牛を騒がせたのは何やつかと検分に出てくることはないだろうか。手遅れにならないうちに逃げる算段をしなければならない。納屋の正面だけは、ぽつんと光が当たっている。だがトラクターの背後に大型の引き戸がある。あれに鍵が掛かっていなくて、彼の力でも動くのだとしたら、闇に紛れて逃げおおせることだろう。彼は干し草の山を降り始めた。足場をさぐっていると、手の指には草を縛っている硬い紐が食い込んだ。どうにか裏口にたどり着いて、レバー式の取っ手を力一杯に押したら、意外にもドアはずるりと滑って、彼はドアレールの上で引きずられそうになった。その空間から抜け出して、ドアを閉めた。いまだ天候は荒れていたが、真っ暗闇というほどではなかったので、ダンバーは襟を立て、帽子を目深にかぶって、彼の足取りとして知られている最後の地点から、すなわち〈キングズ・ヘッド〉、あるいはピーターがべらべらしゃべったとしたら駐車場から、なおも遠ざかるように進発した。

それから、ここまで坂を上がってきた。いま石垣を乗り越えて、身をかがめている。あとは畑地が三つで坂の上だ。振り返れば、小さな村と、あの納屋が見える。だいぶ明るくなったので、方向を見失うことはないが、敵の目に触れやすいということでもある。村に通じる道の最後の曲がり角から二百ヤードほどの距離を置いて、黒のランドローバーが停車中だ。車の向きは彼が登ってきた坂道とは逆なので、バックミラーに映ったのでもないかぎり、車内から見られたということはないだろう。だが村の家屋や自動車よりも、黒い一台の存在が、ずっしりと彼の心にのしかかった。石垣に隠れて逡巡していると、ランドローバーのドアが開いて二人の男が出た。後部席からリュックサックを出して背負う。行軍するように歩きだした方角からして、ミアウォーターへの小道をたどろうとしている。二人の顔はわからなかったが、ケヴィンとJだと思って間違いない。捜索を続行するのだろう。

彼はしゃがみ込んで石の壁に背中を押しつけた。いやはや危ないところだった。見つかる寸前だったと思えば心臓がどきどきする。しばらくは軽々しく動けない。連中が峠道を越えるまでは危険だ。こっちで谷の斜面を上がったら、いつ二人が振り向いて谷を見通そうとするか知れたものではない。いまだって、もし車を降りて歩きだすのが一分でも早ければ、この石壁を乗り越えるところを見られたかもしれない。さっき納屋で救われたときには、幸運に感謝して、自然の恵みはありがたいと思っていたのだが、こうして二度目ともなると、心は逆方向に振れていた。恐怖感がずぶずぶと深まる。磯波に揉まれて溺れる恐怖に似ているかもしれない。太平洋の岸辺がちらほら見えて、あの岸にとどまっていればよかったと思いつつ、海に引き込まれる深さと時間が一波ごとに増していく。いまの彼は、たとえば靴ひもが結べない、ものの名前がわからない、というように、なんとなく惚けていきそうな気がするが、その上にまた、ずっと深いところで発作的に困惑するという不調が出る。この瞬間にも、まったくあり得ないことを目の当たりにしたとでも言おうか、自然の法則が逆転したような、まるで根本から覆るほどの混乱を覚えていた。宙に投げ上げた石が、落ちてくるのではなく、そのまま加速して高く飛んでいくというような——。

地面は硬くて濡れていた。だが、すぐ目の前だ。大地は友である。どさっと倒れてしまいたくなった。空に落ちるよりは地面に落ちたい。目を閉じて、心は過去にひねって、失った故郷を振り返りながら、いつまでも空へ空へと飛んでいく——というよりは地面に倒れたほうがよい。ダンバーは壁際に倒れ伏して、なるべく地面と接するように、べったりと寝そべった。この場にしがみつきたい。とにかく摑みどころが欲しいという手さぐりで、石積みの出っ張りに右手をかぶせ、ざらついた石に指の皮がむけそうなほど押さえつけた。左手は地面の草を握りしめている。子供の頃、母親に叱られ、罰を受けたくない一心で、テーブルの脚にしがみついたことを思い出した。とくに「これだけは」いけないと言われていた火遊びをして、ひっぱたかれたことがある。まだまだ言葉の意味がわからなくて、こわいものに違いないと思い込み、いけないと言っただけでは追いつかないような、人道上の重罪に関する用語なのだろうと考えた。あとで意味がわかれば、決まりきった無色の語感に拍子抜けがした。きっちり几帳面な言葉に、あれほどの恐怖と猛威を背負わせようとしたのは、どういうことか。

「これだけは」ダンバーはつぶやいた。

しばらくの間、ぬかるんだ地面に伸びていた。草と石に摑みかかり、爪先を土にめり込ませ、全身に張りつめた力をすぐには抜けないような気がしていた。いつまでそうしていたのかわからない。何もかも、というのは時間の感覚までもが、すっかり歪んでしまって、そこに悪夢のような現実味がある。母親にこっぴどく叱られる気分にどれだけ浸っていたのか判然としない。もちろん叱られたのは昔のことだが、子供心には際限がないとしか思えなかった時期の記憶であり、もはや時系列の外にある。その一方で、無限、無辺といった考えは出てきて、それが一瞬でも胸中を掠めると、まるで永遠の罰という地獄のような未来を告げるかに思えてならなかった。

ようやく動きだした彼は、ゆっくりと膝を突いて立ったが、その膝は痛くて足は痺れていた。頭を壁の上には出さない。あの追跡隊が高倍率の双眼鏡で谷を見通していないともかぎらない。

なお念入りに時間を置くと、彼は石壁から目を上げて、二人がどこまで行ったのか、こっそり偵察をした。人の姿はない。車を降りてから峠道へ行くはずの動線を目で追ったが、黒い羊が雨に打たれているだけだ。雨は風に縒られる紐のようで、その雨に羊が濡れそぼっている。もう二人組は山にかかる雲に紛れたということか。にわかに信じがたい。どれだけ長いこと隠れていたのだろう。すでに連中が復路をたどっていたりはしないか。こうなったらナッティングへ引き返して、いさぎよくタクシーではなくてパトカーを呼んでもらうべきなのか。まあ、どうせ何を頼んでも、警察に通報されるに違いない。だったらメドウミードへ身柄を戻すように頼んでみるか。そうなればまた薬を投与されることになるのだが――。

いや、違う。もう引き返すことはない。屈伏はしない。子供らの好き勝手にはさせない。囚われの身に甘んじるものではない。たとえ飢餓に胃袋を滅ぼされ、氷霜に血液を壊されても、こちらから降参することはない。彼は老体に鞭打って歩きだした。追跡隊はいまのところ姿を消している。できるだけ先行して逃げておきたい。やつらは猟犬の群れが違う道へ行かされたように、息急き切って峠道をミアウォーターへ向かっているだろう。だが足の速い連中のことだから、そっちに何もないとわかれば、わんわん吠えてフェンスを越えるように、大急ぎで取って返して、山中に追いかけてくるはずだ。そうなれば彼は獲物となる鹿も同然に、肺を燃やしそうに熱くして、四肢をがくがく揺らして駆けまわり、匂いを断とうとして川をじゃぶじゃぶ突っ切って逃げるのだが、結局は、木立か池で退路を失い、力尽きることになる。そんな狩猟の一部始終を、かつてロワール渓谷で見たことがあった。犬どもは追い詰めた鹿を食いちぎろうとはしない。その褒美として内臓にありつける。しつけられた犬は、狩りの最後の楽しみを主人に差し出すことを知っている。そこで主人が野生の獣の心臓を一突きすることになる。

10

誰もマンチェスターに行ったことがない中で、唯一の例外はウィルソンだった。いつぞやお父上に同行しましたよ、テレビ局の買収に、ということだ。

「買ってから、どうしたの？」フロレンスは言った。

「閉鎖しました」

「甘言を弄して、滅亡に誘った？」

「そうとも言いきれません」ウィルソンは、にこやかに言った。フロレンスが思春期の戦闘モードに入って父親の帝国に疑義を抱いてからも、よく話し相手になってやったものだ。当時のフロレンスは、労働者の権利、環境の問題、ジャーナリズムの高邁（こうまい）な理想について、熱弁を振るうようになったのである。

フロレンスも笑顔を返した。ウィルソンという男は家族も同然である。いや、彼の名誉のためには、家族ではないと言ったほうが、はるかに好都合なのだろうが、ともかく彼女にとっては幼い頃から知っていて、その真心とユーモアにより、じつに好ましい人物なのだった。

「プライベートジェットで飛ぶなんて罪悪感を覚えるわ。二酸化炭素の排出量として不道徳な行為だってことを、うちの子供たちに言い聞かせたばかりなのよ」

「おやおや」ウィルソンが言った。「ライバルを潰すためにテレビ局を買うことがあれば、ライバルに追いつくためにジェット機を手配することもあります。いまはお姉様方に追いつきませんとね」

「出発間際に乗ってきた人もいます」フロレンスは目を丸くしてみせたが、あまり言い立てるつもりはなかった。

「そうですね」ウィルソンも余計なことは言わない。「二酸化炭素を排出してまでもチャーターしていただいたので、利用する人員が増えるのは結構でしょう。寝ているうちにマンチェスターに着けます。たいした長旅ではありません」

「去年は七万本の植樹をしたというのに」

「でしたら、今度は肥料の空中散布だと思って飛びましょう」ウィルソンは彼女の肩に手を乗せた。「では、おやすみなさい、フロー。あすお会いするときは、北イングランド振興の中心地にいるということで」

「おやすみなさい」フロレンスは、きょうは疲れましたね、という仕草で、ちょっとだけ手を重ねた。

それでもう寝室へ引き上げた。小さくまとまった個室に防音対策がなされている。彼女は靴を蹴り飛ばし、衣服を引き剝がした。ブラは外して、Tシャツを着て、ぼうっと何も考えない習慣として歯を磨いてから、どたっとベッドに倒れ込んだ。シーツの下に身体をもぐらせて、耳栓をつけた。アイマスクもつけたのだが、いったん目から持ち上げて、消灯した。

飛び入りの乗客とはマークのことである。ひょっとして聞こえる範囲にいたら困ると思ったので、あれ以上は言わずにおいた。マークから折り返しの電話があったのは、ウィルソンとクリスの父子がバンクーバーを飛び立ったあとのことだ。いまなおアビゲイルの夫として、義父の捜索に加わりたいというのだった。その真意をフロレンスは測りかねた。自身の安全を何よりも優先したいと言ったくせに、わずかの時間で気が変わったのはどういうことか。しかしマークが覚悟を見せている、という直感もあった。その覚悟は固いけれども壊れやすい。もはや妻に対しては憎悪しかなく、それは強烈なものらしいが、さりとて心の葛藤という重荷を受けて、ぐらつきそうになるのも無理はない。もしウィルソンが強硬に反対して、マークには同行させないと言うなら、それまでのことだけれど、とりあえずラガーディア空港に集合ということでよかろうと彼女は考えた。

ウィルソンと落ち合ってから、マークも行きたがっていると言ったら、「味方は野放しでよろしいが、敵は引き寄せておくものです」という謎めいた答えが返った。

「何だっけ、それ。ゴッドファーザー？　孫子の兵法？」

「何でしょうね。思いつきです」

「そんな！　まじめな意見を聞かせてよ」

「まあまあ。こちらに作戦らしいものはないのですから、マークに通報される気遣いもありません。それよりは、何かしら役に立つことを聞き出せる可能性があります。などなど考えて、来させるのがよいでしょう」

ダンバーが無理やり入院させられたのがイングランド北西部だとわかってから、ウィルソンの調査チームは候補となる私立病院を三箇所に絞っていた。しかし、いずれに問い合わせても、しっかりした回答は得られず、はたして隠そうとしているのか、知らないだけなのか、本当にいないのか、ダンバーが見つからない理由は突き止めようがなかった。ところがウィルソンがラガーディア空港に着くまでには、ウィルソンの下で法律業務のインターンをしている女性が、そのうち一箇所は外せそうな情報を仕入れていた。彼女と話をした夜勤の病棟職員が（すっとぼけた演技でオスカー賞をとるほどの役者ではないかぎり）推論の根拠となることを洩らしたのだ。その聞き込んだことをウィルソンに知らせるのに、彼女はイギリス英語の物真似をした。

だが芸としての出来映えはひどいもので、それにくらべれば『メリー・ポピンズ』でディック・ヴァン・ダイクが演じた煙突掃除人のほうが、まだ生粋のコックニー訛りに近かった。

「なぬ？　ヘネリ・ダンバア？　あの有名なヘネリ・ダンバア？　そんなんいやしねって。いたらわかんだろ。こんなとこいたら、ばれるに決まってらな」

というように聞こえてきた不用意な発言があって、これに信憑性があると判断したフロレンスとウィルソンは、（マークには詳しく言わなかったが）翌朝、二手に分かれて、それぞれが残った候補地を調べることにした。

「私はクリスと組むわ」フロレンスが言った。「あなたはマークと行ってください。そのほうが思惑を読めるでしょうから。それに――」と言い添えたことには、ぽろりと本音が出たような気味があって、ウィルソンから見れば、昔からフロレンスのかわいらしいところだった。

「クリスと行きたい気もするし」

「そうだね」たしかに実用面でも一理ある。その意を汲んで、ウィルソンも調子を合わせてやった。心の中では思い出すこともある。それぞれの子供同士が結婚するのではないかと、よくダンバーと話をしたものだ。「お姉さん方は私が取締役会を離れるようにお望みらしいが、どういう魂胆でそうなるのか、探ってみたいと思いますよ。案外、マークが知っていながら、気づいていないことだってあるかもしれない。わずかな手がかりで敵の動向が見えてくる場合もあります」

いまフロレンスがなかなか寝つけなくなっているとしたら――現実にそうなっているのだが――あすはクリスと組んで車に乗ると思っているせいでもある。心を奪う絶景と評判の湖水地方を、メドウミードという地名を頼りに走っていく。どちらにとっても初めての土地だ。もちろん緊急事態として赴く旅なのだが、フロレンスの脳裏には昔の思い出がよみがえっていた。だいぶ長いこと、とくに親密だった二十代の前半には、二人で遠出を重ねたものなのだ。いまから振り返ると、なんだか決まりが悪いことに、自分でも性愛に燃えていたと思えてならないのは、クリスと付き合っていた時期である。まったく最初から露骨なまでに夢中だった。服を着るというのは、服を脱ぐまでの、つまらない下準備になっていた。パーティへ行ってもじっとしていられず、二人で抜け出して、乗ってきた車の後部席にもぐり込んだ。にぎやかなだけで平凡な会場に戻るまでには、ぼんやりして、ぐしゃぐしゃになっていた。彼女が二十三歳の年に、ヨーロッパの二人旅をしたことがある。ホテルの寝室からサンジョルジョの教会塔に目を見張って、まさに完璧、これ以上は望めないと思った。潟湖(ラグーン)から風が吹くたびに、フランス窓を縦長の額縁にしたような枠内で、白いカーテンがふわりと膨らんだり、だらりと沈んだりして、赤レンガの鐘楼が見え隠れしていた。またニューメキシコの荒野を歩いて、薄い黄土色をした洞窟を見つけたときのことも、いまなお夢のように思い出す。さらさらに滑らかな砂地だった。あたたかく、ふっくらと堆積していた砂の上では、どう膝を突いて、身体をひねって、寝転がったとしても、およそ不快な体位にはならなかった。ああ、もう昔のことだ。それなのに何よりも近く迫って感じられる。少なくとも現時点で、すなわち小型のチャーター機に乗って、薄っぺらな壁で仕切られた個室に分かれていて、そんな気がしてならないのだった。

夫のベンを裏切るなんてことは論外だ。いままで浮気なんてしたことはない。だが、もし結婚以前の彼女を知る人と不倫をしたら、その罪は通常の不倫よりも深いのだろうか。それとも結婚によって中断された原状を回復するだけのことか。などと考えること自体がおかしいか。ベンジャミンのことは、夫として、また子をなした仲として、たしかに愛している。それまでに関わった男とは、絶対に妊娠を避けようとした。例外はクリス。彼との日々は、ある中間段階だったと言える。まだ若く、激しくて、はっきりした計画まではなかった。向こう見ずで、情熱に負けて、どうなるかわからないとは思った。ところが、どうにもならなかったと言おうか、結果として、クリスの子を宿すにはいたらなかった。それが悔やまれた頃には、もう別れの時を過ぎていた。ぷりぷり怒って相手のアパートを飛び出すという、いつもの別れ方ではなかった。

クリスとの関係を深めたことには、近親相姦のような気味がなくもなかった。その父親たるウィルソンは、彼女の洗礼以来の後見役として、おおいに親身になってくれたのだし、クリス自身も彼女の子供時代には身近な存在であり、長い夏休みの大半をダンバー家が専用とする湖で過ごしたものである。そろそろ子供ではなくなりかけて、歯がぶつかり鼻の頭が衝突するようなキスをしたこともあったのだが、それだけならばクリスは兄のような役割に収まっていたのかもしれない。あまりに近すぎて、誘惑のある対象にはならなかったかもしれない。しかしウィルソンがヨーロッパでの事業を統括したことに伴って、いよいよ大事な時期にさしかかった二人に、ほとんど顔を合わせる機会はなくなった。クリスはイングランドで寄宿制の学校に行き、夏はイタリアやフランスで過ごすようになった。ダンバーはヨーロッパへの出張も多くて、クリスに会ってやることもできたが、フロレンスは思春期前半の彼には会わなくなっていた。その後、どちらも十七歳になった年に再会すると、知り抜いていたはずの人にどぎまぎして、不思議にときめいたのだった。言うなれば、ずっと住み慣れた家の中に、なぜか知らなかった部分が延びていて、そっちへ行ってみたくなる、というような感覚だ。まるで逆流の合流というような成り行きに、二人とも当惑していた。ずっと後になって、マナウスでアマゾン川の「二河川合流地点」を見たことがある。黄土色の本流に黒っぽいネグロ川が合流するのだが、水温と流速の差によって、何マイルも二色の水が混じることなく並行して流れていく。これを見た彼女は、あの再会の夏を思い出した。クリスへの懐かしい好ましさと急激な欲望が出合いながら、かなり長いこと、まとまらなくなっていた。キスの時間が延々と続くようになったのは、ようやくクリスマスの季節になってからである。初めて身体の関係ができたのは、夏が来てからのことだった。いまにして思うと、あんな大昔からの結びつきがあったのだから、あとで結婚したことが不倫だったかもしれないような、おぞましい気もした。ともあれ、いまは眠っておかねばならない。ふだん薬を飲まない彼女は、五年前の抗不安薬（ザナックス）を取り出した。その一錠だけでがつんと効き目が出て、まもなく、ぐっすり眠りこけていた。

　薬で掘り下げた深井戸のような眠りに、ドアをノックする音はたいして届かなかった。だが客室係が様子を窺うようにドアを開けて、これから着陸態勢に入りますと知らせると、フロレンスはどうにか礼を言って、きょうは緑茶ポットのほかに、ダブルのマキアートを、とまで言えた。もぞもぞと着替えをして、届いたコーヒーを腹の中へ落として、シートベルトを締めてから、ひどく大きな革張りの座席でとろとろ二度寝していた。

　マンチェスターは生憎の天候だったが、飛行機を降りたフロレンスは、運転手が差し掛けてくれる傘の下で、舗装面に揺れる水たまりや、顔にぱらぱら降りかかって心地よい雨粒に、うっすらと感興を誘われつつ、待機していたレンジローバーまで移動して、そのハイバックシートに坐った。隣の席にクリスも乗ってくると、遠ざかっていた十五年が帳消しになったように、彼女は「もうちょっと寝たいの」と呟いて、彼にしなだれかかり、その膝を枕にしてしまった。するとクリスも予期せぬ荷重を歓待して、彼女の腰にやさしく腕を回し、車が急停止しても座席からずり落ちないように気をつけてやった。

目覚めたフロレンスは、とっさに自分がどこにいるのかわからなかった。クリスの膝を枕にしていた記憶までは取り戻して、これはしまったと思うべきだったのだが、そうなっていることの甘美でも自然でもある心地よさに負けた。

「ごめん、寝ちゃったんだわ」彼女はのっそりと起き上がった。

「一応は、断ってからだったけどね」クリスが言った。

「じゃあ、見逃してもらえるの？　不当に接近して不安を生ぜしめ、個人の尊厳を失わせたことを訴えられなくていいのね」

「本件は不問にしよう。今後のためには正式の合意書を作成しておこうか」

フロレンスは一瞬だけ彼の手を握って、もう何も言わなかった。この男を相手に軽口をたたくのは、刺激が強すぎるし、それでいて浮薄でもある。

「いま正確にはどこなの？」彼女は運転手に言った。

「衛星ナビによりますと」運転手は飛んできたサーブを打ち返すように、「正確には、いま目的地まで九・六マイルの距離にいます」

「三十六時間前までワイオミングにいた人間には、すぐ近くみたいに聞こえるわ」

「あまり正確でなくてよければ、行程の九十九・八パーセントは来たかな」クリスが言った。

「ほんとに父がいてくれるならね」

冗談じゃありません、とハリス博士は言った。

「そのへんのことは、お姉様方から聞いておられましょうに」

「いえ、何も。どちらの姉とも音信はありませんので」

「ほう。こう言っては何ですが、あのお二人、私には音信が過多ですよ。きのうだって、じきじきに罵倒していただく栄誉に浴しました。きょうは、そのお役目が、ロンドンの強硬きわまりない弁護士事務所に委託されたようです」

「ブラッグズですか?」

「はい」

「そっちは止められるかもしれません」

「ほう。いずれにせよ」ハリス博士は憤懣が収まらないらしい。「こちらにも考えはあります。そもそも当院は重罪犯の監獄ではないのですから、たとえ警戒が厳重でなかったと言われても、入院患者を拉致することにくらべれば、落ち度としては軽微なものです。患者の言によれば、ダンバーについて知っていることを言えと拷問されたそうではありませんか。その男は、つい一時間前に、われわれがプラムデールで見つけたのです。極度の恐怖に見舞われた状態でしたので、とりあえず鎮静させてから、自殺の予防として観察室に入れました。そんな状況を裁判所がどう見るでしょうな」

「拷問ですって？　その人と話をさせてもらえますか？」

「おや、まさか、また火をつけるのではないでしょうね。あの患者には、金輪際、あなたがた一家と接触させたくありませんよ」

「私は家族から外れてます」フロレンスは言った。

「それはまた、きょう一日、考えさせられてしまいそうなご発言だ。しかし、何はともあれ、またサナトリウムのご用命があるなら、ほかの施設を当たっていただきたい」

「いや、まあ、先生、落ち着いて」クリスが言った。

「これだけは言わせてもらいます」ハリス博士は椅子から立つと、来訪した二人に向かって机の上にせり出した。「お姉さんたちといい、代理の連中といい、私がおとなしく引っ込むと思ったら大間違い。父上の失踪はまことに遺憾ながら、そもそも患者として受け入れたことが遺憾ですよ。とかく有名人は面倒なだけで引き合わないが、父上の場合には、名実ともに大物すぎて、とんでもない災難になってしまった」

「どのように捜索しているのです？」クリスが言った。

「もちろん手は尽くしてます」ハリス博士はまっすぐ立って腕組みをした。「警察や山岳救助隊にも知らせようとしたのに、お嬢さんが――いや、こちらとは別のお二人ですが――自分たちだけでどうにかするとおっしゃいますのでね。だったら、それでどうなろうと私の責任ではありません」

「責任を云々するつもりはありません」クリスは言った。「ヘンリー・ダンバーを安全な場所に連れ戻せばよいのです。わざわざ身一つで嵐の山間部へ行こうとしたからには、それだけアビゲイルとメガンが脅威なのでしょう。雷や、霜や、低体温症よりも、なお強敵なのですね。ただ、私にとっては生まれたときから知っている人ですが、力の勝負となると執念も本能もすごいものです。それを失ったら、もはや何も残らないと思います。だからこそ、あれだけの大物にもなったのですが」

「残念ながら、人間というのは、何も残らない状態になることもあります」ハリス博士は、クリスが穏やかな口をきこうとするので、相応に静かな物言いを返した。「そんな例を毎日見ていますよ。ダンバーの場合は、たしかに勘違いが多くて、きわめて怒りっぽかったとはいえ、そこまで衰弱していたとは思いません。その失踪については、きのうの午後、ミアウォーターー湖畔の駐車場で目撃されたのを最後に、そこからナッティングという村の方角へ向かった、ということしか言えませんね」

診察室の壁に、英国陸地測量部による地図が貼ってある。ハリス博士は地図の前に立つと、ダンバーがたどったと思われる道筋をフロレンスに示した。クリスは坐ったまま携帯の画面に文字を打ち込んでいた。

「この季節ですと、歩くのは大変でしょう。いわんや八十歳の老人には厳しい。嵐が弱まってきていることだけは確かですね」

「それならよいのですが」フロレンスは言った。「ともかく、いまクリスが言ったとおりで、父は意志の強い人です。あんなに頑固な人もいないと言っていいかどうか、まあ、意地は通しますね」

「さて、それじゃあ」クリスが携帯から目を上げた。「ナッティングへ行って、いまから三十分後には、うちの親父と合流しよう。警察と救助隊には親父から連絡する。ブラッグズからの憎たらしいメールにも適当に対処してもらう」

「あら、お父さんは別のクリニックを調べてるんだと思った。マンチェスターの反対側よね」

「こっちが本命だとわかって、すぐに知らせたんだ。とっくに移動中だよ」

「まさかテンプル・グローヴでは？」ハリス博士は、つい口を出したくなった。「あれはひどい。あんなところに入院させちゃいけません」

「もうどこへも入れませんよ」フロレンスは言った。「連れて帰ります」

「では、そろそろ出発しますので」クリスがハリス博士と握手をかわした。

「要観察という人の具合を、知らせてくださいね」フロレンスは言った。「さっきのお話では、あまりにひどすぎます。どうにかお助けしたいと思いますので」

「わかりました」ハリス博士は言った。「こちらこそ誤解して申し訳ない。てっきり容赦ない攻撃の第三波が来たのかと」

「成り行きを考えれば、それも仕方ないことです」クリスがしっかりした笑顔で応じた。

メドウミードから走り出した車内で、フロレンスは「すごく有能になったのね」と言った。

「あなたって、昔は……」

「頭の中がばらけてた」

「まあね」彼女は笑った。

「ヘンリーとは頑固な男である、ってことは伝わったよね」クリスは思いきり快活に言った。

「頑固者らしく頑張ってくれてるといいけど」フロレンスは窓の外に目をやった。じつは泣いていることをクリスに見られたくなかった。どういう気持ちの綾があって泣いているのかもわからなかった。彼を見ないままに、その手を取って、唇に引き寄せ、キスをした。

「そうさ、頑固な人だよ」クリスは指の絡んだ手を、今度は自分が引いて、唇に押しあてた。

11

ダンバーの心は、ほとんど幻覚のような、ばらけた物語に占領されていた。その最新の断片を振り払おうとしたのだが、ずっと一人でいたせいで、どうしても白昼夢の中を漂うままになって出られない。その夢は、彼が感じたくないこと、できれば思いつきたくないことを承知の上で、ずばり映像として見せつけるようにできていた。いま見たばかりなのは老いた虎だ。寒い土地で、檻から逃げ出したサーカスの虎が、悲鳴を上げて逃げまどう群衆の中を、きょとんとした顔で遊歩していた。異なる生物の強力な歩行を彼も実感していたら、虎は餌を探しに行った先の、木々のまばらなリクレーション森林の外縁に立っていたところで、飛んできた銃弾に頭蓋を撃ち抜かれ、血と骨が飛沫(しぶき)になって散った。

覚めていて見る夢から、どうやって目覚めたらよいのだろう。考えるもの、見るもの、すべて夢の中にある。黄色を帯びていく空に、茶色と紫色の雲が切れぎれの層になっていて、彼は母親が持っていた鼈甲の櫛を思い出した。片目をつむっておいて、いつまでも櫛を灯火にかざしていると、目の前が光と影の斑模様になった。まだ小さかった頃で、彼は母に難問を発することもなく、簡単な返答に疑義を呈することもなかった。まだ母と子が敵になっていなかった。現在は、彼が正気ではないということで、どこの誰もが敵である。

風雨にさらされたあとの山地が、午後の光に濡れている。いやはや無茶なことをしたものだ。こんな艶やかな美景の中に、この重たい身体を持ち込んで、まるでセメントの袋のように、どさっと投げ出してしまった。その袋は破れて雨で固まったも同然に、きれいだった山腹で唯一の汚点になっている。

それでいて、ひっそり滅びていくだけだという気もした。ふらふらになって、腹の中が空っぽで、人間界とのつながりは細る一方なので、いまにも生存状態を脱しそうだ。きらめく雨粒が、どこかに引っ掛かってから、枝から草へ、草から土へと、静かに落ちている。そんな一粒とも変わらない。

あの娘どもに、どうやって対抗できるだろう。彼が作り上げた組織体はすべて乗っ取られ、いまの彼は組織が崩壊したようになって為す術もない。組織、崩壊……。そういう言葉にも腹が立つ。自分でしゃべっているつもりでも、腹話術の人形が操られて口をぱくぱく動かすのと大差ない。そう言えば、人道的に殺処分される虎の映像だって、あんなものが濃いグレーのテレビ画面みたいな心をよぎったのは、およそ生けるものの心に届く全チャンネルを掌握する残忍な邪神が、空の上から操作して、適当に番組を変えたからにすぎない。

なぜ進むのか。なぜ疲れた身体を次の谷へ引きずろうとするのか。なぜ生きることの苦しみに耐えようとするのか――。我慢が取り柄だからだ、とダンバーは思った。むっくり起き上がり、いま一度すっくと立って、両手を拳にして胸に上げると、子供を食らうような空の神に、どうとでもやってみろと誘いかけた。神の衛星から情報の雨を降らせ、焦熱地獄にざあっとノイズをかぶせたイメージビデオを、やわになったダンバーの脳にストリーミングで配信したらどうなのか。そうやって頭をたたき割るもよし、あるいは言葉という縄を首に掛けて絞め殺そうとするもよい。

「さあ、来い」ダンバーは嗄(しわが)れた声で言った。「来やがれ」

さて、彼がどうなったかというと、この直前のことを、けろっと忘れていた。だらりと手が下がって、ただ一つの雨粒だけに見入ったのだ。一枚の葉の先端で雨粒の色が変わる、と見る間に、ふくらんだ雨粒がきらめいて地面に落ちた。その刹那の光彩にあやかりたいと彼は思った。地面に吸い込まれたくなった。もし地面が受け入れてくれなければ、空に散るのでもよい。蒸発して、あらゆるものに混じり、いかなるものにも残らない。何もなくなる。役割も、意味も、所在も、定型も、精神も、何もない。

この土地のためには、彼が除去されることが望ましい。それしかない。彼は自分が消される場面を考えてみた。黒板上のいかがわしい落書きが先生に消されるようなもの。そのあとには、きれいさっぱりした谷を導く公式が書き出される。そう、彼は去らねばならない。いま彼の膝は坐ってくれと言っていて、腰は寝てくれと言い、あらゆる筋肉がもう行き倒れてしまえと言っているのだが、それでも彼は懸命になって、濡れた草地をよろよろ進もうとした。この谷が彼を去らせたいと願うのは至極もっともなことで、その意向を尊重しようとした。魅惑の空間の汚点となる悪人は、せめて自分から退散するがよい。

グローバルな帝国を率いていた頃ならば、どれだけ薄情で、恨みがましく、嘘だらけで、怒りっぽくても、そんなものは果断な指揮官として必然の行動だと装っていられた。だが、いまとなっては、こうして裸で放り出されたような状態で、かつての行動の本質までもが裸になって、彼に叫びを上げている。いわば出所した囚人が街中で残忍な役人を見つけたのにも似て、「こいつだ、こいつが拷問をさせたんだ！　おれは爪を剝がれ、膝を割られた。結婚が破綻し、仕事を辞めるしかなく、監獄へ送られたのだって、こいつの仕業……」と言っている。もう彼には相手の喉を搔き切るほどの力がなく、走って逃げるほどに無事な身体でもない。ただ突っ立って動きがとれず、向こうの言い分だけを聞かされるというのは、彼には不慣れな状況である。そいつらを首にすることも破滅させることもできない。従業員やライバルではないからだ。

すべては自身の記憶――何もかも失って無防備な条件下で再構成される記憶なのである。だから裁判所に禁止命令を出させるとか、編集部に言いつけて敵方の世評をずたずたに引き裂く猛犬記者を放つとか、そんな手は使えない。どこのどいつを愚弄してやるかと思うより先に、どこのどいつもこぞって彼を嘲っている。彼が痛めつけてやった誰もが――相当の数になるだろうが――受けた傷を武器に転化して向かってくる。彼は一度、二度と、よろめきながら、敵となった記憶を逃れるべく、道を急ごうとした。いまや記憶は、心魂の中心から発して、彼に追いすがるようだ。内部に噴き上がるものを振り切ることはできないのかもしれないが、今度の坂を上がりきれば、その次が急峻な谷になっていることだってあり得よう。この世に正義やら慈悲やらが多少なりともあるならば、坂の上から断崖へ落ちるようになっているかもしれない。だったら身投げをして、どこかの岩に頭から衝突し、いっそ脳を吹き飛ばした荒療治で、脳内の憂いも飛ばしてしまって、わが命には、それを終わらせるしか救いようがないという非情な認識を得ればよい。

彼が美酒として味わった冷酷な行為は、もともと自分が口惜しいと思わされたことを原料に、そこから精製した産物だったようだ。つまり、目には目を――。それが法だ。いま彼は頭を強力な道具で挟みつけられ、瞼を切り取られようとしている。ああ、それはいかん、やめてくれ――。坂を上がろうとして、目の前がぼやけてきた。視力を奪われる恐怖がいや増す。積年の罪悪が転じて目を潰す毒になる。自分の頭を両手でつかまえて、やはり挟まれて動かないと知りつつ、どうにか無理にでも横を向けないかと思っている。これしかない目玉を剝き出しにされ、目潰しの劇薬をたらりたらりと落とされるのはかなわない。ああ、だめだ、やめてくれ。もう心臓が破裂しそうに苦しい。彼は最後の数ヤードを四つん這いになってよじ登り、坂の上へ倒れ込んだ。

一瞬、絶望感に駄目押しを食らって、恐怖心さえも曇らされた。ここから下っていく斜面は、いま上ってきた斜面とも変わらない。せいぜい足をひねる、骨を折る、という目標ならともかく、想定した成果につながるとは到底思われない。断崖になっていれば楽だろうに、そうでないなら、おとなしく苦しんでいるしかない。こうすればすぐに死ねるという作戦すらも立てられない。むりやり歩かされる牛のように、だらだら進むのみである。飢餓と風雨と感染と不衛生にさらされて死ぬだけだとわかっている場所で、なかなかたどり着けない死に向けた迷路をさまよう。いや、もっとひどいかもしれない。うっかり救助されてしまったら、二人の娘の戦勝記念で見せしめに引き回されるのではないか。征服された国の王が鎖につながれ、さかんに揶揄する大衆から汚いものの腐ったものを投げつけられる、というように――。

その昔、まだ現役の王者だった彼は、アビゲイルやメガンを〈ダンバー・トラスト〉の要職から解いたこともある。それは間違いない。だが、あとで別の役職につけてやったのだし、いつ何時でも、よかれと思ってしたことだ。つまり娘どもを鍛え上げて、自社の最高幹部にふさわしい品位と猛勇を兼備するようにならなければ、身内の情実人事などもってのほかと知らしめるためだった。ともかくも、いよいよ遺産を継がせるという最後の時点になるまでは、あってはならないことだった。その時が来れば――もう来てしまったとも言えようが――王家の存続に関わる案件こそ、何を差し置いても大事になる。いまにして思えば、あいつらは解任の真意がわからずに、父への復讐に走ったのかもしれない。あるいは、幼くして母親を奪われたという怒りなのかもしれない。狂った蛇のような母親から守ってやろうとしたというのに、それがわからないのだろう。娘心に痛みがあったというのは、いまの彼にはわかる。もし娘が怪物になったとしたら、育て方がまずかったということだ。その埋め合わせのつもりで何でも持たせてやったのだが、娘らは何でも持たされたとたんに、それまでの父親を真似したような厳しい態度での逆襲をすることしか考えなくなった。しかし、ひとつ確かなことを言えば、彼は姉二人よりもフロレンスに対して、よほどに厳しい態度で臨んだのだ。いま彼が生き延びる理由があるとするなら、フロレンスの前に跪(ひざまず)いて許しを乞いたいことだろう。だが、心頼みにして上がってきた架空の断崖から飛び降りることのほうに喫緊の理由があるならば、この世で最愛の人間を厳しく扱いすぎた悲しみがどれだけ激しいものなのか、実地に見せたいためである。その人間とは、すなわちキャサリンが産んだ娘――。三人の中で最も父親に逆らっておかしくない娘。それが唯一人、反逆の陰謀に加担しようとしなかった。

彼は目を守ろうとして手を上げたのだが、何のことはない、その目は燃える水薬に焼却されるはずもなく、ありきたりな涙に濡れているだけだった。何だこれはと思って、いささか心外ですらあったのだが、そのまま信じるほどに素直な男ではない。目潰しの炎は、苦痛を引き延ばそうとして、いったん消えただけだろう。絞首刑の男をじわじわ入念に殺すために、とりあえず首の縄を切ってやるようなものだ。彼は世の中を知っている。たとえば消防士が放火魔だということもある。医者を装って近づく暗殺犯もいる。悪魔が司教になって大悪魔のために人の魂を刈り取っていたり、先生がシャワー室で盗撮した教え子の写真を闇ネットに上げたりする。そういう記事を彼は読んできた。毎朝、食事をしながら読んだ。また人形遣いが上から糸を引きつつ、なおパペットの声まで演じるかのように、ある程度までは——そして高所から見下ろしているには違いないとしても——ダンバーは理念としての読者と一体化していたのでもあった。その読者とは、すなわち、低俗な若者も、福祉にぶら下がる輩も、変態や中毒者も大嫌いであって、なおかつ偉ぶった紳士も、羽振りのよい金持ちも、税金をごまかすやつも、有名人も大嫌い、という層である。つまり、およそ不安や羨望をもたらすやつらが大嫌い、という自分と似たような人間はともかく、あとは大嫌いだという読者層。その人々が舌を出すから、そこに薄いパンを載せてやるのがダンバーの役目であって、心を蝕(むしば)まれるだけの不安と羨望から、押しが強いだけの憎悪へという奇跡の変容を遂げさせる。この低劣な聖職を務める高僧だった彼が、いま様変わりした環境に身を置いて、祭壇から会衆を眺めようとすると、まるで目のきかない暗闇を見るにも等しかった。

　さっさと自死を選ぶことも許されないとしたら、すんなり逝かせてもらえるほどの人間ではないということだ。当面、この目を潰されなくてすんでいるのは、じんわり迫る恐怖を薄れゆく目に焼き付けておいて、まもなく見えなくなってからでも目の前にちらつかせてやろうということだ。こんな運命を免れる道はないかと模索するうちに、遠くに崖錐（がいすい）の地形が見えるように思った。小規模な崖があって、崩れ落ちた岩が崖下に堆積しているのだ。いまの彼は、ヘリコプターにでも乗せてもらわなければ、あんなところまで上がれない。もし連れて行かれたとしても、いい景色ですが崖っぷちに近づくと危ないです、と言うような愛想がよくて仕事のできるパイロットでは困ったものだ。

　彼はまず膝で体重を支えてから、やっと踏ん張って立ち上がり、この周辺をよく見渡しておこうとした。いま上がってきた谷にも、前に下っていく谷にも、建造物らしきものは見当たらない。門も階段も壁もない。さんざん出くわしたハードウィックシープでさえ、これだけ何もない丸裸の山地や雪の峠道まで遠出する気はないらしかった。「何もないところの真ん中」という成句が頭に浮かんだ。やたらに使われる決まり文句に本来あるはずの底力を思い知る。そう、ここは何もないところの真ん中だ。まったく文字通りにそういうことだ。いままで彼は生活でも仕事でも、何かしらの意味で、中央と言える場所にいた。またしてもそうなっているということで、これも従来からの延長のような気がするが、もちろん、いま彼がいる真ん中は、まるで何もない世界の真ん中なのであって、そのように現在地を特定したところで、野ざらしの境遇が救われることにはならない。衣服の隙間からすべり込む氷のような冷気を防ぎようがなく、食べるものも火の気も一切ない。彼はぶるぶる震えだして、骨の髄まで冷えて麻痺するような気がしてきた。このまま夜になることが、とんでもなく恐ろしい。

「助けてくれ！」

いま一人しかいないはずなのに、どうして声が聞こえたのか、とっさに答えが出なかった。

「何だ？」ダンバーは声を上げた。

「助けてくれ！」

一瞬、ヘリのパイロットかと思った。いましがた心に浮かんだ人間は、そういう姿をしていた。だが、この想定に根拠はない。もしパイロットが来ているなら、ヘリコプターだって来ていそうなものだ。どうも話が合わない。

わからん、と思ってから、ぎょっとした。土が盛り上がっていると見た箇所が、もっこり地面から起き上がり、人間の形をとったのだ。むさくるしい茶色の外套を着た男である。ひげを泥だらけにした顔を上げて、坐った姿勢になった。いくらか顔の泥を払っておいて、いまの要請を繰り返す。

「助けてくれ。ブーツが脱げなくて困っている。ブーツに殺されそうだ」

「そうか、おれは娘に殺されそうだ」偶然とはいえ似たようなやつはいるものだという心情に駆られたダンバーは、知り合ったばかりの呻いている男に近寄って膝を突き、泥がこびりついたブーツの紐をほどいていった。

「ほとんど足の感覚がなくなってる。その感覚が戻ると、かえって始末が悪い。靴ずれだらけで、ひりひりする」

「そうか、おれは目に来てる」ダンバーは言った。

「見えるのか?」

「ろくに見えない」

「『もし盲人が盲人を手引きするなら、ふたりとも穴に落ち込むであろう』マタイによる福音書、第十五章十四節」

「そりゃ、もっともな話だ」ダンバーは言った。「盲導犬のほうが、よっぽどましだな」

「おれは牧師だった。サイモン・フィールド師なんて言ってな。ところが道を誤った。マタイじゃないが、穴に落ちたってやつだ」

「聖職者というより浮浪者みたいじゃないか」ダンバーはずけずけと言った。

「おれは隠者だ」

「牧師が浮浪すると隠者なのか。じゃあ、おれは放浪の身と言おう。億万長者転じての浮浪者だ」

「賭け事がいけなかった。やめられなくてね」サイモンは言った。「教会の屋根に鉛の建材があったんで、借金の形に、はずして持っていかせたよ」

「おいおい。おまえの足、ひどいな。血が出てるぞ」

「その次は配管の銅材だった。総選挙の結果に賭けて負けたんだ。情に訴えればどうにかなると思ったんだが、いまの世の中、上昇志向というか欲が深いな。それがアンフェタミンになって一般大衆の神経を刺激する。教会にあった大型のラジエーターまで持っていかれたんで、もう仕方なく、教区民には強盗に押し込まれたと言っておいた」

ダンバーは、ぼろぼろになったサイモンの靴下を、脱がせたブーツに突っ込んでおいて、雨が降ったばかりの水たまりに両手を差し入れ、きれいな水をすくって、ひりひりだというサイモンの足を冷やしてやった。

「教会に屋根部会ってのがあって、うっかり座長に打ち明けたのがまずかった。その男とは恋仲のつもりだったんだが、あいつめ、新聞にネタを売りやがった」

「ゲイの牧師、鉛の欲ボケ、なんていう一件だな」ダンバーは襟巻きでサイモンの足の水気をぬぐった。

「おや、あの報道キャンペーンを知ってるのか。ゲイの牧師、職を追われる……屋根を売って、心も売る……とか何とか、さんざん書かれた」

「うん、そうだ。ああいう追い込み方はまずかった。自殺したという噂もあったが、生きていてくれたんだな。編集部からの連絡だと、『例のホモ牧師、自殺みたいですよ。すっきりしたじゃないですか』なんてことだったが、それは行き過ぎだと言ってやった。いくら何でも趣味が悪いってことで、たしか記事にはしなかった――」

「いまとなっては、どうでもいいさ」サイモンは言った。「このへんに洞穴があるんだ。それなりに寒さをしのいで、夜明かしできるぞ。来るんなら案内してやる」

「ありがたい」ダンバーはまたサイモンにブーツを履かせた。「やさしいんだな、あんなことがあったっていうのに――」

「だから、いいってことよ。ともかく洞穴へ行こう。雨も止んだことだし、火を熾(おこ)せるかもしれない」

ダンバーはサイモンに手を貸して、どうにか立たせてやった。沈む夕日がぎらついている。夕空は、酔った別れ際にリップスティックを塗りつけた鏡のようになって、歩き出す二人の背景になった。しかし、まもなく空は脱色されて、灰色をしたガラス質の透明感が大気に浮かんでいた。よたよた進むサイモンは、おぼつかない一歩を踏み出すたびに、あやうく片膝を突きそうになり、かろうじて立ち直っているかに見えた。ダンバーは相棒になった男に畏敬の念を抱いて、おのずと似たような歩き方になった。片膝を曲げた格好が、遠くの雪山からの反射で妖しい逆光のシルエットになる。その都度、彼は膝を折って許しを乞うているような気になった。一人、また一人、これまで痛めつけた人々に謝っている。

12

午前三時。クロナゼパムを二錠飲んだというのに、ボブ博士は電気ショックを受けた直後のように、ただベッドの上の天井を見て寝そべっていた。どこかしら近くの木で啼くフクロウの声を、腹立たしく思いながら聞いている。映画好きな都会人の耳には、音声の編集ミスではないかとも聞こえる。悪気はなくとも愚かしいだけの編集により、ひどく恐ろしい場面に、よけいな音が残ってしまった。その主人公はベッドに寝ていて、当然ながら不安が高まっている――。きのうは大変な一日だった。ピーター・ウォーカーを（悪ふざけにも程がある）火責めにして、ナッティングまで急行した成果はなく、そのほか逃亡したダンバーが行けそうな各所をまわって、すべて無駄足だった。午後からずっと、同じことの繰り返しで、ぬかるんだ土地を見てまわった。まずケヴィンが住民にものを尋ねるのだったが、レンジローバーに乗ったまま雨のあたるガラス越しに、尋問するケヴィンを見ていると、話は聞いてくれるが話にならないカンブリア住民の、青いオーバーオール、大きなセーター、泥まみれの家畜というようなものが、ぼんやりとした背景を構成して、すぐ目の前で見ている携帯の画面の隅には「圏外」という文字がくっきりと浮いていた。こうなると、もうダンバーの行方などは二の次で、コグニチェンティからの報酬が振り込まれたかどうかということが気になった。

ようやく〈キングズ・ヘッド〉に帰り着いて、インターネットに接続してみると、銀行口座の残高は、〈ダンバー・トラスト〉から六百五十万ドルの入金があった先週以来、まったく変わっていなかった。ジュネーヴの銀行は閉店時刻を過ぎていたが、いつもの担当者からメールが来ていた。この男には二千五百万ドルの入金があるはずだと通知してある。どういう素性の資金なのかお知らせ願えれば、いつでも引き出せるようにしておきます、とメールには書かれていた。しかしスイスの銀行が果たすべき任務を考えれば、そうやって金の出所を云々したがるのは、いかにも職業倫理に欠けている。だから少々手厳しく返信してやった。入金があり次第知らせてもらいたいが、その後の処理については当方からの指示を待て、ということだ。さりとて、コグニチェンティに電話を入れる時間が夕食までにあるとは思えなかったし、あたふたと焦ったようなメールを出して、へんな痕跡を残すのもまずかろう。もちろん本心としては、＄(ドル)のあとに?を二十五個ならべて送りつけたいくらいだった。

午後から夕方にかけて天候が落ち着き、火曜日には好天という予報も出たので、アビゲイルは夕食中にジム・セイジと連絡をとって、朝になったらヘリコプターを出させることにした。プラムデールの運動場まで、ケヴィンとJを迎えに来させるのだ。着陸できそうな平地は、それしか見つからなかった。ボブ博士は地上に残って、アビー、メグと三人で待機し、ヘリからダンバー発見の報があれば、ただちに車で出動する。ホテルにいるからといって、姉妹がのんびりすることはなかろう。差し迫った取締役会に講ずべき対策がある。また株を買い占める前提として、銀行からの融資限度をしっかり押さえておく。そして当面は、どうとでも裏工作をして、中国での事業が弾き出している数字を表沙汰にしない。そっちが好調であることを市場に嗅ぎつけられたら、〈ダンバー〉の株価が急騰して、自社株を買い戻せなくなるかもしれない。あるいは全情報をつかんだ敵対勢力に、高値でも買われてしまう恐れがある。という状況でコグニチェンティ側に内通して愉快になっている博士としては、裏切りの報酬たる二千五百万ドルが未着だということで、その快感にいささか水を差されていた。

　アビーとメグがぐっすり眠ったことを確かめてからでないと、コグニチェンティに電話するのは危ない。アビーはさすがに疲れたようで、博士をベッドに召喚しようとしないのはありがたい。メグはというと、ヘススが筋肉にものを言わせる愛撫を渇望して、剝き出しの欲求を如何(いかん)ともしがたくなっている。壁一枚をはさんだ隣室で、その壁にベッドの枕側が接するらしい。みしみし押してくる振動と、わざとらしく驚いてみせる喜悦の声から察するに、これが睡眠中であるはずはない。もちろん、メグの呼び出しを受けないのは、ボブ博士にとっては安堵できることである。その代役になってくれる騒々しい男については、当然、馬鹿なやつだとしか思っていない。ところが、そいつに嫉妬心を覚えるのだから不思議である。あの二人の姉妹を、博士は自分のものにしたつもりでいた。たしかに我慢のならない女どもで、実際、裏切ってやろうと思っているのだが、さりとて、まるで欲望を向けられず、頼りにもされなくなる、というのがまた気に入らない。まず先に離反されたのでは、そいつらを裏切ったところで、裏切りの醍醐味はない。『遥か群衆を離れて』に出てくる頭のおかしな牧羊犬のように、管轄の羊どもを崖から転落させてやるつもりなのだが、そういうひねくれた態度を固めているわりには、まともな勝負でも引けを取らないと思っていて、やっつけたい相手が離れていくのをむざむざ見逃してやるのは腹立たしい。

あ、いや、自分のことを映画に出る牧羊犬にたとえるとは、どうなっているのだ。昼間に牧羊犬を見かけていたことは確かだ。たぶん抗不安薬のせいもある。クロナゼパムの作用で思考が緩んできて、ふわふわした連想が働く半睡状態を漂っているのだ。しかし、そう思えばこそ、あらためて不安の波に襲われるのでもあった。われながら何とまあ守りが甘かったことか。コグニチェンティから見れば、もはや用済みになったのではないのか。あの男は、すでに勝負に出るタイミングを承知して、一気に攻めようとしている。そのための重要情報をたらたらと洩らしていたのが、ほかならぬボブ博士ということだ。たとえば姉妹が取引している銀行はどこなのか、取締役会でリスク回避型の行動をとりたがるのは誰なのか、自社株買いの資金としてどこまでの融資をどんな条件で受けるのか――。まったく世にもめずらしいほど無神経に、何もかもコグニチェンティに教えてしまった。あの敵に（あいつだって敵なのだと思えてきたのだが）いまさら姉妹の側には戻れまいと見切られているのが、いかにもまずい。たしかに帰参したくても言い訳のしようがなかろう。「お二人を裏切るつもりでしたが、どうやら寝返ろうとしてやった男が私を裏切るようですので、そいつを裏切ろうと思います」ということなのだから、まるっきり信憑性がない。

　ああ、またフクロウの声がする！　犬が羊を追い立て、羊が落ちる、眠りに落ちる。フクロウと牧羊犬、月を飛び越えるか、笊（ざる）に乗って海に出るか、フクロウと牧羊犬、崖から落ちるのか。みんな羊で、崖から落ちて、眠りに落ちる。暗がりの空間、どこまでも底抜けに落ちていく。

　ダンバーが目を覚ますと、まだ周囲は暗かったが、いくらかの月明かりはあって、吐いた息が冷気の中へ消えていくのが見えた。サイモンと同じで、たしかに足の感覚が失せている。こんなところで暮らせば、そうなって当たり前なのだろう。サイモンは洞穴などと言っていたが、その実態は突き出した岩棚の下の窪地である。しかし、とりあえず一夜の宿にはなってくれた。外の地面よりも下がっているせいか、湿気も少ないようだ。

かつてヘンリー・ダンバーという男がいた。世界有数の不動産に精通し、その美点も欠点も見分ける鑑識眼を持っていた。だが、いまは見る影もない。日焼けして模様の薄らいだ窓のシェードのように、昔の姿が消えそうになっている。岩棚の下で凍死寸前になっているのが、現在のダンバーなのである。手足の痺れが広がって、心臓にまで及ぼうとする。これほどに動悸が激しかったことも、感情の高ぶったこともない心臓が、どうせ遠からず極寒の山腹で停止する時を迎えることだろう。

「サイモン！」と彼は呼ばわった。「サイモン！」

返事がない。ダンバーは身を起こした。冷えきっていて震えもしない。外套の内ポケットをさぐって、どうにか懐中電灯の光を狭い窪地にぐるりと回した。まるで人影はない。サイモンはどこへ行ったのか。あれだって宗教家なのだから、ダンバーを見捨てて逃げることはなかろう。どこかへ助けを呼びに行ったのか、近くに隠した食料でも取りに行ったか。ともかく帰ってきてくれないことには、この恐ろしき暗闇で、ダンバーが一人さびしく許されざるままに死んでいくしかないだろう。

フロレンスは心臓がどきどき打って目が覚めた。父が危機に瀕している。父から生命が流れ出て、どんどん地面に吸い込まれていく。いま見た夢で、父は岩棚の下にいて凍死しかかっていた。まだ夜が白むまでに一時間半ほどあるだろうが、彼女は着替えを始めた。夜明けには警察と山岳救助隊が捜索を開始する。ヘリコプターが出動するはずだが、彼女もまた自前のヘリで飛ぶことにしていた。

マークは、フロレンスに疑われるのも無理はない、と思っていた。ただ、その不信感が隠そうともされないのだから、少々の口惜しさはある。いまだ妻であるアビゲイルの反対側に与することにして、もちろんスパイなどではないのだが、なかなか信用してもらえない。たとえば何かしら決め手になる情報をもたらすとか、絶対に後戻りできないリスクを冒すとか、そんなことでもしないかぎり、誠実も欺瞞も外見としては同じである。嘘ではない、本当だ、と力説しているだけのこと。はっきりした証拠になる手土産を持ってこられたのならよかったが、だいぶ以前からアビーとは冷戦状態で、彼女が企画することは一切知らされておらず、さほどに顔を合わすこともなかったのだ。たまに資金集めのディナーや授賞式の会場へ向かうリムジンに乗っていても、ほとんど口をきかなかった。広々としたアパートへ帰る車内でも、感想を述べ合うことは無いに等しかった。そのアパートというのは、うまい具合に三つの階に分かれていて、マークの部屋はすべて下の階にあり、キッチン、プール、ジム、客用の寝室、映写室も同じ階にあった。アビーはペントハウスを占有していた。真ん中の階は大きな娯楽室がならんでいたが、ここにマークが姿を見せることはまずなかった。顔を合わせるとすれば、クリスマスか、イースター、あるいは自家用の湖へ行く夏の一週間くらいなものだったろうが、そういう場合には双方から倦怠した様子を見せるものと決まっていて、たとえば国連総会で敵対国の演説を同時通訳で聞いている代表団のように、退屈を見せつける要領は手慣れたものだった。

　もともと距離はあったのだから、いまさら疎遠になったところで動揺することもなかった。マークは旧家の出だが、富み栄えたのは遠い昔のことで、アビーと出会った時点では、とうに家産は傾き、崩壊したというに近かった。その古い家系が彼女には都合よく、彼女の巨額な資産が彼には都合よかった。マークの祖先（マーク・ラッシュという名前だった初代）は、清教徒としてイギリスを捨て去り、メイフラワー号で大西洋を越えていた。黒っぽい地味な服を着て、ぎしぎしと横揺れする甲板で、祈りの文句を唱えながら家族を叱咤していた男には、これぞ世界史の流れに乗って進む船なのだとは知る由もなかった。くらべて言えば、クレオパトラの御座船（ござぶね）でさえ、ただ香気に包まれて揺曳（ようえい）するだけの、エキゾチックな無用の長物でしかなかったろう。メイフラワー号に乗った男の曾孫（そうそん）が、マンハッタン島で農業に手を染めた。農場からは微々たる収益しか上がらなかったが、さらに孫の代になって、ありきたりな作物を植えていた利の薄い畑や果樹園を、市街地に開発して収穫するようになった。家運が頂点に達したのは十九世紀後半である。その後、優雅にだらしない経営と、大流行した費用のかさむ離婚が続いたのだが、それでも何世代か持ちこたえるくらいの財産はあった。

アビー・ダンバーが二十三歳の年に知り合った現代のマーク・ラッシュは、頼りないけれども際立って見映えのよい独身男性で、大変な人脈と立派な学歴があり、ハドソン川の上流河畔に、まだ売らずに残った邸宅を受け継いでいた。ぴったりの条件がそろっている、とアビーには思われて、これならフランスやイタリアの伯爵夫人になるよりは――あるいは結婚によってイギリスの家屋敷を継承したら、頭痛の種をもらったようなもので、三エーカーもある邸宅の屋根を張り替えることになったという女よりは――ラッシュ家の夫人になっているのがよさそうだと考えた。

マークも結婚した当初は夢中だったが、その生活は急速に生気を失って、またアビーが子供を産めないとわかってから、ついに終息に至った。それ以後は、まるで寛容とは言いがたい性格の二人が、もう勝手にしろという態度を取り合った。つまり、どちらも無関心になって自分の都合だけで行動するということで、双方の自由が認められたのだった。マークはサウスカロライナへ飛ぶことが多かった。旧友とウズラを撃つという狩猟にはミンディなる女を同行させて、だいぶ長続きする仲になっていた。ミンディはやはり古い財産家の出でありながら、これがマークの実家に輪を掛けたような斜陽ぶりで、もはや貧窮しているとも言えたけれど、会っていると素直な子供だった日々を思い出すような女だった。そういう昔には、よく両親の友人が子供たちを連れてきたので、庭園や子供部屋で遊ぶことがあった。これほど自然に付き合える人はいないと思わせてくれるのが、ミンディなのだった。

そんな生活になっていて、マークとしては現状維持でも構わないと思っていたのだが、わざわざ波風を立てるようなことをアビーがしでかした。父親を拉致してサナトリウムに幽閉したのだ。それは正しくない。マークの家にいた祖父は、偏屈で、横暴で、老いてますます変人になり、物忘れが激しかったのだが、そうなってからもニューヨーク州北部の家で在宅のままに置かれた。それは正しい。もちろん、そんな状況下では、びっくりするほどの老人伝説が集積する。居眠り運転をして隣人の土地に突っ込み、競馬の優勝経験もある馬を死なせた。ハロルドという昔からの管理人と雨樋（あまどい）の掃除をするのだと言って、ロンドンの〈ターンブル&アッサー〉で買ったキルト仕上げのシルクの室内用ガウンを着たまま、屋根に上がろうとした。郵便配達の男に発砲したのは、日本兵だと勘違いしたからだ。というような珍奇なエピソードには事欠かず、正道を行くことに伴うストレスを十二分に補償していた。

正しくないものは正しくない。ということで彼はじっとしていられなくなった。道義心もあり、先祖からの気質もあり、また長らく抑えてきた妻への反感が堰（せき）を切ったこともあって、ここは一つ乗り出そう、ご老公の救出に力を貸そう、と思ったのだ。結局は、あの妻の父がいてくれたおかげで、その縁につながる者が極上の安楽な暮らしをしていられたのだ。うまく役に立てればよいが、と自分をもどかしく思いながら、とりあえず受話器をとって朝食の注文を出していた。本当はミンディを相手に愚痴話をしていたい。すごいアイデア、実用性のあるアドバイスを思いついてくれる女なのだ。しかし、まだ電話する時刻ではない。まずはポーチドエッグと燻製の開きニシンを運ばせるのがよかろう。燻製ニシンなんて、ずいぶん前から食べていない。

陽光が岩棚の下にも忍び込んだ。ダンバーは冷凍状態に近い身体を大きな外套に包んで、縮こまって倒れていた。顔の露出した部分に、ほのかに暖かい日射しが当たる。赤みを帯びた光が瞼を照らす。ということは生きてるのか、とダンバーは思った。

自分の精神がどうなっていたのやら、いままで数時間の見当がつかなかった。眠っていたのでないことはわかる。ただの空白であって、休息はなかった。

そうっと瞼を上げた。ひくひく揺れた瞼が、ようやく細く開いた目になって、浅い穴の入口が見えていた。膝を突いている男がいるようだ。

「サイモンか?」

「ああ」

「どこ行ってたんだ？」つい性急に咎めるような声が洩れた。「きのうの夜、ほとんど死にかけた。もう身動きする力もなさそうだ」

「おいおい、ほら」サイモンは言った。「もう出かけるぞ。いいところへ連れてってやろうと思ってな。ここは一夜だけの仮の宿。この近くに農家があって、あったかい食べものが待っている。おれが迎えの役になって来たってことだ。ここからは一マイル足らず」

「だが動けんのだ。いや、嘘ではなく、夜のうちにあっさり逝っていたらよかったと思う」

「あっさりも結構だが、また今度にしてくれ。いまはまず朝の食事だ。『天が下のすべての事には季節があり、すべてのわざには時がある。生るるに時があり、死ぬるに時があり、植えるに時があり、植えたものを抜くに時があり』伝道の書、第三章一―二節」

「わかった、わかった」ダンバーは面倒くさそうに言った。「そんなの、葬式で読む文句だろうが。じゃあ、ちょっと手を借りたい」

サイモンが立たせると、ダンバーはふらつきながらも倒れまいとした。

「いかん、足が利かない」ダンバーは歩けないことを訴えた。「だめだ、この足――。びりびり痺れる。ブーツの中がサソリだらけみたいで、ああ、こいつめ、この足――」

「いい兆候じゃないか。血流が戻ってきてるってことだ。足の指を落とさなくてすむ。そら、行くぞ」サイモンはゆっくりと進みだした。「坂を下りきって、曲がり道のすぐ先に農家がある」

「話はついてるのか？」ダンバーは言った。

「ああ、もちろん。ちゃんと用意してくれてる」

ダンバーは、サイモンの肩に手を掛けて、よたよた歩いた。いまは歩くだけで必死に集中しないといけない。ものを言う余裕はなかった。その心境にサイモンがうまいこと寄り添って、どちらも何も言わずに足を運んだ。

Jという男は徹底していやなやつだ。ケヴィンはそう思っていた。いけすかない。まったく胸くそ悪い若造が、あの男狂いの年増と一晩中やらかして、朝にはゾンビがにたっと笑ったような顔で食事に出てきやがった。どうやら、これで全員がしてのけたということだ。ケヴィン自身も、あの淫乱な女には脳味噌が吹っ飛ぶほどの思いをさせて、ひいひい言わせてやった実績はあるのだが、さすがに大事な作戦の前夜ではなかった。Jのやつめ、とろんとした目が開かないようだから、二錠のモダフィニルを分けてやるしかなかった。薬の出所はボブ博士だ。どんな薬でも頼めば簡単に出してくれる。そこいらの薬物ディーラーが治療センターの牧師に見えるほどで、聞いたこともない薬までどかすか出てくる。だが今回はアメリカに戻るまで、もう出されないだろう。ケヴィンは常習的にモダフィニルを摂取している。小粒のチョコを筒状の容器入りで持たされた子供のように、ぽんぽん口に放り込んでいるというのが実態だ。いつでも鋭く張りつめていたい。緊張がほどけるのは大嫌いだ。そのための薬なのに、Ｊのせいで備蓄が減るのは腹立たしい。あの馬鹿め——。

「よう、ケヴィン」Ｊがロビーに出てきた。リュックサックを背負って、出撃の準備はできている。「だいぶすっきりした。というか、すごくいい感じだ」

「よく言うぜ」ケヴィンはＪに近づいて、声を落とした。「あの二錠を飲みやがったから、そうなってるんじゃねえのか。あれで最後だぞ」

ケヴィンは手元に八錠を残していた。ニューヨークに戻るまでに、ぎりぎり充分というところだ。

「おれたち二人の共用かと思った」

「おれが持ってて、様子を見ながら配分するんだ」ケヴィンは言った。

「どうせお手盛りじゃないの」Ｊが軽口をたたいた。

「つべこべ言うんじゃねえ」ケヴィンは相手の耳元に荒い声をたたきつけた。「ボスとしまくっていい気になってるんだろうが、軍隊で言やあ、おれが上官なんだ」

「了解」

この従順な態度が皮肉なのかどうか、ぴりぴり張りつめたケヴィンには何とも言えなかったが、いずれにせよ〈キングズ・ヘッド〉のロビーでは派手に痛めつけるわけにもいかない。

二人の男がホテルを出て、道路を越えた先の運動場へ行った。ヘリを飛ばしてきたジム・セイジが、外套を着てスカーフを巻いた女と立ち話をしていた。

「やあ、来たね」と、ヘリのドアを開けて、「はい、どうぞ。いま地元への説明をしていたところなんだ。人命救助の出動で、緊急に着陸させてもらったということでね」

ケヴィンはものも言わずに乗り込んだ。

「よう、ジムのおっさん」Ｊは人の好い操縦士に男っぽいハグをしてから、近在の住人らしき女に顔を向け、「ええ、そうですよ。これから人助けに行きます」

一瞬、Ｊは霞んだような目をして、びっくりするくらいに強く、どんと胸をたたいた。

「愛なんだよ」と息を弾ませる。

「この馬鹿、いいから乗れ。反吐が出る」ケヴィンが言った。


気の毒なことだ、とウィルソンは思った。いまのダンバーは自己認識の集中講座を受けているようなものだ。そういう適性には誰よりも乏しかろう。しかも、こんな晩年になってから、必須の受講になってしまった。たしかリチャード二世の台詞で、「余は懇願するように生まれついていない。ただ命令する」と言っていたはずだが、あれは何を命じたのだったか。まるでダンバーのことのようだが、しかし本人に言わせれば「いいから実行せよ」だったろう。よけいな注釈なし。命令のみ。むしろリチャードには「余は命令するように生まれついていない。注釈する」という台詞が似つかわしかったかもしれない。ヘンリーだったら、たとえ窮地に立たされようと、その状況に絶妙の表現を施そうとするあまり自身の行動力を無駄に散らす、ということは絶対になかった。常に前を向いて未来に生きる人なのだ。とにかく突っ走るので、その途中の経過をスケッチほどにでも記録している暇がない。もちろん言葉の綾で虚飾をつけることなどあるわけがない。いつでもゴールはしっかり見えていて、そうでない周辺は何だかよくわからない。ヘンリーの現在地がどこであっても、せめて地図を持っていてくれたらよいとウィルソンは思った。そうであれば目標が定まるだろう。そして目標を定めたときには、それをやってのける男なのだ。

ノックの音がすると思って立ち上がり、ウィルソンは部屋のドアを開けた。何となくフロレンスかクリスではないかという気がしたが、来たのはマークだ。追い返すわけにもいかず部屋に入れた。

「おお、これは。バターミアの湖水が、みごとな風景ですね」マークが出窓に寄っていった。

「すばらしいホテルに来られることになったと思えば、今度もまたアビーに感謝しなくてはいけません」と、洒落のつもりで笑いを添える。

「何か気になることでも？」ウィルソンは言った。

「いまミンディという友人と電話していたんですが」

「ああ、その人のことは知ってますよ」こいつが何を言うかとウィルソンは思った。そっちとも夫婦同然で、もう十年になろうかという女が「友人」なのだそうだ。

「しゃべっているうちに、あることを思い出しましてね。ちょっと前に自分で言ったことを忘れていたんです。ダンバー家に関わると巨額の金をめずらしいとも思わなくなるってことは誰よりもよくご存じでしょうが、そのせいで自分からミンディに話したことを忘れてました」

「それで？」

「たまたまアビーの書斎へ行ったら――いえ、プリンターのカートリッジがないかと思っただけで、べつに忍び込んだわけじゃありません。そうしたら机の上のメモ帳に目が行って、いろいろ書いてあった中に6・5という数字が見えました。そこから矢印があって、大文字のBもあったんです。まあ、ただの勘と言えばそれまでですが、ボブ博士に大きな支払いをする気なんじゃないかと思いましてね」

「そうですよ」ウィルソンは言った。「そのことは承知してます。オープンな形で行なわれました。彼も取締役会に加わることになって、取締役として通常の報酬のほかに、長年にわたる顕著な功労ということでボーナスも出た。ダンバー専属の主治医でしたからね」

「ああ、ご存じでしたか」

「いまでも取締役会には親しい人が多くて、仲間みたいに思ってくれてます。ボブ博士が悪事を働いたという証拠でもあればいいんですがね。その功労なるものがヘンリーにではなく、アビーとメグを利するものだったと示せるのなら、いい証拠になるでしょう」

「どうしたら、そういうものが入手できますか？」

「ご友人に相談したらいかがです？」ウィルソンは意気消沈のマークを部屋から出そうとした。

「フロレンスが離陸する前に、打ち合わせておきませんと。ヘンリーの捜索にヘリコプターの手配をしたのです」

「私も行けますか？」

「そんなに乗れませんよ。われわれは警察の動きを追いかけましょう。連中が見つけるかもしれません。飛ぶのはフロレンスとクリス。まさか操縦士に席を空けろなんて言えませんのでね」


もし運が良ければ、とアビーは思った。ジムの操縦するヘリコプターが、谷の下方、つまりナッティングの方角に消えていくのを見ながら、父が死体で見つかればよいと思ったのだ。それが一番簡単な解決になる。こんな追いかけっこを続けるのは時間の無駄で、本来ならニューヨークに戻って、創業以来の社史にあって何よりも大事な瞬間に備えていたいところなのだ。すなわち〈ダンバー・トラスト〉の非上場化を果たし、この地上最強を争うメディア企業を完全な支配下に収める。ダンバーには退場してもらう。いつまでも老人が権力にしがみついてはいけない。上の娘二人の邪魔をしないように、もう去っていくべき潮時だ。そもそも娘が会社の全権を取り戻そうというのだから、自慢の娘だと思うのが当たり前だろう。すでに戦略はできている。従業員の三十パーセントには将来を考え直すように勧奨して、清算するべき事業は情緒抜きで売却し、全社が一体となって利潤追求に専念する。これまでは父が築き上げて後生大事に抱えていたものを、今後はこちらの自由にさせていただく。木曜日に取締役会の承諾を取り付けて、所定の様式に署名させれば、もう役員たちには帰ってもらってよろしい。この案件が成功裡に終われば、たんまり儲かることになると思いつつ、また事態の進行について一言でも外部に洩らしたら痛い目に遭うのだとも承知して、社屋を出て行くことだろう。

アビーは背後のテーブルに携帯の着信音を聞いた。画面を見るとハリス博士からだった。いま一番話をしたくない男だが、ひょっとすると警察から大事な連絡があったのかもしれない。それが遺体発見の報でもあれば結構だが——。

「ハリス先生ですね？　どんな御用でしょう」

「ああ、ミセス・ラッシュ、悪いことは言いませんよ、自分から警察に連絡して、全面的な協力を申し出るとよろしい」

「協力とは何のことです？　無能な医師への捜査にですか？」

「あなたが関与した事情について。つまり、ピーター・ウォーカーを自殺に至らしめた経緯に、どのように関わっておられたか」

「自殺した？」

「そう。まことに残念ながら、さまざまな防止策をとっておいたというのに、本日早朝、シャワー室で首を吊りました。おぞましく、また不要だったはずの死です。あなたに責任なしとは言わせませんよ」

「わたしに責任？」アビーはいきり立った。「そちらが逃がしたってことでしょうに。アルコール依存症で苦しむ患者を、サナトリウムから脱走させてしまった。しかも、その男は父を連れ出し——はっきり言って、きわめて重要人物である父を連れ出し、両人とも生命の危機にさらされることになった。もし父が遺体で見つかるようなことにでもなったら、あなたこそ二件の殺人で被告になりますよ。わたしを非難する気なら、どうぞ遠慮なく告発状でも書いてください。逆に名誉毀損で訴えますからね」

「ああ、それでしたら、もう出来てます。ロバーツ看護師も書きました」

「あのインチキ看護師！　法廷で化けの皮を引っぺがしてやる――」

「どういう仕打ちをされたのか、ピーターが言ってましたよ」ハリス博士は穏やかに、しかし押さえつけるように、相手の発言を制した。「決して嘘ではなかったと考えています。たしかに依存症でしたが、知能は高くて、精神の異常もありませんでした」

「そんな馬鹿な。いかれた男だったわよ。知れたことじゃないの。自分の声すら持てなくて、泣き言だけは地声になって――」

「なるほど、よくご存じなわけだ」

アビーはぶつっと通話を切って、携帯をテーブルに放り出した。

「くっそ！」と、声をかぎりに喚く。「この、ばか、ばかっ！」

どうしてこうなるのだ。大勝利が目前なのに、何がいけなくてこんな面倒なことになる。おかしいではないか！


ダンバーは、ごろごろした石に足を取られて、あやうく転びそうになった。

「この道でいいんだろうな」ぶつくさとサイモンに言う。「ひどい急坂だ。平地でも足元があぶないのに、こんな地滑りみたいなところへ連れてこられた」

一年前にダボスで愚にもつかぬ事故があってから、彼が何よりも（と言ってよいくらいに）

危惧したのは転倒することである。そもそも世界の重要人物をスキーリゾートの町に呼び集めて、凍てついた一月の市街地に押し込もうというのが下手な考えだ。それでサミットだという趣旨であって、「フォーラム」という言い方がされていたが、本来の語義なら広場や市場のことで、そんなところへ行くのだったら、特別ゲストとして招待されなくても、みんなが欲しがる白バッジがなくても、誰だって好きなように行けばよい。彼がダボスに到着したのは午後だったが、予定よりも二時間は遅れていて、肝心な会合に出ようと急いでいた。フォーラムそのものではない。いわば舞台裏の、大事なのはそっちだという面談である。雪がはらはらと降っていて、ふだんなら歩きやすかったはずなのに、フォーラムで張り切りすぎたやつがいたらしく、降ったばかりの雪が掻き寄せられ、周(ジョウ)がいる山荘風の家へ行く道に、黒っぽい氷の表面ができていた。ダンバーは正面の入口に向かってどんどん進んでいたのだが、つるんと滑って仰向けにひっくり返り、したたかに頭を打っていた。何ともはや醜態をさらしたものだ。血も涙もない共産党政治局員という顔をした商売人の前で、すっかり面目を失った。時間厳守にこだわったおかげで、六週間の入院を余儀なくされ、それまで一年もかけてお膳立てした中国での衛星放送ビジネスの契約をふいにしてしまった。あれ以来、どうも本調子ではない。転んでから転落が始まった。この一年、ずっとスローモーションで落ちていて、いま現在、すべりやすい石ころの斜面を降りていても、転落の続きが致命的な結末にいたらないよう気を遣っている。

「きょうは、文句も言わず、おとなしいんだな」ダンバーは、サイモンの肩につかまる手に力を入れた。「これだけ歩いて、よく黙っていられるもんだ」

ダンバーの脚は、筋肉が引きつって、腱がひいひい泣いている。これ以上ひどくなったら、まったく進めなくなるだろう。いまはサイモンの歩調にぴったり合わせていくしかない。だから、がくんがくんと揺れて歩く。次の一歩を踏み出すのが苦労なので、そうでもしないと膝が動いてくれない。もし疲労が不安を上回ってしまえば、ここまでの命と思って倒れよう。だが、いまのところ不安が疲労より上回っているので、まだまだ進んでいるしかない。

ダンバーの目に映る山地の風景が、いつもなら流れる雲だけに見られる意味ありげな変容を遂げていた。だが変幻自在のようでいて、多彩な変化とは言いがたい。動物が低い体勢をとったような形ばかりが連続し、かぶった雪の白い模様が目立っている。ぐいっと上げた顔から口が突き出し、四肢は尾根として張り出すか、地中深くにまで踏み込んで、襲いかかる前の必殺の構えにも見える。左手の方角に、ケルベロスの頭が一つ見えるように思った。この冥府の番犬は、石がかたんと音を立てても、人がどさりと転んでも、それだけで目を覚ますのではなかろうか。竜のような尾は大きくうねって山に化け、数百ヤードの先に消えていくのだが、いつ何時ダンバーの傷だらけの足の下から出てくるか知れたものではない。一方で、右手側の山に浮き出す尾根は、スフィンクスが四肢を張って爪先を地面にめり込ませているようである。いまは振り返ることも恐ろしかった。後方では背中の白い狼が大きく口を開けて待ち構え、ついに流動体となった岩石の山をぶるんと揺すってから、彼の喉笛を食い破ろうと飛び出してくるだろう。サイモンが言っている農家まで、何としても、たどり着かなければならない。この崩れそうな傾斜を行けば——恐怖の人食い谷を行けば、ぐるりと曲がった先に隠れた家があるらしい。サイモンがおかしな勘違いで道を誤っているのでなければよいが、きょうは奇妙に口数が少ない。まあ、たしかにダンバーのいるところでは誰でも静かになることが多かった。大統領、首相と言われる面々も例外ではない。彼が何かしら言ってくれるのではないかと、ありがたく待っていたのだ。「イギリス政府はどうなってるんだと思ったよ、マギー、やっとテロ対策に容赦がなくなったね……ああ、その戦略はわかりますよ、大統領、こちらからも支援いたしましょう……しかし、バーナンキ、それでは私的な債務危機を公的なものにすり替えただけじゃないのかな」

「ちょっと待った！」ダンバーは幻想から放り出され、あわてふためいた。「上空にばたばた音がしないか？　急げ！　走るぞ！」

彼はサイモンの肩から手を離すと、すでに酷使されていた両脚を動かせるだけ動かして、直近の岩陰になりそうな場所を目当てに、よたよたと駆け出した。武装ヘリが迫っている。そのサイドドアが開いて、いつでも機銃を撃てるようになっている。ヘリから見れば、彼はベトコンかタリバンの一味にも等しかろう。背中に機銃掃射して、腰から上を真っ二つに裂けばよい——。ふらふらになったダンバーの身体に、不思議なエネルギーが湧いた。恐怖に陶酔するとでも言おうか、石だらけにも泥濘（ぬかるみ）にもなる地面をすっ飛んで越えているような気になった。轟音が強まっている。岩陰に隠れるまでヘリとの位置関係はわからなかった。唸りを上げる飛行体が頭上を通過したとき、彼は岩を背にして、頭を膝で挟みつけるようにかがみ込み、まだ見られていないことを祈るばかりだった。

ようやく明け方にいくらか眠れたボブ博士は、まもなく怒りと気がかりで目が覚めてしまった。老後の資金計画が危うくなっているのだ。急性の不眠症が三晩も続いて、考えることにも落ち込みが激しくなった。錐揉（きりも）みで落下していって、あたりに亡霊がちらつくような感覚だ。まずダンバーを裏切って、その裏切りを共謀した娘たちをも裏切ったら、さらに一枚上手のコグニチェンティに裏切られた。財産の安全保障が危うい。策士としてのプライドは傷つき、精神は疲労感と敵愾心（てきがいしん）という矛盾した激流の狭間にある。いくらかでも確かだと思うのは、ひねくれた手段が必要だということ。ひねくれきった敵に対抗するには、さらに上回ってひねくれなければならないが、では現実にどうするかというと、さっぱり知恵が出なかった。

コグニチェンティへの裏切りを仕掛けるとして、いまからアビーとメグを利用するのは危険である。そこまでは既定の結論としていた。あの二人を裏切ろうとしたことは、もはや隠し通せるものではあるまい。ということで、ちょっとした奇策ではあるが、フロレンスに味方したらどうだろうと考えた。まずフロレンスが父親を見つける筋書きに持っていけたら、彼女への匿名のメッセージとして、〈ダンバー・トラスト〉が〈ユニコム〉からの脅威にさらされていることを教えてやる。そうなれば御大だって、みずから陣容を建て直すかもしれない。いずれにせよ取締役会はコグニチェンティの思惑を潰すだろうし、アビーとメグも足元が危うくなるだろう。いまとなっては、この二人にこそ強烈な嫌悪感があって、何が何でも邪魔立てしてやりたい気になっている。

〈キングズ・ヘッド〉のダイニングルームで、ふと窓の外を見たボブ博士の目に、ジョージの姿が映った。ダンバー家には忠義の家来だが、アビーにとっては小うるさい男で、お父上はどうなさってますと聞きたがるのが面倒くさい。すでに三十年以上も、ダンバーがヨーロッパに滞在中であれば、運転手を務めることになっていた。老君のためになると言って聞かせれば、何でもやってのける男である。

「聞こえるかい？」ヘッドセットのマイクを通して、クリスが言った。

フロレンスはにっこり笑ってうなずいた。

「ようし。パイロットは別の回線でしゃべってるから、僕らは内緒話ができるぞ。急用があれば警報が割り込んでくるだろう」

「すばらしい」フロレンスは言った。「あっちのヘリと示し合わせているなんて、ほかの人には知られたくないものね。ジムの立場が危うくなったりして」

「了解。それから電話は遠慮しとけよ。運航を妨げることはなかろうが、パイロットとしては、規則上、使用禁止にしたいはずだ」

フロレンスはまたうなずいてクリスの手をとった。

ホテルの芝地を離陸するヘリコプターが、わずかに後方へ揺らいでから、大きくカーブするように湖上を舞っていった。

うまい具合に、ケヴィンとJは口論の最中だったので見逃したようだが、ジムには操縦席から見えたと思ったものがある。だが引き返して確認するのは危ない。まずはフロレンスに位置情報を発信することを優先した。五分の時差を稼いでやる約束になっていた。

「アダムズ・ホーフっていう場所わかる?」クリスが操縦士に言った。

「聞こえてないみたい」フロレンスは言った。

「そうだった」クリスは笑って、操縦士の肩をたたいた。

「警察に連絡するわね」

クリスはうなずいて、操縦士にヘッドホンを操作するよう合図した。

「さあ、行くわよ」アビーは手をたたいてボブ博士を促しながら、ダイニングルームをすたすたと抜けていった。あとを追うメグが、サングラスの顔で欠伸(あくび)をしている。「ジムが知らせてきた。ダディが見つかったって」

「ついに、それなりの吉報ですね」ボブ博士もホテルの玄関へ出た。

「アダムズ・ホーフへ行って」レンジローバーに乗り込むアビーが、運転手のジョージに指示を出した。

「ぶっ飛ばしてくれよ」ボブ博士は助手席に乗った。

「おい、ジム」と、ケヴィンが言った。「年寄りを捜してるんだぜ。御年八十のビジネスマンだ。オリンピックに出ようってマラソン選手じゃねえ。もう引き返せ」

「まあ、そうだね。ここまでは来てないだろう」

「あったりめえだ、ばか」

ジムはのんびりと時間をかけて旋回し、五分前にダンバーを見たと思った地点に向かった。アビーにはいま知らせたばかりだが、そんなことを口の悪い傭兵どもは知るまい。フロレンスが先に着いていていてくれればよいが、と思った。

ダンバーはポケットの中をまさぐって、スイスアーミーナイフをつかんだ。太くなった凍える指で、どうにかメインブレードを引き出すことができた。ナイフの柄を握りしめ、刃先を二度三度と宙に突き出してみる。敵の捕虜になるくらいなら、一人でも道連れにしてやろう。最後まで戦って果てる。このヘンリー・ダンバーに手を出そうと思うなら、よほどの覚悟でかかってくるがいい。

彼は身体の向きを変えて、隠れた岩から目を出した。サイモンはどこへ行ったろう。斜面から谷へ降りる一帯に、人っ子一人いそうにない。たしかに時間感覚がおかしくなっているとは思うが、それにしてもサイモンがこんな短時間にかき消えていなくなるとは、まったく不思議と言うしかない。だが、それならそれで、かえってよいのかもしれない。もともと牧師の衣装をまとっていたやつだ。戦闘の役に立つとは思えない。

「白兵戦だ」ダンバーはつぶやいた。「娘らが雇ったプロの殺し屋と戦う」

彼は顔を上げた。ついに来たらしい。ヘリコプターの回転翼がびゅんびゅん空気を裂く音がする。

「ばかね、何やってんの、方角が違うじゃないの！」アビーがどなった。

「おっと、いけない」ジョージは言った。「そうなんですか？　申し訳ありません」

アビーは携帯の画面をメガンに見せた。青く点滅する現在地が目標から離れていくではないか、というのだった。

ぼんやりと気怠そうにしていたメガンが、いきなり燃えた。

「降りなさい！」

「ほんとに申し訳ないです」

「降りな！」メガンは鋭くどなった。

「どうしてです？」

「あたしが運転するって言ってんのよ！」

ジョージは車を停めて、心配そうに降りた。これを押しのけるようにメガンが運転席に乗り込み、ドアを閉めた。

「轢いちゃえばいいんだわ、こんなやつ」

「いかん」ボブ博士はサイドブレーキを離すまいとした。「そんなことはさせない」

「あんたが言う?」メガンは笑い声をあげた。

「だけど、メグ、そうかもしれないわよ」アビーが言った。「さっき言うの忘れてたんだけど、あのピーター何とかいう、へっぽこの喜劇役者、自殺したんだってさ。なんだか面倒な事件になりそうなのよね」

「言うの忘れた?」ボブ博士が言った。

「だって、それどころじゃないんだもの」

「もう、いいから、行くわよっ」メガンは言った。

ボブ博士はサイドブレーキを解除した。

「火をつけるのはまずいって言ったじゃないか」

「うるさいわね、いつまでも」アビーが言った。

ボブ博士が言い返そうとする間もなく、メガンはいきなり車をバックさせ、ジョージの足を轢いてから、ギアチェンジして前進し、また足の上をタイヤが通過した。

「あーら、ごめんなさい」メガンの作り声が、ジョージの悲鳴に重なった。

「何てこった」ボブ博士は言った。「降ろしてくれ」

「なんで?」

「怪我の様子を見るんだ。おれは医者だぞ。忘れてもらっちゃ困る」

「忘れてもらっちゃ？　よく言うわ。どうせ医師としての誓いなんて立ててないでしょ。詐欺師としての誓いだったんじゃないの。忘れてもらいたくないわね」

メガンは速度を上げた。

ボブ博士が振り返ると、ジョージは路肩に転がって、脛（すね）を抱え、だらんと重くなっただけの潰れた足を地面から浮かそうとしていた。ジョージはしっかり役に立ってくれた。うまくいけばフロレンスを優位に立たせるだけの時間稼ぎになっただろう。とはいえ、こうまで乱暴なことをするとは、わがまま育ちの馬鹿娘どもめ、いまのところ仕方なく組んでやっているが、いかに軽薄なやつらかという典型例である。あとで引き返さねばなるまい。メガンが底意地の悪い子供のようにしでかした不始末の尻ぬぐいだ。あとで誰かが片付けてくれると思って取り散らかった暮らしをしてきた二人の女に対して、波のような憎悪が寄せた。かすかな着信音に気づいて、彼はポケットから携帯を抜き出し、画面に目を走らせた。

「大変お待たせいたしましたが、無事にご入金がありましたことをお知らせします。どうぞよろしくお願いいたします。クリストフ・リヒター・グーラク」

くそ、早まったか。まあ、よかろう。どうも昔から気の短いところがあっていかん。ともかくも、まだ根本的な大間違いはしていない。コグニチェンティとの同盟関係が切れたわけではないのだ。どうにか取り返しはつく。ただ、もちろんコグニチェンティの目算としては、ダンバーが取締役会までにニューヨークへ戻ることなく、ただ世間から消えていてくれるのがよいだろう。

ここは考えどころだ。ともあれダンバーに渡りをつけておこうか。すべては語らずとも、うまいこと小出しに警告して、アビーとメグの転落をはかる。もしコグニチェンティが勝機をつかめば、二人の女は覇権を失うだろうが、しかし持ち株の価格は跳ね上がるのだから、ただでさえ裕福なのが、なおさら裕福になってしまう。彼としては女どもを徹底してたたきのめし、屈辱にまみれさせたい。いま二人に感じている憎悪は、いかなる過去の感情とくらべても、まったく純正、これで当然、と思えるものなのだ。穏やかな老後を設計するためには、ただ金を稼いでおくにとどまらず、この感情も計算に入れなければならない。

フロレンスは岩を目標にして、シダの葉が雪をかぶる地面を突っ切っていった。その岩陰に父は隠れているはずだ。

「ヘンリー？」と呼びかける。「ダディ、いる？　フロレンスよ」

岩の上に、ダンバーの頭が半分出てきた。

「フロレンスが来たのよ」

だんだん見えてきた父の顔は、乱れた白髪がきたならしく、無精髭が伸びて、やつれきっていた。外套は泥まみれの縞模様になっている。折りたたみ式のナイフを右手で突き出すように持っていた。この娘の出現をどう考えたらよいのかわからず、フロレンスを見て、ただ驚くだけらしい。

「助けに来たの」フロレンスが言った。

ダンバーは、ペンナイフを握ったままの手を、だらりと下げた。

「おれが、あんなことをしたのに」

「ダディにも、いろいろあったのよね」

フロレンスは父に寄っていった。もう手が届きそうだ。

「サイモンも連れていかなければ」ダンバーの目に涙があふれた。「ひどい目に遭わされたやつだ。どうにかしてやれることはあるだろう」

「わかった」フロレンスは言った。「で、どこにいるの?」

「さて、それが……近頃、ぼんやりすることも多くて——。さっきまで一緒だった」

「ともかく行きましょう。あとは警察にまかせて」

「あいつを死なせるわけにはいかない」ダンバーは泣き声になった。「見つけてやらなくちゃ」

「見つかるわ。心配ない」

「ずっと心配なことばかりで」

「そうよね。でも、もう大丈夫」

ナイフを手から落として、踏み出してきたダンバーが、両手をフロレンスの肩に置いた。

「担架があるわよ」

「支えてくれれば歩ける」

フロレンスが父の腰に腕を回し、ダンバーは娘の肩に腕を掛けて、この二人が足元に気を遣いながら、冬枯れで茶色くなって雪をかぶるシダを踏み分け、待機中のヘリに向かった。

13

「眠ってるよ」ダンバーを機内で寝かせた部屋から、広い客室に出てきて、クリスが言った。

「医師もロンドンまでは飛んでくれるが、パスポートをケズウィックに置いてきてるんでニューヨークへは行けないと言ってる。容態はまずまずだそうだ。あんなことがあった割には良好なんだが、それなりに幻覚症状は出ている」

「ともかく寝かせといてあげればいいとして――」フロレンスは言った。「ロンドン経由じゃないとだめなの？」

「そこなんですが」と、ウィルソンは言った。「いろいろ考えた末に、事務弁護士（ソリシター）をファーンバラ空港まで来させるように話をつけました。空港だったら、寝かせたままでいられます。しかし、いくつか手続きしたいこともありましてね。いま急いで済ませておけば、あとで有利な決め手になるかもしれません。そうしたら、ゆっくり眠ってもらいましょう。三十分ほど頑張れば、五十年かけて築いた会社を守れます。あのお姉さんたちは乱暴でいけませんな。警察だって調べたがってますよ。自殺した男の件ですがね、ピーター・ウォーカーという喜劇役者」

「え、そんな」フロレンスは言った。「自殺した？　観察下に置いたんじゃなかったの」

「シャワー室で首を吊ってしまった」クリスが言った。「テレビの電源コードをはずしてから、腰に巻いて隠し持っていた」

「その気になれば方法はあるんだろうね」ウィルソンは言った。「ロンドンでは弁護士と相談するつもりなのですが、その目的の一つは、わざと利益相反を起こしておくことにあります。まずアビゲイルとメガンを訴えるのですよ。ボブ博士と共謀の上、お父上をメドウミードに幽閉したということですが、その件をブラッグズ弁護士に依頼しましょう。そうすればウォーカーの自殺に関しては、もうブラッグズはお姉さん方の依頼を受けられない。ウォーカーはお父上の脱出に力を貸した友人ということになってますのでね。利益の相反する二者からの依頼があった場合は、まず先に依頼した側が優先されて、同一の事務所には他方の代理を務めさせないように制限できます」

「じゃあ、もしアビーとメグが先に話を持っていったら？」

「まだのようです。そして、もうできません。すでに私が先手を打って暫定的に依頼してあります」

「だったら、そっちは大丈夫として、ほかにロンドンへ行く理由は？」

「ちょっとした文書がありましてね。ロンドンで保管されてます。〈トラスト〉関連ではない個人資産について、遺書として書かれたものです。あなたが有利になるように変更したらどうでしょう。〈トラスト〉はデラウェア州で設立された会社ということになってますが、いろいろ歴史的な事情があって、ダンバー個人の遺言となる書面は、こちらで作成されました」

「資産なんてどうでも、元気になってくれればいいんです。それに——いまの父の状態で、遺書を変更するなんて、法律的に認められるとは思えません」

「はい、そうです。だから、どっちに転んでもうまくいく作戦をとります。もちろん要求が通れば儲けものですよ。変更によって、三女フロレンスに委任状が出される、ということにしましょう。そんなのは無理だとブラッグズが言えば、こちらはヘンリーが正常な精神状態ではないことを確認する文書を求めます。しかるのちに、もし正常でないなら、そもそもヘンリーに実権を放棄するだけの判断力があったのかと問います。もし正常だったのなら、どうして精神科のクリニックに押し込められたりしたんでしょうね。しかしまあ、言ってしまえば、あえて騒ぎ立てようという戦術でして、要するに回復を待つ時間稼ぎですな。取締役会には私の味方もいますので、そういう確認文書があるなら私にも出席させるべきだと主張してくれるでしょう」

「ということは、本気で要求するわけでもない？」

「そこがいいんですよ。どっちに転んでも、ね？」

「三十分でしたっけ？」

「そんなものでしょう。もう書類はできたも同然で、必要な人員もそろってます。主立った弁護士、立会人、それにアメリカからも来てます。なにしろイギリスの委任状だけではいけませんので、アメリカでも有効であるように、そのへんの面倒を処理してくれる敏腕の弁護士を呼びました。そこまで済ませれば、ヘンリーは十時間でも寝かせておいてかまいません。目が覚めればニューヨーク。それでもまだ火曜日の夕方ですね。会議までには、たっぷり二晩の休息時間がある」

「はい、ではそのように」

「じゃあ、パイロットに準備よしって伝えようか」クリスが言った。

「そうね。私は父に付き添うわ。飛んでる最中に目を覚ますかもしれない」

フロレンスがダンバーの寝室へ行くと、医師が腕を組んでベッドの足元側に立っていた。

「ああ、どうも」医師は言った。「いま眠っておられますよ。ものを食べて疲れたのかもしれません。全然寝ていませんでしたからね。では、私は失礼いたしましょうか」

「ありがとうございます。それに先生も座席につかれたほうがいいですね。まもなく出発のようですから」

フロレンスは離陸の際に父が揺れたらいけないと思って、自分でもベッドに横になって身構えた。飛行機は滑走路で加速して、急上昇するようにマンチェスターの空域を抜けた。巡航する高度に達してから、フロレンスは足を組んで坐り、グレーの革張りになっているベッドの頭側にもたれて、腰に枕を一つあてがった。ふと父の顔を見おろしたら、いままでに父を上から見るということはなかったような気がした。彼女の目に映る父は、いつでも人の上に聳え立っていた。いつぞや父が病気になって、ロサンゼルスまで見舞いに行ったことがある。だが高さのある父のベッドを見たとたんに、彼女は即座に、本能として、自然な秩序の回復をはかろうとするように、その場にあった椅子に坐り込み、たっぷり枕を置いて持ち上げられている父の顔を下から見る姿勢をとっていた。あるいはまた、四歳か五歳だった彼女の、湖畔の別荘での記憶もある。父がベランダのソファに長々と寝そべって眠り込み、開いたままの本が胸に載っていた。その父に寄っていって、ぺちゃぺちゃと顔を撫でていたら、母が小声で、いらっしゃい、寝かせといてあげようね、と言った。いまの父は、ぐしゃぐしゃの白髪が伸びている。これだけ長くなったのは見たことがない。いつもなら剃り跡のきれいな顔に、三日分の無精髭が出ている。だいぶ痩せて老けたようだ。額や目のまわり、ゆるんだ頰に、以前よりも深い皺が刻まれていた。

荒涼とした山腹から父を救出したのが、ほんの数時間前である。その父とはろくに話が通じていなかった。ヘリコプターに乗せられた父は、そもそもヘッドホンをこわがって、手で頭を抱え込み、まるで拷問として締めつける道具でも持ち出されたかのように、どうしても装着しようとしなかった。彼女はマンチェスター空港までヘリで直行することにした。ウィルソンとマークには、荷物を車に積んで、陸路を来てもらった。ヘリで飛んでいる間に、父はぶつぶつと独り言めいたことを言っていたが、まったく聞き取れるものではなかった。その逆に、彼女がクリスや操縦士に言っていることも、父にはわからなかったろう。だから都合がよいのでもあった。手配してある飛行機のどちら側にヘリを着陸させるのか、彼女が強く要望したことも、父には聞こえていなかった。つまり同じ空港にいる〈グローバル・ワン〉が見えない側へ降りたのだ。搭乗機は空港内の離れた位置に駐めてあったが、それでもダンバーが本来の専用機としていた大型のボーイングは、何かしら遮るものがないかぎり、滑走路のどこからでも見えてしまう。その〈グローバル・ワン〉は、ダンバーお気に入りの大きなおもちゃのようなものだった。また別荘だったとも言える。注文通りの内装を施して、住所の定まらない家だ。びっくりするような図書室があって、壁は贅沢な板張りで、フロアには淡い金色のペルシャ絨毯を敷き、書棚と書棚の間にはシャルダンやウィリアム・ニコルソンの静物画が掛けられていた。幼かったフロレンスが何よりも驚いたのは大浴場（ハンマーム）があったことだ。タイルを貼った壁や長椅子に浮き出るオレンジ、グリーン、ブラックの幾何学模様が、風呂の蒸気でぼんやり霞むのを見ながら、これが飛行機であって、いまグリーンランドの氷河なりニューメキシコの砂漠なりの上空三万フィートを飛んでいるのだと思っていた。

なつかしい専用機を目にして、それに乗ることができないと知ったら、父が心の混乱を深めるだけだろうという予想があった。しかし、レンタルで手配したガルフストリーム機に乗せてしまえば、どちらでも大差はなかったかと思った。そんな配慮をしたところで追いつかない域にまで、父の混乱は進行していたのかもしれない。飛行機に乗せられたという、それだけのことで呆然としたようなのだ。サイモンは無事なのか、ピーターはロンドンまで行けたのか、と言い続けていた。いまだ彼女はピーターの死を知らず、しきりに会いたがっているらしい父を見ると、その男をメドウミードに置いてきたとは言いかねた。またサイモンとは誰なのかと問いかけて、ダンバーから聞き出せた答えは、あいつは宗教家で命の恩人である、無事を確認した上で「しかるべき報酬」を支払う、というものだった。フロレンスのことは、道に迷っていたら見つけてくれた善人だと思うらしかった。どう思ったところで、すぐわからなくなるのであった。

というわけで、逃亡を助けてくれた二人の男の運命について、むにゃむにゃと心配を述べていたダンバーなのだが、一時間後にウィルソンとマークが車で到着するにおよんで、その感情はまるで別の動きを見せた。ウィルソンの顔を見ると、これは誰だったかと、あたふたしながら思いつめ、ひとつ浮かんだ解答に、まさかそんなと打ち消すようだった。

ところがマークの姿を認めると、瞬時に怒りを燃やしていた。

「こら、こいつめ！」毛並みの良さそうな小太りの娘婿を指さして、ダンバーはどなった。「だめだ、こんなやつ、つまみ出せ！　反逆の陰謀に加担して、おれを閉じ込めやがった。もう後戻りしないぞ！」と言うなり、ダンバーは椅子から跳ね上がって、こんなに動けるのかと思うように、たたっと機内の廊下を突っ走り、ある寝室に閉じこもった。

ウィルソンとフロレンスは、こうなったら割り切って考えて、マークには一人だけ別便でニューヨークに飛んでもらいたいと言った。マークは憮然としたようだが、それはダンバーがとった対応のせいであるよりは、いまから通常の旅客便で帰るのだと思ったことに主たる原因があるのではないかとフロレンスには感じられた。

「ま、やっぱり」ふだんの柔らかな物腰にぼろを出しながら、彼は言った。「ヘンリーは大変な混乱をきたしていますね。僕がどういう役割を果たしたか、よく言っておいてくださるよう願いますよ。そもそも幽閉するなんていう暴挙に反対したからこそ、こっち側に来たのだってことも」

同乗の医師が、聴診器、血圧計、ペンライト、打診器を駆使している間に、ダンバーは喪心したような状態に落ちていった。いわば目の奥のスクリーンに映っている現実ならざる現実を見ていたのでもあろうか。いま乗っている飛行機、これからの計画、まわりにいる人々が、彼の心からごっそり抜け落ちていたのではないとしても、暗くなった映画館にぽつぽつと見える「非常口」のように、スクリーンの映像と競い合って目を惹きつけるほどの力はないのだった。チキンスープとパンをいくらか口にしただけで、彼はまもなく眠っていた。

いまフロレンスは父の隣に坐って、その肩に手を添えている。こうして父を保護下に置けたことには安心感があった。この人と和解を遂げたいと思う。だが姉二人によって精神の荒野へ追いやられた父が、その放浪から戻ってこられないのかもしれないと思えば、やはり平静ではいられなかった。カンブリアの荒野へ飛んできて父を救出したまではよいとして、どうすれば荒廃した精神から連れ出せるのかというと、さっぱり見当がつかない。権力の座に上りつめた父だが、このところの数週間、とくに過去数日の体験に向けた対策はできていなかった。わけのわからないことを思い知らされて、心が氾濫したような時間になっていた。石だらけの平原に洪水が押し寄せたとでも言おうか、流れを変える傾斜地も、水を吸う土壌もなく、見覚えのある道標はすべて流されて、そのあとに新しい生命がもたらされることもなかった。この不毛な氾濫に呑み込まれている父に、どうやって手を差し伸べたらよいのだろう。

ロンドンへの降下中、ちょっとした乱気流にぶつかったところで、眠っていたダンバーが渋い顔をして、薄く目を開けた。フロレンスを見上げた表情は、まさかの面持ちだが、ほとんど憤然とするのにも近かった。

「おれの末娘に似てる。そう言われたことないか？」眠る前の容態からすると、思いもよらない明瞭な口ぶりだ。

「娘ですもの。フロレンスですよ」

「いや。そんなはずはない。しかし、よく似てるな」

彼は両手を挙げて、頭のまわりで括弧を閉じるような形にした。

「どうも困ってるんだが――」彼の手が空中をまさぐった。怪我の大きさを指先で知ろうとするような動きだ。「考えることが、ばらけている」

「はい」

「たとえば石畳の道で、石の隙間を踏んではいけないのに、ほかに歩きようがないとしたら……」さぐるように動いたままの指先は、目が見えずに触覚だけで人の顔を読み取ろうとする手つきに似ていた。「……どうしても避けたいことだけが、現実になってしまう」

「そうですね」フロレンスは言った。「いまはもう安全ですよ」

「安全？」ダンバーは苦々しい口をきいた。「そう思うやつは、ばかだ。生きてるってことは落ちること。そうとわかれば止まらない。この話わかるか？　底が抜けて地面がない。どこまで行っても止まらない……」

父の言わんとすることはわかりそうな気がしたが、どう対応したらよいのかフロレンスには思いつかなかった。人の感情は言葉で議論しても片付かない。この場合には、つまり安全なものなんてないという感情には、いくら大丈夫だと言って聞かせたところで、どうせまた建前だけの空論だとしか響かないだろう。いくらか食べて寝たあとで、父の意識もはっきりしてきたようだが、混乱と絶望の現状をはっきり述べるようになっただけでもある。フロレンスとしては、父に付き添って、よかれと願っているほかに、することはなかった。

「何だ、いまのは?」着陸時の軽い衝撃にダンバーが慌てた。

「ロンドンに着いたんです」

「ピーターも来てるのか?」ダンバーは気を揉んだように言った。

「いえ、カンブリアに残りました」

「そんな馬鹿な。ローマへ行って、ネグローニを飲もうということになってたんだ。世界に冠たる遺跡で酒を飲む。そう言ったんだぞ、あいつは。収容所からの脱走を助けてくれた。しかるべき報酬があって当然の男だ」

「そうよね、ダディ」と言って、フロレンスは坐っていたベッドから降りた。そろそろ父に面会の客が来ると思ったのだ。彼女が有利になるように法律文書を書き換えたらどうかという話なので、自分は席を外すのがよかろう。図々しく居続けたら、やんわりと強要するみたいな印象になるかもしれない。それにまた、もし彼女がいなくても、ウィルソンが言っていた通りの人員がそろったら、この部屋に入りきれるかどうかわからない。

「いまダディとか言わなかったか」ダンバーが言った。「おまえ、フロレンスなのか」

「そうよ」

「ずっと探していた」ダンバーは大きく腕を広げた。

フロレンスは、ベッドをぐるりと回っていって、膝を突いて父に顔を寄せると、その左右の頬にキスをした。

父もまた手を出して、そうっと娘の頭に触れてみた。

「いまさら許してもらえるだろうか。おまえも、その子供たちまでも、身内から切り捨てて、あの二人の化け物にすべてを任せてしまった。おれは傲慢で、横暴で、また何よりも、とんでもない愚物だったのがけしからん」

フロレンスが目を上げると、父の顔は涙にまみれていた。

「そんなわけない」フロレンスは言った。「傲慢だったのは私のほうだわ。とうの昔に、娘から先に、どうにかしようとすればよかった」

「いや」ダンバーもまだ納得しない。「そもそもの原因は、おれが怒りっぽくて、いつも指図したがる男だったからだ。あはっ！」はたと気づいた高笑いの声が上がった。「もう指図なんてできなくなってるぞ。何かしら思いついても、最後まで考えるうちには、初っ端のあたりを忘れたりする」

「まあ、ともかく、これからは仲違いすることもないわね」フロレンスは父の額にキスをして、ちょっとだけ父の胸に顔を埋めた。

「ああ、そうだ、ないな」ダンバーは彼女の顔をやさしく両手ではさんで、「キャサリン」と愛した妻の名を呼び、信じられないように首を揺らした。「もういないのかと思った。生きていたとはな」

14

妹にまんまと先を越されてからというもの、混乱と失意に落ち込んだメガンは、めずらしく前年に急死した夫のことを悔やむ心境になっていた。出会った頃のヴィクター・アレンという男は、すでにウォール街で華やかな経歴の持ち主になって、「狂犬」なる異名を呈されていた。結婚期間の最後の十年ほどは、さらに「妖怪」と言われるまでになった。その存在を抜きにしては、大事な取引が成立しない。世界中の会議室で、ヴィクター本人が露知らぬような取引についても、「妖怪はどう関わってる?」と不安げに語られていた。妖怪ぞろいの業界なのだから、ありきたりな没個性の称号になってもおかしくないところで、そのように言えば彼しかいないと思わせたのは、おおいにプライドをくすぐられることだった。同業のライバルが「ダース・ベイダー」「冥王サウロン」「ヴォルデモート卿」などと称されていた中で、ただ「妖」と「怪」の二文字で呼ばれるなら、子供向けファンタジーとは無縁の、ずっと老練な語感もあってよいではないかと思っていた。総じて、彼は悪評を立てられて大喜びする男だった。誉められると苛立った。誉め言葉というのは、わかりきっていることの目くらましか、あとで金をせびろうとするトロイの木馬としか思えない。彼自身が気に入ることになった異名の謂れが、どの一つの取引や新機軸にあったのか、それを指摘するのは難しい。ぎりぎりで脱税にならない抜け穴を活用する、とめどなく狡猾な金融商品を利用して巨額の債権を生じさせる、コミュニティ全体あるいは何万という家庭が依存していた老舗の企業をずたずたに解体してでも、少数の富める投資家のために破格の利益を上げる、というようなことはウォール街では驚くまでもないのであって、それ自体は、パン屋でパンを売っているくらいに普通の業態である。だが、その営業の規模、虚実の大作戦、敵を呑んでかかる絶大な自信という要因があって、マラソンの最終盤まで余力を残して一気にスパートするランナーのように、世にうごめく同世代の妖怪どもを引き離し、彼は悠々とゴールに駆け込んでいた。

あの彼が生きていてくれたら……。いや、欲を言えば、シリーズ番組に出る特別ゲストのように、一週間だけ戻ってきて、また消えてくれたら……。ヴィクターの葬儀での彼女は、大物の夫に先立たれた妻として、うまいこと弔辞を整えるのに苦労した。つまらない葬儀になったけれど、いま思えば詩の一篇でも書いてやれたような気がする。いまへススが快楽の頂点に届かせようと奮闘してくれていて、ちょうど彼女は詩の第一行を思いつきそうになっていた。

「ヴィクター、汝、いまこそ生きているべきである！」というのは、いかにも伝統を踏まえた書き出しだ。「いまこそ汝の毒素と債権があればよい……」そのあとは「債権」と韻を踏む言葉が出てこなかったが、ともかく詩心を誘われているのは、ヴィクターならどうにかしてくれるという思いからだ。がんがん押しまくるにせよ、いやらしく攻めるにせよ、〈ダンバー・トラスト〉の自社株を買い占める手立てを講じてくれただろう。いまは生前の彼と組んでいたディック・ビルドが一人で頑張っているが、必要なら何でもするという徹底した態度をとれると思ってよいのだろうか。

　あ、いまのは思いがけず、ちょっとよかった！　ということでヘススに気持ちを引き戻された。これなら努力賞だと言ってよい。ならべた枕から下手な追従を言っていたのにくらべれば、こっちのほうが舌の使い方としては上等だが、さっきも口下手なりに、非情な殺し屋というだけではなく、じつは子供っぽい照れ屋でもあるように思わせてくれた。ヒスパニック系であるのは「ジーザス」と書いて「ヘスス」と読ませる名前だけで明らかだが、変則ながら案外やわらかい発音が聞かれるのも母親に由来する。その点を別にすれば、がちがちに塗り固めたようなテキサス訛りを父親から受け継いだ。父親というのは、何かというとベルトを振りまわして、飲んだくれで、凶暴な、元兵士のトラック運転手だった。そういう荒んだ物語を、すでにメガンも聞いていた。

いま思えば、もう長いこと、彼女は溜息を洩らしたりしていない。そうしようか。いっそ呻き声を洩らそうか。

「そのまま」あっ、と息を呑んだ。「やめないで」

やめてしまったら、この男はしゃべりだすかもしれない。どっちかというと現状のままでよい。だが欲求不満で叫びたいのも山々だ。引きつるほどの快感を装って、じたばた暴れているけれど――。

誰だって生きていれば乱気流に揉まれるようなこともあると思わねばなるまいが、この数時間の乱調は本当にひどいものだった。イギリスの警察がピーター・ウォーカー自殺事件で捜査の手を伸ばそうとして、あやうく〈グローバル・ワン〉が飛べなくなるところだった。あと何分か離陸が遅れていたら、どこかの田舎くさい警察署に足止めされていたかもしれない。そしてまたブラッグズの事務所がおかしな挙動を見せるようになった。利益相反を楯にとって、本件においては弁護を担当することができないと言いだしたのだ。あのハリス博士という医者は、どうやら見た目の印象よりも油断ならない古狐だったらしい。ともあれ彼女の良心に痛みはない。まったく頭のいかれた男が精神科病棟のシャワー室で首を吊ったからといって、その時刻には遠く離れていた者に関わり合いのある話ではなかろう。とはいえ、こちらが責めを負わされそうになっても、いまさら驚きはしない。飽くことない攻撃にさらされる家に生まれたのだ。

その攻撃は、もちろん羨望からである。それだけのこと。人間の本性なので、どうしようもない。幼稚園に行き始めた初日から、注意しなさいと母に言われていた。だが、そういうものが、この大事なタイミングをねらって頭をもたげるとは、いかにも心外なことである。

フロレンスの存在は、毎度ながら悪夢としか言えない。この一年ほど、うまいこと遠ざけていたというのに、またぞろ舞い戻って、わかりもしないことに首を突っ込もうとしている。たしかに、ダディをつかまえる娘は、昔からフロレンスだった。あとから生まれて、かわいがられて、真っ先に父親に気づいてもらえる末娘。メガンにしてみれば、物心ついた頃からずっと、フロレンスがのほほんと父の愛情を一人占めしていて、上の二人がどれだけ父の言うことをきいて、気に入られようとして、父の真似をしようとしても、ぽつりと一滴落ちてくるほどのお裾分けもなかった。だが今度こそ、あのフロレンスにかわいい末っ子のままでいられては敵わない。そんな悠長な場合ではないのだ。いままでアビーと三年もかけて手に入れようとした獲物の前に、フロレンスが割り込んで邪魔をする。父親の愛情をたっぷりと飽食するほどにあたえられ、草を食(は)みながら線路に出てしまう牛のようになっているのだが、カーブした線路の向こうから特急列車が近づいていることを知らない。メガンから見れば、それでどうなろうと、どうしようもないことだ。

しゃしゃり出てきたフロレンスの理屈としては、父が心配だったとか何とか言うに決まっているが、そもそも父は最高度の（最高級でもある）医療施設にいて、文句なしにプロの看護を受けていた。それにまた、どこにでもいるような惚けた老人ではない。たまに老人ホームへ面会に行けばよいというだけの父親ではなく（いや、面会くらいなら、そのうち時機を見て行ってやる気は充分にあったが）、いわば時代遅れの反動勢力を結集させるシンボルになりかねない求心力の持ち主だ。これまでに彼女はアビゲイルと組んで、役員の中で自己主張の強くなさそうな部分に根回しをした。あまり倫理的とは言えない見返りをちらつかせて、姉妹の動きに同調させようとしている。ダンバーやウィルソンと親しい旧派には、あえて接近しなかったのだが、自分たち二人のほかにボブ博士も役員会に加わるとなれば、かろうじて過半数の票は固められるという見込みだった。提案の趣旨がわかれば、悪い話ではないという雰囲気にもなるだろう。

現在の株価に十五パーセントも上乗せした買値をつけようとするのだから、通常の株主には降って湧いた大儲けだ。もちろん、それによって債務超過になるのは、本来、好ましいことではない。従業員の大量解雇、子会社の投げ売り、由緒ある会社の倒産、という事態も世間にはある。しかし、いま姉妹はそういうことを企んでいるのだとも言える！　つまり〈トラスト〉社をすっきりした体型に絞り込もうとしている。五年後には、すらりと生まれ変わった会社として、ふたたび株式を公開すればよい。その結果、ディック・ビルドの試算だと、メガンもアビーもそれぞれ十四億ドルを稼げると思ってよいらしい。それだって苦労の大きさを考えれば、たいした金額ではないのかもしれないが、ともあれビジネスとして常識にかなったことをしようというだけのことである。また、どうせなら、それを担当するのは、貪欲な部外者ではなく、愛社精神の旺盛な身内がよかろう。現実には、もう心配はないはずだ。こちらから提案するのは、まったく明快で、充分な資金の裏付けがあって、法律上の備えも鉄壁で、かつ友好的な買収計画なのである。また〈ダンバー・トラスト〉が中国の衛星ビジネスで〈ユニコム〉に敗れたあとだけに、その高値だったら、横から買い注文を入れたがる動きもないだろう。

「ああ、そこ、すごくいい」彼女は呻き声を上げた。

どれだけの男を愛人にしても、すぐに飽きてしまう。こわいくらいだ。昨夜のＪは刺激たっぷりで、輝くばかりの若々しい肉体が、かっかと燃える熱中ぶりを見せていた。時間との競争で核兵器の起爆装置をはずそうとするほどの集中力と言ってやりたいものを、快楽の波状攻撃をもたらすことだけに投下してくれた。それなのに早くもつまらない再放送のように感じるとは、どういうことか。隣の部屋にボブ博士がいなくなって、あられもない声でわめき散らす楽しみが減ったというだけの話ではない。そこまで薄っぺらな女ではない。もちろん、壁の向こうで博士が嫉妬に悶えているか、少なくとも不眠に悩まされているとすれば、ざまあみろと思わなくもなかったのは確かである。まあ、世が世なら、Ｊだって何週間かは続いたかもしれないし、手元に置いて気が向いたときに相手をさせてもよかった。ところが、いまの情勢として、この男には特別に頼みたいことがある。その要請をきれいな言葉で飾り立てている暇はないのだが、どれだけ心苦しくても仕方なく、という演出をすることはできる。静かな涙をたっぷり流してやるとしよう。やむにやまれず、おかしな頼みごとをするのがつらい、という気持ちに嘘はないとして、Jは女の涙に弱かろうという直感も働いている。Jはつらかった子供時代に、バンガローの一隅で打ちのめされて泣く母を懸命に慰めたものだった。そういう男だから、きっと真面目な顔をして、こんな厳しい決断を迫られるのは大変でしょう、などと自分から言いだしてくれるに違いない。そうなったら彼女はしがみつく腕に力を込めて、さらに涙腺を緩ませた割増の涙を、彼の胸毛のない胸に落としてやろう。ぴたりと静まる瞬間が訪れて、ものすごい胸筋の割れ目で涙が小さな水たまりになるかもしれない。なかなか手の込んだ筋書きだ、とメガンは自分に感心した。

だから困ったことだとも言えよう。いまのJは熱追尾ミサイルのようにぶっ飛んでいる。そんな男にくっつきすぎていては危ない、というか直感としてまずい。だが、これだけ情炎が燃えたとしても、大きな構図の中では、どうせ小さな一件にすぎない。彼女が愛人にした男たちは、みな崖っぷちに寝かせたようなものである。一つの情事があって、そのたびに崖は少しずつ削れた。さて、この浸食が止まることはあるだろうか。止まらないままに彼女まで落ちて、崖下の海岸に折り重なる死骸の仲間入りをするのだろうか。

愛とは劇場である。そうに決まっている。彼女は演出家で、いつまでも満足するということがない。また主役を張るスターでもあって、その星を中心として制作が行なわれる。都合によって相手役が干されたとしても、代役の男はいくらでもいる。要するに、ほかのキャストなんてどうでもいい。脇役自身に存在意義はない。ゼロの倍数はゼロ。彼女には十歳にして生涯で唯一の数学的大発見をした記憶がある。数字のあとにゼロをつけると十倍になるのに、どんなに大きな数字でもゼロを掛けるとゼロになる。だから人間はゼロそのものではなくて、ゼロの倍数なのだと言いたくなる。あれこれの文脈で、まるきり違った役割を演じながら、結局はゼロの芝居である。

とくにJの場合だと、愛人にしていられる期間は短いだろう。ちょっとした任務を果たしてもらったあとで、この男と一緒にいるところを人に見られたら具合が悪い。それどころか悲しい現実ではあるけれども、彼女にまで辿(たど)れる痕跡を残してはいけないのであって、そういう恐れはケヴィンに消しておいてもらわねばならない。だが人を雇って痕跡を消させると、それ自体が別の痕跡になるのだから困ったものだ。消した者は誰が消せばよいのか。以前の彼女だったら——こんなことは誰にも言っていなくて、また心の中でも身に覚えがないことにしたいのだが——まったく一人だけでやってのけたこともある。ああ、あの衝突は凄まじいものだった。

おかげで怪しげな工作をした証拠は跡形もなく消えてくれた。彼女はまだ若くて、ひたすら冷酷になれた。あれ以後にも悪事は重ねたが、どこかしら世間向けに取り繕ったりもした。でも、あれは違う。ただ憎悪に徹した行為だった。それなりに時間をかけて仕組んだことではあったのだが、憎悪に突き上げられるばかりで省察する暇が皆無だったという意味では、衝動的であるにとどまっていた。あの遠い昔にしたことについては、どこかにショックを引きずっているような気がしなくもなくて、あまり考えていたくない。ショックを受けるなんて野暮くさい。

そろそろ絶頂の叫びをあげてやってもいいかと思って、メガンは息を喘がせ、身体を緊張させていった。するとJの首を股間に挟みつける感触が楽しくなって、彼女は背を反らせながら、ぎゅうっと下肢を締めつけた。彼がこんなに無防備な体勢をとらされることは、グリーンベレーの養成所で格闘技の実技指導を受けて以来、絶えてなかったに違いない。こうしておいて不意にひねったら、首が折れてぐったりしたJをフロアに蹴り落とすことだってできるのかもしれない。そう思いついたら、その計略でよさそうな気がしてならなかった。いま彼女は、史上最大のフェイク・オーガズムに達しようとしていたのだが、自作自演のはずのファンタジーにうっかり高まっていたことも否めなかった。

「ああっ、もうだめ……」彼の首が折れる音を夢想している。「ああ、あっ」

彼女はぎりぎりと太腿を締めつけ、ベッドから背中を浮かせた。ここで思いにひねってやれば、それでおしまい……。

「ああっ、もうだめ……いきそう！」つい喘いでしまったのは、正真正銘、まさかの珍事だった。


Ｊが身体を起こし、まだ揺れがおさまらない彼女の横に這い上がって、倒れ込むように添い寝した。首筋を揉みほぐす手つきになっている。

「すごいです、強力な太腿だ」と感嘆したように言った。

「あら、Ｊ、あなたが芸術家なのよ。どれだけインスピレーションがあったことか」

「いや、インスピレーションなんて、もらってるだけだよ、愛しい人（ケリーダ）から」Ｊは馬鹿みたいに喜んでいた。


癖のある発音で甘ったるいことを言うのは、メガンの神経を逆撫でする。

「ああ、Ｊ、こんなにいかされちゃったなんて、そうだわね、きのうの夜以来かな」彼女はにっこり笑って、男の胸郭にかりかりと爪を立ててやった。

「ケリーダ、一晩中抱きしめていたい」だらしなく蕩（とろ）けた戦士が言った。

「抱いて、抱いて」

「あんたには当たり前のことかもしれないけど、おれ、真剣に恋したのは初めてかもしれない」

「かわいいこと言うのね。あたしだって当たり前なんかじゃないわよ。強烈な感覚にふらふらしてるもの」

男の胸にキスをしておいて、片方の目から小粒の涙をむりやり絞り出すと、その一滴が鼻の横で焦れったくなるような長旅をしてから、ようやく目標地点にぽとりと落ちた。

「ケリーダ！」異常な高感度になったJが言った。抱きしめる女に泣かれて慌てふためいている。「どうした？」

「何でもないの」メガンは気丈に言った。

われながら健気な声だと思ったら、哀れな女のような心地になって、とっておきの涙をもう一粒落とすことになった。できるかぎりの心情表現に踏み込んだのだ。かつてリー・ストラスバーグの俳優養成所で——二学期だけでドロップアウトしたが——リアルな演技を学んだこともある。彼女は目を閉じて、いま自分を苦しめている悲哀を脳裏に描こうとした。これは行けると思った性愛ファンタジーが、あっけなく失われようとしている場面だ。ここにはJが戦闘員だという事情が不可分で、ほかの誰でもよいということにはならない。また、女の身でありながら、殺し屋である男を支配することになっている。この強烈な身体能力に自惚れた男を、致命的に弱体化したのでもある。ということで、「デリラの罠」に落ちることを警戒する。目標を見失って目先の計算にこだわったら、サムソンを二本の柱に縛りつける結果になるかもしれない。それが仇になって、サムソンが柱を引き倒したら、彼女の人生という神殿が全壊して落ちてくる。だからJには任務終了後に消えてもらわねばならない。となると、あと一回だろうか。きょうはまだ火曜日。あ、そうだ、いい具合――。今夜、ニューヨークに着いてから一回。そして朝食の前にもう一回。それで彼とは切れる。鉄砲玉になる男だ。これぞゼロの倍数というもの。標的に当たった玉が残ってはならない。幸い、マークが寝返ってくれたので、こちらが一歩先んずることになった。〈グローバル・ワン〉に乗せてもらえたマークが、役に立つことを洗いざらい白状したのだから、敵情をさぐる時間が大幅に節約できた。どういうつもりでマンチェスターへ行ったのか、そのへんの説明はまるっきり信用できなかったが、しばらく敵方にくっついていたあとで、結局、妻の側に身を寄せるのが自分にとって得になると判断したらしいことはわかった。彼が洩れ聞いたところでは、フロレンスは〈トラスト〉関連ではない財産について姉二人が相続できないようにする作戦であるらしい。強欲な女め。

なんと悲しいことばかり。フロレンスに人間狩りで出し抜かれ、父親の個人資産をすべて分捕られそうになって、その憎たらしい異母妹に勝つためとはいえ愛人を一人犠牲にする。そして何よりも、いつだって強く、鋭く、主導権をとって、一歩先へ行かねばならぬ、ということが積年の重荷になっている。などと思っていたら、がくっと落ち込んで、必死に見せようとした愁嘆場ができあがった。涙がつつっと流れ、うち震えて泣く身体が護衛役の男にひしと抱きついていった。彼女は以前に心理療法を受けたことがあるが、セラピストが腹の立つ男だったので、すぐに行かなくなった。せっかく彼女から話をして、これなら面白いだろう、この男には近づくこともできない世界の物語だろう、と思っていたのに、それを何度もさえぎって、「じゃあ、その華麗なるパーティで、小さなメガンの立ち位置は？　どこかに隠れてた？」などと言うのだった。そんな声と愚問が急に思い出されてしまって、彼女はつらい泣き声を演技ではなく洩らしていた。

こうなるとJにはどうしようもない。つまりメガンの思いどおりになったということで、むせび泣く女体を愛しいものとして抱きしめるしかなかった。

「ああ、ケリーダ。どうしたんだ、何でもするから泣かないでくれ」

メガンはもう少し泣いてから、上体を起こし、ベッドサイドのティッシュボックスに手を伸ばして、ちんと洟(はな)をかんだ。

彼女はあらためてJの肩に顔を埋め、もっと声を殺して泣いてみせた。そう、ここに小さなメガンがいて、大きな戸棚に隠れている。やっと口をきいた彼女は、不思議に声が若返っていた。こわがって疑り深い少女のようだ。

「何でも？」そっと小さく口にする。

「何でも」Jは言った。「誓ってもいい。何でもする」

15

フロレンスの飛行機がニューヨークに到着した頃には、乗っている全員が緊張と不安を抱えていた。唯一の例外は深々と眠っていたダンバーで、ようやく何日ぶりかの休息を得て、何週間ぶりかの安全な状態にあった。帰路にロンドンを経由して、必要な書類にはブラッグズ弁護士の署名も入ったので、とりあえず現時点ではすることがない。フロレンスは父を寝かせたまま、自然に目覚めるのを待った。クリスとウィルソンには、ホテルに向かってもらって構わないことにした。この次に会うのは水曜日の朝で、それが木曜日のための作戦会議になる。ダンバーの意向によっては、あらためてウィルソンが相談役に就くことも合意した。ウィルソン親子は会社の実権を取り戻そうとする動機に駆られているようだが、フロレンスには迷いがあった。この二人と同じように、勝てば官軍の道を歩むべきなのか。あるいは父をワイオミングに連れ帰って、完全な保護を図るべきなのか。いまの父に必要なのは、権勢に返り咲くことではなく、もっと根本から権勢を打ち捨てることであるような気がする。いっそ、このまま飛行機を出してしまって、正義の戦いはウィルソン親子にまかせたらどうだろう。くたびれ果てた父親を、いまさらのように引きずり出して、企業人としての闘争に参戦させるのはいかがなものか。

フロレンスは機内にとどまって焦らずに待った。ジェット機のレンタル会社に頼めば、喜んで交替の機長と副操縦士を手配してくれるだろう。いまから飛ぶとして、朝食の時間には、穏やかな愛情たっぷりの気分に浸らせることができそうだ。大きな薪の火が燃える暖炉があって、たっぷりと幅のある窓から外を見晴らせる部屋を使ってもらおう。見ていると心が空っぽになるような、静かな平地と雪をかぶった森の全景が、城壁のように続く遠くの連山に囲まれている。父の心を癒やすものがあるとしたら、棒グラフや表計算や法律論が満載の書類ファイルよりも、そういう風景なのだろう。しかし、どうするかは彼女が決めることではない。たとえ姉たちとは意図が違うとはいえ、同じ方法をとるわけにはいかない。父を癒やすためであっても、その父を拉致してよいというものではない。あくまで父が目を覚ましてから、どうしたいのか聞かなければならない。

警察にピーター・ウォーカーの自殺を捜査されて、アビーは狼狽を隠しきれなくなっていた。

〈グローバル・ワン〉が離陸するまでの待機中、パニックを起こしかけたくらいだ。もどかしさに身悶えしながら、さすがに無茶なことをしたのだろうかと思って、いくぶん気が差していた。おもちゃみたいなライターの引き金をひいたら、これだけ面倒な国際摩擦の様相を呈してしまった。だが、やっと離陸して、アイルランドあたりの上空で巡航高度に達してからは、どっと怒りがこみ上げて、あれはウォーカーが小心者なればこその自業自得ではないかと思った。だとしたら点火にいたったのは小さな親切だったかもしれない。実際には焼き殺されそうに慌てるまでもなく、ベイクト・アラスカやクリスマス・プディングのように、ほんの何秒か上っ面だけ青い炎に包まれるにすぎないとわからせてやった。普通の人間なら、はたと気を取り直すか、反撃に出てもよさそうなのに、ウォーカーは病的に怯えていただけだ。そもそも自己の何たるかを求めない生き方をしたやつである。そういう惰弱な人間には何を言っても始まらないのかもしれない。

いかなる申し立てがなされたとしても、どうせ馬鹿な言いがかりであるのは知れているが、それ相応の防衛策は講じておきたい。大事なのは、ひとつ筋書きを決めて、その路線で押し通すこと。いまケヴィンが相棒にしている若い男がいい。妹のメガンは露骨なまでに可愛がっているけれど、あのヘススに罪を着せるしかあるまい。ボブ博士は取締役会に加えようというくらいで、ここで捨て駒にする要員ではない。ケヴィンとヘススだったら、長年使い慣れている前者を残したい。

つまり、どういうことにするかというと――。Jがみんなの言うことをきかず、哀れなる喜劇役者に火をつけてしまった。もちろん真剣な害意はなかったが、ウォーカーが嘘をついていないか確かめたいあまりに暴走した。それほどに誰もが心配でならなかった、ということは彼の弁護になるだろう。老いた父がカンブリアの雪の荒野をさまよって、死の瀬戸際にあったのだ。父の精神が乱れていたこともあるが、病院側のあっと驚くような無為無策と、ウォーカーのきわめて悪性な飲酒癖が複合して、ふらふら迷い出させる事態となった。もしJが――ここはボブ博士に医者として言わせるのだが、イラクで雄々しく戦った過去によってPTSDに悩まされているJが、バグダッドの裏町で受けた蛮行の記憶が脳裏に蘇った衝撃から、ついウォーカーを武装勢力と勘違いしたということで――罪をかぶって二年かそこらの刑期に甘んじてくれるなら、出所後には何百万ドルかの慰労金、というあたりが落としどころ……。などと考えるうちに落ち着いてきた。いつもなら眠っていてもできそうな危機管理だろうが、〈トラスト〉の非上場化という山場を控えている今回は、どたばたして事を大きく考えすぎたようだ。

金の力とは、どれだけすごいものか。そんなことを思うと気持ちが浮き立つ。自然環境の壊滅でさえ炭素税や排出権の売買として貨幣価値に換算できるのなら、愚にもつかない一個人の自殺ごときを金で解決できないというのがおかしい。われながらストレスがたまって頭が回らなくなっていた。今度のことが片付いたら、一カ月ほど、キャニオン・ランチでのんびり過ごそう。春のスケジュールを再調整することになるが、それくらいは自分への報酬があってもいい。

「いまでも惚れてるんだな」ウィルソンは言った。

「ああ」クリスが言った。「どうにもならない」

車はマディソン街へ出て北上した。冬の夜に、華やかな光彩の店舗がならぶ街路を走り抜ける。クリスは早くもフロレンスに会いたくなっていた。無条件に愛した女は、あの一人だけだと思う。気の合う仲間でもあった。連れて歩けば鼻が高くて、家の中にいても楽しくて、おおいに刺激があると同時に安らぐのでもあった。この数日間、ずっと行動をともにしていられた。また朝になれば会うはずだとはいいながら、そういう旅の行程はもう終わっている。彼女は自分のアパートで今夜を過ごし、ほどなく家族のもとへ帰っていく。ロンドンから飛んできた機内では、じっくり二人で話をするのもこれが最後かという時間に、ここまで我慢をきかせたのは立派なものだと、どちらからも思っていた。おかしな話だが、それでいて惜しかったという気もあるのだから、あやうく節度を忘れる寸前だったとも言える。いい大人になっていたと思うと、いままでに増して愛しくなった。キスもしなかった自制心のご褒美に、キスの一つくらいあってもいいとクリスは思った。いや、これほど健全になっていられたのだから、もう同居して子供を育てるくらいでよいのかもしれない。正しいことをするのがこんなに切なく悩ましいのならば、いっそ悪いことをしたらどうなのだ。いまだ再会の喜びを味わってもいないのに、別離の悲しみだけが突き刺さるという下手な展開にしてしまった。

「もう手が届かないから、いまになって惚れ直した、なんてことを思わなくもない」クリスは言った。「一緒に暮らした頃は、しょっちゅう喧嘩別れしてた」

「数時間単位だったんじゃないのか」ウィルソンは言った。「おれがヘンリーと中国へ行って、帰ってきてから、『おや、まだ別れてないぞ』と言ったときもあるが、あれは親の留守中にいったん別れて、また戻ってたんだったな」

「そうだった。もう昔のことだね」

いまは違う、と彼は思い直していた。うまく付き合えたとしても、かえって虚しいだけだ。元の恋人とはいえ、いまは幸福な結婚をして、二人の子供がいて、夫はしっかりした温厚な人物だ。車が七十六丁目に折れて、ホテルの玄関前に横付けすると、それだけでも気が紛れた。ばたばたと到着の手続きをして憂鬱をごまかせればよい。

「どうなるものやら」クリスは言った。

ウィルソンは、静かなる連帯として、息子の前腕に手を添えた。

ボブ博士は空港まで迎えに来させる車に条件をつけた。どうしても自分用に一台欲しかったのだ。スティーヴ・コグニチェンティとの連絡を急がねばならない。電話を掛けるタイミングにも綿密な打ち合わせがなされている。この次は十一時十五分だ。その時点なら、妻を同伴しないディナーから帰ろうとするスティーヴが、運転手との間を仕切った後部座席に一人だけ坐って、ボブ博士に十五分間までの対応をすることになっている。ボブ博士も今度ばかりは重厚長大なリムジンを指定した。これまた運転手とは仕切られていなければならない。いつもの博士なら、〈グローバル・ワン〉で飛ばせてもらったあと、誰かの車に便乗するか、もし自前で調達したとしても、戦禍のモガディシュ市街で海兵隊員をぎゅう詰めにしてもよさそうな実用車であって、ロック音楽史のドキュメンタリーに出るような車には乗らない。だが幸いなことに、飛んできた一行は各自の思惑にかまけて、博士の動きにまで気が回っていなかった。

帰りの機内で二時間ほど仮眠したとはいえ、この一週間の疲労により、ほとんど麻痺したように、身体の芯からぐったりしていた。どうにかアパートへたどり着いたら、ばったり倒れて、十時間は眠って、翌朝、アデロールの服用で覚醒効果を得られるかもしれない。これからスティーヴに聞かせる電話の声は、ぼんやり寝ぼけたようなものになりそうだが、知らせるべき肝心なことは一つしかない。すなわち、ダンバーが復帰する――。

いま十一時〇二分。スティーヴの時間厳守は変態じみている。ボブ博士はとりあえず目を閉じて心を落ち着けた。考えるべきことを何も思いつかないが、そもそも考えることができなくなっているので、思いつかないのも無理はない。今週はずっと考えたきりで、考えないことができなかった。いま現在は、がつんと壁に当たったったように、一つの考えも出てこない。

いかん！　眠ったらしい。どうなってる。黒いレザー張りの座席で安っぽい携帯がビービー鳴っているのを見て、何だこりゃと思ったが、あっと気づいてひっつかんだ。

「スティーヴ！」と、いささか突拍子もない声が出た。

「おい、ボブ、どうした。寝てたか？　あきらめて切ろうかと思ったぞ」

「いや、寝るなんて、とんでもない」ボブ博士は言った。「いま車に乗ったばかりで、携帯がカバンの中にあったものですからね。着陸が遅れたこともあって」

わざわざ嘘をつきたくなるのはなぜだろう。ダンバー姉妹の大嘘にくらべれば、おれなんか嘘の倹約家だと言いたい。不要な嘘を重ねれば、それだけ発覚の危険が増大するだけではないかとも思っている。だから、つい寝てしまったと素直に言ってもよさそうなところだが、このコグニチェンティという男には異常な不安感をかき立てられる。好人物を装っていながら、いつ何時でも相手の弱点をさぐり出そうとする印象がある。白クマが氷をたたいて、アザラシの子供を巣穴から掘り出すようなもの。

「オーストリアはどうだった?」スティーヴが言った。「あの老人をつかまえて、ジャーマンシェパードが警備に歩いてる施設に入れたのかな?」

「それがその、こちらの思惑どおりには行かなくて」たちまち守勢に立たされたボブ博士は、いまから報酬を撤回される可能性はあるだろうかと考えた。

「というと?」

「フロレンスに出し抜かれましてね。父親を連れ帰ったのはフロレンスです」

「ドジを踏んだものだな」スティーヴは冷ややかな言い方をした。「そうなると話が違ってくる。ダンバーが敵に回ったら厄介だ。あんな難しい交渉相手もないからな。だから引っ込んでいてもらいたかった。木曜日の取締役会に出るくらい回復してるのか?」

「いや、全然——。湖水地方の嵐の中で、ほぼ三日間、食べるものも寝る場所もなく、さまよってたんですから。生きてるだけで不思議ですよ。きょうになってからの様子を見たというマーク・ラッシュの情報では、わけがわからなくなったまま衰弱が激しいとか。もちろん身柄を確保できなかったのは残念です。フロレンスが警察を巻き込んでしまったので——」

「そんな経過はどうでもよろしい」スティーヴが遮って言った。「おれは一つの方向しか見ていない。まっすぐ前だ。この通話が終わったら、いま使ってる携帯は破壊して処分してもらいたい。こちらも同じようにする」

「では、どのように連絡したら？」

「しなくていい。乗っ取りが完了するまで、もう話すことはない。あとで成功を祝って会ってもいいかな」

「了解」あとで祝うなどということを、こうまで祝いたくないように言う人間の声を、ボブ博士は聞いたことがなかった。円満に通話を終えようとした博士が何かしら言う暇もなく、すでに接続は途絶えていた。

「何がドジだ」博士は、右側の色付き窓ガラスを下げた隙間から、交通量の多い四車線の道路に、〈ユニコム〉の端末を突き落とした。


潜水する人がシュノーケルに入った水を吹き出して、たっぷり呼吸できる安心なリズムを取り戻そうとするように、ダンバーはのしかかる夢の重さを払いのけた。夢では鹿になっていた。人間と犬が追ってきて、鹿の心臓が張り裂けるまで走らせようとする。自分の荒い息遣いが聞こえるまでに夢を抜け出して、いまのは夢だったと知ったのだが、はっきり目覚めたわけでもなく、ここはどこだと思っていた。彼の心は、感情の打撲傷、としか言いようがなくなって、方向や状況を知覚する働きを失っていた。不安、悲願、希望がどきどき脈打って、その一回ごとに、催眠剤の大量投与のような力で、夢の世界へ押し戻される。目に浮かんだおのれの姿は、荒海から磯浜へ這い上がろうとして、何度も、何度も、波に追いつかれ、問答無用で海に引き戻されていた。もう一度やってみて、わずかに覚醒の度が強まり、半夢の磯のとがった石が、砕ける波を逃れようとする素手素足に食い込む。痛めつけられた肌が疼いた。もっと上がろうとすると、それだけ意識の領域へ移動して、海岸の映像が遠ざかり消えていった。それでもう幻想に襲われることはなく、混乱した頭に浮かぶものは、答えの出ない論争という形をとった。つい最近、キャサリンを見た覚えがある。だが勘違いに決まっている。さもなくば彼も死んでいなければならないが、そういうことはないと思う。だったら、どうなっているのか。

彼は目を開けた。死んでいない。もし「死後」が「生前」の完璧なレプリカでないのなら、ここは死後ではない。もし死んだのなら、どこかに移されるのではなかろうか。彫刻作品を美術館の奥深くに引っ込ませるようなものだ。外に出しておくと、どやどや人が寄ってくるし、酸性雨にもさらされる。だから市街地の広場やら発掘された都市の遺跡やらに堂々と置かれるのは、身代わりのコピーである。あっちとこっちの境界は、何でもありの係争地かもしれないが、あっちとこっちとは何なのだ。何と何の境目だ。生と死？　正気と狂気？　引っ込ませるとはどういうことか、彼にはわからなくなっていた。

「おーい」と静かに言ってみた。それが吉と出るか凶と出るかわからない。もう一度、やや大きめな声を出した。何がどうなっているのかわからないのは、まずい結果になるよりも、なお苦しいことだった。

「おーい」

ドアが開いて、かわいらしい女が部屋に入ってきた。幻夢と憶測に覆い隠されていた直近の過去が、はたと意味をなした。

「フロレンス――。おまえなのか」

「そうよ、ダディ」

「おれが行方不明になって、おまえが助けてくれた」

フロレンスは父のベッドに寄っていって、そっと腰かけると、本能が働いたように手を伸ばし、父の額にかかる髪をかき上げて、その手を父の顔の横側にあてがっていた。わが子が熱を出したとしても、そんな手つきになったかもしれない。ダンバーも下から手を伸ばして、娘の手に添えた。やさしさに飢えていた男の目に、みるみる涙がたまった。

「飛行機でロンドンへ飛んでいたよな」

「そうね。それからニューヨークまで飛んできたの」

「ニューヨークか」という口ぶりは、その都市を話には聞いているが、行くことはあるまいと思っている人のようだった。

「起きるのを待ってたのよ。ニューヨークには、わたしのアパートもあるから、そっちへ行ってもいいし……」とまで言って、フロレンスはためらったが、「ワイオミングの家に来てもらってもいいわ。まだ見たことなかったでしょ。すごく気持ちいいの。きれいな土地が広がってる」

「もう土地はいい」

「安全なところから見るだけでいいのよ。出ていって迷子になるわけじゃなし」

「いや、土地はいい」ダンバーはきっぱりと言った。「会議に出るんじゃなかったかな。たしかウィルソンがいて、そんなことを言っていたが」

「その気になったらでいいわ。とにかく休まないとね」

「もう休ませてもらった」ダンバーは枕を支えに起き上がろうとした。「いま何時だ」

「水曜日の午前二時三十分」と、フロレンスは言った。以前の父らしい威厳が復活しそうだと見て、うれしさと胸騒ぎが半々になっていた。「いまごろ起きてるのは私たちだけだから、うちに帰って落ち着くしかないわね」

ひどく堅苦しい敬礼のあとで休めの号令を受けたように、ダンバーはずるりと力を抜いた。

「やむを得んな」深い皺を刻んだ頬に、たらたらと涙が落ちた。いまは仕方ないということが、苦悩の世界にあって当座の救いにはなった。だが、いつまでも続くものではない。

「許してもらえるかな」彼は言った。「おれは頭がおかしくなっていた。いや、近頃のことばかりじゃない。ずっと前から――」

「許すも許さないもないじゃない」

「いや、そこが大事なんだ」彼は娘の手を押さえた。

「じゃあ、行っちゃいましょ。それが大事だって言うんなら、さっさと田舎へ行けばいいのよ。会議なんかどうでもいいから」

「しかし、それだけで済むことではない」ダンバーは話を戻そうとした。「〈トラスト〉を上の二人には渡せない。おまえと、おまえの子供たちに、譲りたいと思う」

「うちは大丈夫」フロレンスは言った。「生活に困ってやしないもの」

「そうか」ダンバーはまた驚いた。「困ってないのか。じゃあ、仕方ないのか」わずかな間、宝石に隠れた傷がないか光にかざす人のように、彼は二つの言葉を輝かせていたが、もともと買う気ではなかったのか、すぐに首を振ってフロレンスに返した。

「だめだ、あいつらの勝手を許すわけにはいかない」

「いつものことじゃない」フロレンスは言った。「好きにさせましょうよ」

「ちがう、遺産とはそんなものではない」

16

早朝、五時だった。ヘススはメガンの持ちビルを出ようとして、大理石がチェック柄をなしている玄関ホールを抜けた。夜勤の管理員は、眠気がまつわりついた顔に、人を小馬鹿にしたような表情を浮かべ、すっかり事情通のつもりになって、アレン夫人が現在の「個人トレーナー」にしている男が外出しようとするのに、ドアマンの役をしてやる気はなかった。

パーク街はまだ暗い。季節はずれに暖かかった。タクシーも流れているが、Jは歩きたい気分だった。いま体内に信じがたい感覚がふくれ上がっている。それだけを考えていたいのだ。生まれて初めて恋をした。この恋は本物だ。もうメガンに全面降伏したくなる。彼女と溶け合ってしまいたい。彼女の意志の延長部分でありたい。こうまで自分以外の誰かに身を寄せたくなることはなかった。幼い頃には母親という存在があって、心から愛したのは当然なのだが、あの当時、母が息子の面倒を見るというよりは、息子が母を守って慰めなければならなかった。

しかしメガンはというと、もちろん警備要員としては彼が守ってやる立場だが、もっと大きな構図の中で見るならば、彼女こそ彼がずっと望んでいた魔法の女なのだ。完全に彼の面倒を見てくれる女である。一緒に暮らすとも言ってくれた。いるだけで安心で、また刺激もある男なら、どんな女にも夢のようなことなのだから、いつも離れずにいてほしいというのだった。もし「特別なお願い」として求められる用件を果たすなら、そのあとでマウイの別荘へ連れて行ってもらえるらしい。「地上の楽園」なのだそうだ。見せてもらった写真では、ハワイらしい丘の上に白い大邸宅があった。小道を一本たどればプライベートビーチに下りていける。ちょっと手を伸ばせばマンゴーの木の枝から果実を捥ぐこともできる。何枚も写真を見せられて、彼は頭の中で映画を見ているようになり、彼女を愛欲に狂わせる技巧をあれこれ思い描いていたのだが、そのうちに、はたと気づいて自家製のポルノ幻想から後退した。性愛だけの問題ではないのだ。二人で一人になったような、全人格的な大問題なのである。こうして彼女と離れて歩きだしただけでも、両手を縛られて殴られているような気がする。いつだって二人は一体でなければならない。そういう運命なのである。

この美しい感情を大事にして、そのほかは一切考えない。あとはもう彼に内在する鬼軍曹にまかせればよい。これは任務とあらば何でも無感情にやってのける軍人精神の持ち主で、誰かに教訓をたたき込むなら、誰よりも適任。どこかの女に神の畏怖を植え付けてやるという仕事に、さっそく取りかかっている。命令とあらば、お安い御用で、即実行。

マークは自分のとった行動が威張れるものだとは思っていなかったが、たとえば分散投資したポートフォリオによって一つの株の暴落をしのげるように、みっともない単独の事例があったところで、プライドの全体が崩落するということはなかった。そもそも一族が所有する飛行機に乗せてもらって帰っただけだ。みっともないというほどでもなかろう。フロレンスのチャーター機には乗れなくなって、自家用機を飛ばそうとする敵陣営に駆け込んだ。その当初は、ぎくしゃくした雰囲気になっていたが、乗ってから考えているうちに、おれは要するに中立国ではないかと気づいた。おれはスイスだ。泥仕合となった両軍の死闘に、やれやれ困ったことだと思いつつ、どっちを贔屓することもなく、天然の要害たる山脈の守りを固め、国境の向こうの戦場には高みの見物と洒落込めばよい。彼の妻による父ダンバーへの仕打ちもひどいものだったが、彼が義父であるダンバーから受けた仕打ちも、それに輪を掛けて憎らしいものだった。ろくに動かなくなった指の先をぶるぶると突き出し、みんなの前で、ありとあらゆる不当な非難をぶつけてきた。あの場にはウィルソンもいて、その息子もいた。あの張り切りすぎの馬鹿息子は、フロレンスが一族の事業に復帰すると見て、彼女をつかまえようと躍起になっている。たしかに彼女は颯爽と白馬にまたがって参戦し、ダディを救い出して、〈トラスト〉関連以外の資産をことごとくかっ攫っていくつもりらしい。だがマークとしては、ちょっと悪趣味じゃないのかと言いたい。

いま彼は自宅アパートの中階で、朝食用の部屋に坐っている。壁を板張りで仕上げた心地よい空間で、トロピカルフルーツとブラックコーヒーを味わっているのだった。給仕をするマヌエラに、では、もう一杯もらおうか、と言っておいて、朝食のテーブルにきちんと折りたたまれている水曜日の朝刊に向き合った。事態がどう転んでいくにせよ、きょうのところは中立を保つのが肝心だ。帰路の飛行機代は、いささか高くついたかもしれない。フロレンス側について知ったことを全部しゃべらされた。だが今後は、スイス人に負けないくらいスイス式に、無益な抗争からは距離を置かせてもらおう。きょうはミンディとランチの予定がある。何とうれしいことだろう。彼女と会っていると気持ちが安らぐ。彼女のおかげで、本来の自分に戻って、こういう人間なのだと見直せる。古くから続いたラッシュ家は、新参のダンバー家が姿を消してからも、なお生き残るだろうと思っていられる。

マークは『ウォールストリート・ジャーナル』を手にして、一面からざっと目を通していった。いつもながらの見出しがならぶ。原油価格の低下、中国株の下落、などと見ているうちに、彼の持論を補強すると思われる記事があった。すなわち、いまの政治は絞首刑のロープみたいなもので、官僚主義がアメリカ実業界の首を締め上げているということだ。彼は物質的な快楽への情熱も強いが、それに負けず劣らず、知的な快感を得ていたい男である。そのためには、どうでもよい義憤に駆られたりもする。もし必要とあらば、世界が破滅するかのごとき悲観論に傾きもするが、しかし彼の生活実感としては、まるっきり無意味な論点である。たとえば中産階級にのしかかる危機の増大。あるいはアマゾンの熱帯雨林の破壊。毎年、ベルギー一カ国くらいの面積が滅びるというが（いや、あれは北極の氷冠が溶けている割合だったろうか）ベルギーが環境破壊を語る上での単位になったとは、つい笑ってしまう。たしか子供の頃には、ポーランドやハンガリーの名家が失った土地の広さというような議論で、同じように出ていた（そっちは氷や密林が消える話よりも身にしみる）。

新聞を持ちやすく半分にたたんでいたら、壁掛けテレビの映像に目が留まった。いつでもブルームバーグを選局し、音声は絞って、字幕をオンに設定する。司会者の背後に「ダンバー」という文字がむやみに大きく見えた。画面に出たもののおかげで、無駄な規制で締めつけるのはけしからんという楽しそうな記事から気を削がれた上に、のんびり味わうつもりだった愉快な憤懣とは正反対の感情を持たされることになった。〈ダンバー・トラスト〉の普通株に対して、〈ユニコム〉が公開買付に乗り出しているらしい。しかも、かなり強気の割増価格を付けている。マークがあわてて計算しただけでも、二十二パーセント前後の上乗せに達していた。相場としては時価に十五パーセントから二十パーセント止まりだろうから、ねらった高値だと言ってよい。マークの内部で相反する衝動が絡み合った。ほんの数分前、かつて結婚祝いに義父から贈られた〈ダンバー〉の五十万株には、二千三百万ドルの価値があった。いまや二千八百万を越える可能性が急浮上した。五百万の丸儲けとはうまい話があったものだが、それは妻の背中を何事もなく刺すような裏切りを敢行してのことである。

さて、金銭とは、どれだけあればよいものか。奥の深い問いである。すでに持っているだけで充分だとは到底思えなくて、いつまでも答えが見えてこない。持つことの喜びよりも、失うことのこわさが先に立つ。いま確実だと思うことは一つだけ。うまくアビーから逃げおおせて、まずまず命を永らえ、わびしい余生にはならなかったと仮定しても、もはやダンバー家を金づるとして恃むことはできなくなる。ほかの資産に二千八百万を合わせれば、ざっと五千万ドルというところだ。すごい大金だと思えたはずの時代もうっすらと記憶には残っているが、いままで二十年も億万長者の一族に感化されてねじ曲がった根性で考えれば、へんに物足りない。あ、いや、もうどうでもいい！　恐妻のいる大邸宅より、愛人のいるコテージに住みたい。〈グローバル・ワン〉も、自家用の湖も、ベルギーほどの土地も、どうでもいい。そんなものには、さらば、と言おう。ミンディと二人だけ、駆け落ち同然にコネティカットへ逃げてシンプルライフを送るか、それともパームビーチへ行こうか（その地域だと元手が五千万ではシンプルにしかならない）、あるいはサンタバーバラにしておくか（などと、いいかげんな思いつきが脳内でごろごろ転がった）。どこかの海岸でミンディと暮らす、なんていうのは、どれだけ気楽なことだろう。ずっと読みたいと思っていた本を読んだり、行きたかったところに旅をしたり、昔なつかしい場所を再訪したり……。チプリアーニ・ホテルのプールサイドは悪くなかった。「ベリーニのカクテルを一杯飲めるなら、ベッリーニの絵を二枚見るよりも結構だ」という父の発言が語り草になった。ホテルで飲んでいたい父は、混雑したヴェネチア市街を連れ回されて美術館や教会へ行くことをいやがった。

さて、一つ問題があるとしたら、株の買占めには条件がそろわなければならないということだ。〈ユニコム〉が公開買付をするとして、限られた時間内に過半の株を取得できるだろうか。彼も持ち株を譲渡して〈ユニコム〉に加担するのはいいが、その乗っ取り計画が失敗に終わったとしたら、あとがこわい。すべて発覚して、この先ずっとアビーにいじめ抜かれる。磔にされたような一生を終えることになるだろう。しばらくは風向きを見ているのがよさそうだ。コグニチェンティという男には一度か二度会ったことがある。まったく成金の典型みたいなやつだった。じかに接近するのは危険かもしれない。〈ユニコム〉の攻勢を見定めるためには、とりあえずアビーにすり寄っていくのが簡単だ。困っているアビーに同調して、あくどいコグニチェンティの海賊行為を憂慮してみせながら、どこまで迫られているかをさぐり出す。両者が均衡しそうになったら、自分の株を売却してバランスを崩し、〈ダンバー・トラスト〉が壊滅するまでの鍵を握る。何とまあ痛快なことか！

四十年にわたって〈ダンバー〉の法律部門を取りしきってから突然辞めさせられたのは確かにショックだったけれども、いまのウィルソンが落ちている暗澹たる気分にくらべれば、まだ小さなものだったと言えるだろう。よりによって〈ユニコム〉が敵対的な買収を仕掛けてきたというときに、もはや防衛の指揮をとる立場ではなくなっている。歯がみする思いだったが、ほどなく、その口惜しさに昔からの友情が覆いかぶさった。さぞかしダンバーは混乱した頭で苦しみもがいているだろう。そう思うと、いやな予感が強まって、なおさら気が気ではないのだった。

どうしたら力を貸せるのか。彼は勝負の分かれ目になりかねない要因を、覚え書きとして挙げていった。しかし、そんなことをしながら、まず前提となるべき疑問があって、それに答えが出ないとも思った。つまり誰のために書いているのか——。フロレンスが父親と組んでも現実の作戦能力はあるまい。アビゲイルとメガンは実行役としてふさわしくない。つい最近まで彼の指揮下にあった法律部門は、現在、いかなる情報も彼と共有することはできず、事業に関する一切の相談を禁じられている。いまの会社にとって、問題の核心は、しかるべき統率力を失っていることだ。ダンバーのほかはダンバーに及ばない偽物ばかりなのだが、そのダンバーもまた自身の偽物になってしまった。お手のものだったはずの事柄に泡を食っている始末で、帝国を築き上げる原動力だった精神からは遠ざかっている。従来の彼であれば、個人の生活感情でさえも、〈トラスト〉の子会社を運営するように取りしきっていられた。談判と報奨、処罰と放逐。そういう駆け引きで操ったのだ。それが逆転してしまった。いまから事業に取り組もうとしても、ごちゃごちゃに乱れた感情を事業に振り向けるだけでしかあるまい。会社を救えるかもしれない唯一の男が、みずから救いを必要としているのが現状だ。もちろん彼が明日の取締役会に出て行って、役員連中を味方につけることも、まだ可能性として消えたわけではないが、いくらかでも筋の通った発言ができるなら、という話である。彼は実権を手放し、ロンドンで狂態を演じ、幽閉されて脱出した。そんな経緯があって、がらりと人が変わったようだ。これを長い目で見れば、彼の魂には有益だったということになるのかもしれないが、現在の危機にあっては、まったくの災難だとしか言えない。

それでもウィルソンは書く手を止めなかった。どんな戦術があるのか考えていながら、自分の心を落ち着けようとするのでもあった。まず独占禁止の問題がある。連邦取引委員会と司法省に向けて、さっそく訴状を準備するのがよい。〈ユニコム〉規模のメディア会社が、〈ダンバー〉規模のメディア会社を買収するのは、競争力を損なうという意味で容認しがたい。さらに彼は新たな論点として、メモの用箋に「インサイダー」と書きつけた。うがった見方ではあるが、取り越し苦労とも言いきれない。金欲しさにみっともないことをする人間はいるものだ。コグニチェンティに近づいていた者がいるのではないか。さもなくばダミー会社のようなものが、買付後の株価上昇を当て込んで、あらかじめダンバー株の取得に動いていたのか。そんな疑惑から考えられる二つのことを、彼は書いた。ひそかな買い占めの進行、買い占めグループの存在――。〈ユニコム〉はじっくり時間をかけて水面下の株買いをしていたのか。あるいは、いくつものサードパーティに買わせてあって、明日になったら一斉に蜂起するのか。

などと書いていったのだが、いま一つ目標が定まらないだけに、あまり自信を持てなかった。誰が会社を守るのか。もしダンバーとフロレンスに防衛力がないとしたら、次善の策としてアビゲイルとメガンしかいないのだろうか。といって、あの姉妹に実権をつかませ、外部勢力による乗っ取りから従業員と資産を守る責務を負わすという筋書きは、できれば避けたいところだった。彼はいま二方面の敵と戦っていて、その一方と手を組むしかないのかもしれない情勢だ。ふだんのウィルソンなら、喜々として立体チェスを戦ったことだろうが、今度ばかりは敵の思惑より何手も先を読む明晰な勝負勘を楽しんではいられず、悲痛な失意にどっぷり浸ったような気になった。

手に持ったペンを用箋にぱたりと落として、肘掛け椅子に背中を預け、ホテルのスイートの暖炉にあるドライフラワーを見つめた。初めてヘンリー・ダンバーと会った日のことが思い出される。イーグル・ロックの家を訪ねていった。つまりトロントの高級住宅地ブライドル・パスにあって、ヘンリーが最初の妻と暮らした旧宅である。当時、ウィルソンはまだ二十九歳。いつもならダンバーを担当している所属事務所の幹部が他出していて、週末の予定を崩したくないという虫のよい目先の考えを起こしたこともあり、ともかくウィルソンが代行させられたのだった。ドアを開けたメイドの案内で、邸内を抜けてテラスへ出ると、そこから傾斜のついた芝生を下りて庭が広がっていた。ダンバーは家族で野球らしきものを成り立たせようとしていた。アビーとメガンはまだ子供で、つまらなそうな顔をしながら、一応は父の言うことをきいていたが、この時間から酒が回りかけたような母親は、明るい黄色のズボン姿で、片手にシガレットを持って、フィールドに見立てた区域の外縁から野次を飛ばしていた。まもなくダンバーがウィルソンの来訪を見てとって、これに応じようと芝生を上がってきたので、お粗末きわまりない試合運びもご破算となった。だが、このときの一瞥だけでウィルソンには見えたことがある。ダンバーという男は、何かしら成り立たせないと気が済まないらしい。まとめ上げて、競い合って、何らかの意味で常に活動状態にある。たとえ家族をむりやり誘って遊ばせる日曜日の午後でさえも、そういうことになっている。とんでもなく活力旺盛なのであって、この人物と関わったら、それだけで波乱含みの展開が待っているような気がした。

ダンバーはまた将来への野心を燃え立たせる男でもあった。他者を見る場合でも、どういう人間であるかより、どうなりたい人間であるかの印象を大事にして、まだ初対面から何時間でもなかったウィルソンに、いまの事務所を辞めて、こっちに来ないかという話を持ちかけていた。上場化にそなえて自社の法律チームを立ち上げるので、その先頭に立ってもらいたいという。なぜかウィルソンにも感じるものがあって、この男のために働こうという気になり、以後は日曜日も返上するほどの熱意を誘われたのだった。それまでの勤務先から大事な顧客を奪って辞めていくのだから、ずいぶん思いきったことをしたものだが、ダンバーと組めばすごい仕事ができそうだと思った。〈ストーン・ラッカー&ホワイト弁護士事務所〉のトロント支所で出世の階段を上がるよりも、ずっと大きな仕事になるだろう……。

ウィルソンは、ペンと用箋の作業を再開した。やはり続けなければならない。最後の一戦だ。あと一戦だけの気力をヘンリーが取り戻してくれたら、その生涯の仕事であるものを〈ユニコム〉の餌食にさせない望みは残っている。

ヘススと熱狂した夜のあと、メガンは水曜日のランチタイムまで寝ていた。電話に目を走らせつつ、すぐには手を出す気にもならず、こんなに何度も着信があったのかと思った。アビーから、また重役連中のほぼ全員から来ている。イーグル・ロック陣営の自社株買いに関与する銀行筋からも掛かってきていた。まあ、よい。こういうのは待たせておく。取締役会の直前だから連絡は頻繁であって当たり前だが、まず神経を集中し、演技力も総動員して、うまいことケヴィンを丸め込みたい。Ｊの始末をつけてもらうのだ。あまりに気紛れだとは思わせないように、それらしい理由をでっち上げて、このところ相棒にしていた若いやつを消させる。すでに作り話は用意した。うっかり会社の秘密を洩らしてしまったことにする。何億ドルという単位の損得につながりかねない重要事項だったのだが、それを耳に留めていたＪが、ライバル会社に情報を売ると言って脅迫している。売り込み先は〈ユニコム〉と考えるのが妥当だろう――。

おや、ちょうど来たらしい！　ドアベルの音がしている。彼女は大弱りした深刻な悲劇の顔になって、その男を迎えようとした。

ダンバーは現在地をしっかり認識していた。ここは三女フロレンスがニューヨークに所有するアパートのダイニングルーム。いまランチの食後に小ぶりなカップでコーヒーを飲んでいる。フロレンスはウィルソンに電話中だ。そう、昔からの盟友たるウィルソン。あの男には謝らねばならない。首にしたのは理不尽なことだった。この部屋は明るい。外回りのテラスとの出入口がガラス張りで、光が室内まで降りそそいでくる。あらゆるものが輝いて、少々びっくりするくらいだ。いや、しかし危なかった。狂気の、死の、寸前まで行っていた。ずっとフロレンスに会わずじまいで死ぬのかと思うと不安でたまらなかったが、何とまあ、こうして彼女のアパートに来ている。通常に復帰する、というと平凡なことのようだが、それどころか、いま現在が、いつの過去よりもありがたい。自分に一体感があるのは何週間ぶりかのことだ。ずっと身体がばらけたようで、さんざん遊んだおもちゃが布きれやテープや糸で補修されたように、やっとつながっているという気がしていた。すでに彼はしっかり眠って、食事もできた。カンブリアではひどい目に遭ったが、そのおかげでボブ博士やハリス博士に飲まされた薬剤がすっきりと排出されて、悪い薬に心情を支配されることもなくなったようだ。そこそこ身体は丈夫だと思い込んでいた彼が、そうでなくなってから、思い込みに気づいた。すっかり弱ったことにも驚いたが、いまの時点では、また元気が出たことに驚いている。予想通り、予想外、二つの感覚が均等に強い。夏の初めにわが家の湖へ戻っていく感覚に似ていた。小さな記憶が一挙に押し寄せてきて、とうに忘れていたことなのに、ずっと存在していたことだと念を押されるようなのだ。

新発見と再発見がもつれ合う。その深層にある感情は何なのか、彼は突き止めたくなっていた。何かしら基盤になっているようで、自分には認識できていないもの。いや、キャサリンに結婚を承知させたときだけは、いくらか届きそうになったのかもしれないが、あれは舞い上がるほどの喜びというべきで、いまのような確固とした根底たるべき実感とは違っていた。……感謝、なのかもしれない。いまの彼が立っている基盤に名前をつけるなら、そんなところだ。そう、この気持ちは——と、ここから彼の語彙が新境地に踏み込むことになって——恵まれた幸福感というものだ……。この男にはめずらしいことである。いままでは好きか嫌いかという二分法を基本として、それ以上に感情を見定めるのは面倒だと思っていた。自分が何のつもりで行動するのか探究する言語に乏しく、そういう言語を開発しようという気にもならなかった。ひたすら行動の人だったのである。権力と財力を積み上げる。それより意義深いことはないのだと自明の真理のように考えて、その目標に突き動かされていた。いまになって内省の旅に出るのかというところだが、そうするしかないだろう。この数週間、ただ狂気だけに終始したのではなかった。事実と統計と条文の世界を離れ、暗喩と洞察と伏線の世界に移動していたのだ。といって戦場に用がなくなって離脱したのとは違う。いまなお混迷の中にいて、もし出られるのなら中央突破するしかないということだが、その中央に近づいているような、いずれは出口が見えてきそうな気がする。

「ねえ、ダディ」と言って、フロレンスがダイニングルームに戻ってきた。

「ああ、おまえか。いまな、おれは幸せだと思っていたところだ。そう、恵まれてるってな」

フロレンスは両手を父の肩に置いて、腰をかがめ、父の頭頂部にキスをした。「初めてじゃないかしら、そんな言葉を聞いたの」

「うむ。そうだな」ダンバーは照れた苦笑いになった。

その肩に載せた手に、フロレンスはそっと力を込めた。

「ウィルソンが五時に来たいそうよ。ちょっと打ち合わせがあるらしいんだけど、いいかしら」

「ああ、いいとも」ダンバーは悪いことをしたと思うだけに、それを取り返そうとして悩んでいた。「もっとしっかりした形で詫びを入れないといかん。けさ、とりあえず礼を言って、復職してもらうことにしたよ」

「あの人、辞めたからといって、ぼんやりしてなんかいなかった。ともかく信頼を回復できたのはよかったと思ってるみたい」

「おれも自分に信頼を回復できるといいんだが」

「だんだん戻ってきてるんでしょ。すごいじゃないの。よかったら公園に出て散歩でもどうかなって思ったのよね。いい天気だわ。ウィルソンが来るまでには間があるし」

「そうか、よさそうだな」

というわけで、父と娘がエレベーターで降りていったのだが、ダンバーは見るものがみな変に楽しくてならない気がした。乗った際にフロレンスが言葉をかわしたダニーというエレベーター係など、ほとんど聖者のように人が好さそうに見えた。コーナーに置かれた三角形の座席は、茶色の革張りがボタン締めになっていて、きりっと美しいミニチュアの趣があった。廊下はダークグレーとゴールドに配色されて、鏡と花が燦めいていた。ドアマンはフロレンスに心を惹かれているらしいが、それも無理はあるまい。そんなこんなで、ダンバーは幼い頃に好んでいた『公園の一日』という本を思い出した。主人公の男の子はボビーといって、半ズボンに黄色いセーター。その母親は上品な美人で、クリーム色のプリーツドレスを着て、サングラスを掛けている。セントラルパークへ行った母と子が風船を買う、というだけのことで、たいした話ではなかったのだが、四歳の彼には大変な魅惑をもたらした。いま五番街を渡ろうとしていると、そっくり同じような思いがけない喜びがあった。園内へ行く最寄りの入口に向けてフロレンスと歩く。

どっちへ行きたいかと聞かれて、ダンバーは貯水池の方角へ曲がっていく小道を下りた。よく池に模型の帆船を浮かべて遊ぶ人がいる。

「きのうの晩、飛行機の中で言われてから、ずっと考えてたんだが、こうして落ち着いて、あらためて思うと……」

「恵まれてる?」フロレンスがにこやかに言った。

「やっぱりそう来たか。突っ込まれると思ったよ」ダンバーも笑顔を返した。「安心感とでも言いそうになったんだが、ちょっと違うかという気もする。まあ、要するに、せっかく誘ってくれたことだし、ワイオミングへ行かせてもらおうかと」

「あら、うれしい」

「とりあえず何週間か、もっと長くてもいいかな」

「お好きなだけ」

「それから、まだ上の娘どもには知らせてなくて、規則上は取締役会を通すことにもなろうが、ウィルソンに会社関連の不動産を買い戻したらいいと言われてな、かなり思いきった値を付けてみた。事業のコアな部分ではないんだが、投資としては結構だ。バンクーバー、トロント、そのほか大都市圏の周縁に土地があって、十億ドルくらいの資産になる。それを全部、おまえと、おまえの子供らに継がせるよ。建物、美術品も込みで……」

「でも、うちは不自由してないから」フロレンスは迷ったような態度を見せた。お気持ちはありがたい、という意思表示である。「じゃあ、財団にしたらどうなの。土地を買うだけ買って、何もしない」

「これはまた古びた資本家に逆らうコツを知ってるようだな」

「フェアトレードってものだわ。もし土地の開発をするなら、一エーカーごとに百エーカー買って、それだけ手つかずのままに残す」

「じゃあ、考えておくよ」と言いながらも、ダンバーは子に従うことになるだろうと思っていた。「無用のままに、ってことか」

「私たちには無用っていうだけ」

「そうか」ダンバーは言った。「そうなんだろうな」ほとんど声が消えかかったが、「上の二人は――」と、わかりやすい話に戻って踏みとどまる。「あいつらは権勢欲が強い。誰に似たんだと言われれば、ぐうの音も出ないが、まあ、現状では好きにさせておけばよいのかもしれん。〈ダンバー・トラスト〉は、誰が運営しようと、世界に冠たる企業だろう。そういう形で、おれの遺産が世に残れば……」

ダンバーは言葉を止めた。フロレンスがひどく痛そうな顔をして、首筋を手で押さえている。

「どうした?」彼は娘の腕を支えようとした。

「あ、ごめんね、なんだか首がちくんと痛くなって、蜂に刺されたみたいな感じだけど、あんまり蜂が飛ぶ季節じゃないわよね」

「どれ、見せてみろ。近頃は季節がでたらめになってるからな」

フロレンスは押さえていた手を離した。

「血が出てるじゃないか」

「BB弾で遊んでる子供でもいたのかしら」フロレンスは呑気な言い方をしたが、顔色は普通ではなかった。

なくなった。

「医者に見せたほうがいい」ダンバーは自分の動悸が激しくなり、耳鳴りで周囲の音が聞こえなくなった。

「大丈夫よ」フロレンスは言った。「あとで消毒しておく。ウィルソンが来たらお願いね。私は休ませてもらう」

「ともかく引き上げよう」たったいま安心感などと口にしたダンバーから、そんな気分は失せていた。

まだ事態を把握しきれていないが、どうやら生涯で最悪の日だとアビーは思っていた。もう何時間も電話を掛けまくって、〈トラスト〉の経営幹部や、あす午前十時の取締役会に来るはずの面々と話をしている。とんでもない一大事だというのに、メガンは三時まで電話に出ず、やっと通じたと思ったら、初耳だと言って驚いていた。けさ取引開始の直前に第一報が飛び込んできて、それから市場が騒然としている日に、メガンときたら〈ユニコム〉がどうかしたのかと言うのだから、アビーは耳を疑った。ひょっとしてメガンも株を売ったのではないかという疑惑を覚えたほどだ。それくらいの高値をコグニチェンティが付けている。だからといって売ったりしたら正気の沙汰ではないのだが、メガンだったらどんなことでもやりかねない。

アビーとメガンは〈トラスト〉の株を十五パーセントずつ持っている〈もともと各自が十パ

ーセントだったのだが、フロレンスが会社に背を向けて以来、その保有分を折半できることになって十五に増えた）。ということは、あと二十パーセント強を押さえれば過半数となって、他社による買収を阻止できる。ただ、そうは言っても、まったく業腹なことだ。これまで非上場化のために内々に事を運んで、ついに明日が勝負だというのに、こちらの提示額では及ばない高値で〈ユニコム〉が仕掛けてきたとわかって、その対抗策を考えねばならなくなった。ふと思いついているのは、こっちの動きを「白い騎士（ホワイトナイト）」の到来のように見せかけることだ。なかなかの高等戦術かもしれない。ちょうど戦支度で来合わせて、会社の危機を救ってくれる、というところ。しかし、もとは自社株買いの工作でしかなかったものを、かねてより準備しておいたリスク管理の方策を繰り出したとばかりに見せるのだから、もちろん強引な策である。きょうという日に聞いた最悪から二番目の悪いニュースに照らしても現実的ではない。ダンバーがウィルソンを相談役に復帰させ、あすの取締役会には二人そろって出てくるらしいのだ。

いや、それより何より根本的に、資金の問題がある。ビルドと相談して、借り入れを増やすことを考えなければなるまい。すでに銀行からは融資の限度を大きく認めてもらっていて、JPモルガン、シティバンク、モルガン・スタンレーなどは当てになるはずだが、それだけでは不足して、会社のコア資産以外の部分で売却を進めることになるかもしれない。めちゃくちゃにこんがらかってきた。さんざん電話しているのに、なぜビルドは応答しないのか。次の一手を考えて、それを実行するとしたら、いまはビルドだけが頼りなのに。

ダンバーはウィルソンを見送りながら、あらためて感謝の言葉を述べていた。フロレンスのアパートで、ウィルソンが乗ったエレベーターのドアが閉まりかけている。どちらにも無理のない自然な経過として、ダンバーが詫び、ウィルソンが水に流していた。いままで三時間ほどの話し合いで、ウィルソンの説得により、ダンバーはもう一度だけ参戦することになった。〈ユニコム〉が公開買付を仕掛けているという情報があり、またアビーとメガンが非上場化による会社の私物化を企んでいるのだと、いまなおダンバーとウィルソンに心を寄せる役員から内報があったことを知るにおよんで、ダンバーも完全引退の表明を少しだけ遅らせることに同意したのだった。

いま彼はフロレンスの顔を見ていたい気持ちが強かった。この娘は、公園から帰って、ずっと身体を休めている。あすは決戦となる会議だが、これに臨んでダンバーの心境はがらりと変わった。どういうことなのか自分でもよくわからない。もちろん彼の名を冠した〈ダンバー・トラスト〉が〈ユニコム〉に呑み込まれるなど、あってはならないことである。また長女と次女が好き勝手なことを企んでいるのも、まったく同様にけしからん。そのために巨額の借り入れをして、何千人規模の解雇をして、利益より企業イメージとして大事な資産を切り離してまでも、会社を私有しようとしている。ところが、これだけ言語道断な状況であるというのに、そうと聞かされた彼の心に、何となく出そうで出ないものがあった。どういうことだろうと思っていて、はたと気づいた。彼は怒っていないのだ。ふだん見慣れていた絵がなくなって、フックだけを残した壁にうっすらと汚れの濃淡が浮いているから、ああ、なくなったのだと思うように、怒りがなくなったせいで彼にも見えてきたことがある。精力旺盛な男として鳴らした時代には、何につけても不満だらけで、ほぼ日常的に文句ばかり言いたくなっていた。それが活力源だったらしい。たまに大勝利でもあれば、しばらくは静まっていられたが、すぐにまた憤懣を覚えるという繰り返しが延々と続いていた。だがフロレンスとの和解を遂げられたことで、彼にも心の平安が生じた。これは深々としたもので、今回のような差し迫った企業間抗争にあっても、揺るがされることはなかった。あすはウィルソンとともに乗り込んでいって、我欲にとりつかれた娘どもの手から実権を取り上げ、重役の中から確実に信を置ける二人を選んで後事を託す。もう一回だけ、これが最後の出番というつもりで、言うべきことを言い、ウィルソンと共闘して会社の防衛に努める。だが、そのあとは後継の重役と運命に任せる。自分では結果に関わらず、その日のうちにフロレンスと一緒に出発して、家族を愛し人間を愛する生活に入りたい。彼は別の鋳型に流し込まれたほどの変容を遂げていた。好きこのんで発注した仕様でもなかったが、溶かされて鋳直されてみれば怒気も野心も消えたようだ。愛だけがある。ダンバーは手を伸ばして壁に当て、身体の支えにした。いまにしてみれば、こうなったことの大きさと、それを知らずに死ぬところだったという思いに、喉元で息が詰まるような気がした。

17

ひどく疲れていたのに、ボブ博士は不安で寝つけなくなっていた。うめくように悪態をついて、夜具を撥ねのけ、脚をベッドから振り出した。まだやっと五時だが、もう起きてしまってもよかろう。これから生涯に何度あるかという波乱含みの一日が明ける。この一日が終わるまでの勝負だ。いままでコグニチェンティとダンバー姉妹を両天秤に掛けながら、もう引退して楽に暮らせる金は稼いできた。これからは自分の面倒を見るだけだ。超高級な医師としての処方と診療を自身のために用いる。だが、そのためには、うまく逃げなければならない。アビーとメガンには、医師が裏切ったという確証をつかませないようにする。コグニチェンティには、ダンバーを排斥しそこなったとして失望され、まったく肝を冷やしたが、あれ以上の不興を買うことのないように――。すでに念のため、午後九時発でチューリヒへ飛ぶ航空券を手配した。しかし、当面は、しゃきっと張りつめていたい。三十ミリグラムのアデロールを二錠、手のひらに揺すり出しておいて、ベッドサイドテーブルの水で喉に落としたが、最近は効き目が鈍っているると思って、もう一錠を追加した。

「何なのよ、ディック。きのう、さんざん電話したのに出なくて、けさは六時半から掛けてくるの？」

「すまんな、アビー」と、ディック・ビルドが言った。「そこのところは謝る。きのう、とんでもない不意打ちを食らってね。この商売に入って初めてだ。〈ユニコム〉のおかげで、手榴弾がプールで水中爆発したような大騒ぎだよ。怪我人を担架で運び出すみたいな被害で、すれっからしのトレーダーが泣きの涙だったたね。あと二十パーセントの株を確保するという一つのことに、事務所の総力を挙げて取り組んだ。とにかく勝敗ラインを越えなければならない。〈ユニコム〉に買収されることだけは避けたかった。きょうはホームランをかっ飛ばす日になるはずだったが、ただでさえ立派に借金の塔が立ってるのに、その横へもう一本積み上げないと勝てないかもしれない」

「もっと早手回しに買っておけばよかったのに」アビーの言い方がきつくなる。

「商売のことで説教はされたくないな」ディックもやや凄味をきかせた。「あせって買い付けると値段を押し上げるだけで、ロンドンやニューヨークに巣くってる利鞘稼ぎの禿鷹に、こっちの利益の心臓部を食いちぎられる。いや、そんなことはともかく、腕っこきの証券屋を五社使って、じわじわと買い進めたんだ。いざ取締役会となったら、きっちり押さえておける手筈だった。ところが、やつら、きのうになって、まだ買えてないとか充分じゃないとか言い出した。コグニチェンティに売りやがったんだろう。つまり、そいつらが持ってるから売らせれば買えるってことを、コグニチェンティに洩らしたやつがいるんだ」

「事務所の内部に?」

「おいおい、いま言ったとおりで、うちの事務所は、いい大人が目に涙を浮かべてるんだ。クリスマスのボーナスがふいになって泣いてるよ。三カ月もかけて準備したんだぞ。うちは全員、一人残らず、百パーセントの力を振り絞ってる」

「だけど、これってキングサイズの大ドジじゃないの」

「まあ、落ち着いてくれ。まだ打つ手はある。どんな端数でもいいから買えるだけ買い続けよう。それからカウンター広告を出して、昔からの株主の支持をつなぎとめたい。証券会社に買われた株も多いが、まだまだ一般に出回ってる分もあるんで、そういうところから収穫する。個人株主は何百万といるんだ。しかし〈ユニコム〉を上回る条件を提示するからには、融資のことで銀行と再交渉しないといけない。そこが厄介だな」

「そのようにしてよ」アビーは言った。

「もう取りかかってる」

ダンバーはフロレンスの部屋をノックしようとして、まだ眠っているのかもしれないと思った。ウィルソンを見送ったあとで娘の様子を見に行ったら、悪いけど何だか気分が良くないので、しばらくベッドで休ませてもらう、と言っていた。両手を下腹にあてがって、きりきり痛むというのだから、たぶん生理痛ということだろうと気を回して、彼はそれ以上には聞かなかった。あすは忙しくなるから、たっぷり寝ておくわ、と娘は言っていた。

もう少し寝かせておく時間はある。そもそもフロレンスは会議には出ないだろうし、彼にしてもウィルソンが迎えに来るまで、あと一時間はある。その間に支度をしておこう。彼は着るものを出して広げた。ワイシャツと濃いグレーのスーツ、独特の色遣いでさりげなく菱形模様を入れた栗色のネクタイ、金のカフスボタン。こんな装いをして何十年になるのやら、いまになるとおかしなもので、いささか滑稽でさえある。

それから数分後、シャワーを浴びながら立っていて、こうして流せばよいのだと思った。山地で降る雨のように、いま身体を落ちる水が勝手な流路をたどっている。水が流れたいように流してやる。それだけで、もう何もしない。かつてなく穏やかな心地だ。たしかに会社は〈ユニコム〉の食いものにされるかもしれない。娘どもが好きなように動かすのかもしれない。あるいは何事もなく終わって、昔からの経営陣が留まることになるのかもしれない。ただ、いま現在、どういう結果を考えても、彼は落ち着いていられた。運命に甘んじる境地と言ってもよいのだが、そういう感覚はどこかに隠れているようでいて明らかに存在する。たとえば目頭をじんじんと刺すような涙が、顔に浴びる流水でまったく目立たなくなっているようなものだ。彼は感謝して泣いていた。泣いていられることに感謝した。涙もろいだけの愚かな老人になっても構わない。自制心を捨ててもよいと割り切るなら、いかにも楽になれる。世界有数の大企業を築き上げることを生涯の仕事と考えていたのだったが、ついに最終となる地点に至って、いま無垢な精神を建て直しているようだ。ぐるりと周回する旅のように、第二の子供時代を這って進まされていると思っていたら、その戻る道は意外に延びて、カンブリアでの苦難を抜けると第二の誕生にまでたどり着いた。そして最後には、円環になるかと見えたものは閉じることなく新しい領域に開けて、ここまで来たら何もかも文句なし、これでよし、と思えるのだった。

そのうちに、いくらか残った現実感覚が作用して、ダンバーはシャワーを止め、浴室を出て、タオルを巻いた。ゆっくり歩いて寝室へ戻り、ベッドの上に広げた衣服を見やったのだが、これから着替えをするということをまともに考えられなくなり、部屋の一角で窓と整理ダンスにはさまれた肘掛け椅子に、ずっしりと沈み込んでしまった。この年になって初めてのことに出くわしているとは、たまげたものだ。

ドアにノックの音がして、これに返事をする暇もなく、フロレンスが室内用のガウンを着た姿で入ってきた。ふらふら歩いて、ベッドにへたり込む。蒼白な顔色がただごとではない。身体に我慢をきかせようと必死なのがわかる。

「ごめん、ダディ」と声を出すだけで苦しそうだ。「部屋に押しかけてきたり、普通ならしないんだけど、すごく具合悪くて。どうしたんだろ、さっきから吐いてるの。しばらく子供部屋にでも移るわ。すっかり汚しちゃったんで。どうしようもない。おかしいわよ、こんなの……」

フロレンスの言うことが途切れた。自分を抱え込むように上体を折り曲げて、呻き声を上げている。

「こりゃ、いかん」ダンバーは娘とならんで坐り、その前傾した背中に腕を回した。「医者を呼ぼう」フロレンスの肩をしっかり抱いたのは、自分を落ち着かせたいからでもある。

「もう電話したけど」彼女は息を喘がせた。「来たら、入ってもらって」

「もちろん」

「あ、もうだめ」フロレンスは前屈みになって吐いていた。

「おい、どうした。大丈夫か」

「どうかしら……」

「いいから横になれ、いま洗面器でも持ってくる」

立ち上がった彼の心臓が激しく打っていた。視線を落とすと、カーペットを汚したものには赤い血の色がついていた。どうにか部屋を出たが、くらくらと目が回りそうで、狼狽と反抗心が荒波のように押し寄せていた。もし神がいるとして、その神がフロレンスをひどい目に遭わせるなら、神などは異常な凶悪犯でしかない。

医者はどうした。ええい、まだ来ないのか。


ケヴィンのやつが朝食に来たいなどと言い出していた。警備業務のことでいくつか話があるという。だからドアベルを鳴らしているのはケヴィンだと考えてよいのだが、いまJは手が離せなくなっていた。筋肉強化・エネルギー増大の特製スムージーを作ろうとしている。ちょうど回転刃を動かすところであって、こうなると屈強な男に四人がかりで押さえられるのでもなければ操作を中止したくない。まったく急ぐことなく電気ポットのスイッチも入れてから、ワンルームのアパートをのんびりと歩いていって入口のドアを開けた。ブレンダーの回転音、また湯の沸きそうな音がしている室内に、ケヴィンを迎え入れる。まったく飾り気のない部屋に一つだけ、奥側に寄せたパレットベッドの上の壁には、ほとんど目立たない釘のような刀架に、黒鞘の日本刀がなだらかに反りを打って掛かっていた。

「よう、相棒！」ケヴィンが親しげな口をきくので、Ｊに警戒心が走った。つまらない要求がある、聞きたくもない知らせがある、そんなところだろう。

「おお、どうだい？」Ｊはキッチンのカウンターまで戻り、ブレンダーのスイッチを切った。まったく同時に、電気ポットが沸騰の頂点に達して自動で切れた。隙のない効率性、なめらかな相互作用の味わいを、Ｊは愛好する。メガンとの仕事をするようになってからは、すべて順調に美しく流れている。完璧なるセックスのようだ。また完璧なる直感のようでもある。そういう働きがあって、たとえば間仕切りの壁をピンポイントで撃ち抜くと、その向こうで人体がどさりと倒れる、ということもある。

うざったいケヴィンがどんな文句をつけに来たのか、もはやどうでもよい。あすになればメガンのプライベートジェットに乗ってマウイへ飛んで、木から落ちるマンゴーの実をつかまえているだろう。この優越感を賞味しつつ、それにも劣らない楽しみとして、淹れ立てのブラックコーヒーと、淡いグリーンのプロテインを、それぞれ一パイントずつ混合する超強力なエネルギー補給もまた格別、と思っていたら、ステンレスのポットの凸面に映える光がわずかに変化したことが気になった。ケヴィンの手の異様に拡大された映像が、茶色の革コートの内側にすべったのだ。たったいま比喩として思いついていた戦場での直感が現実になって、それが武器を取ろうとする手の動きであることはわかった。

　振り向きざまにポットを揺すり上げて、リボンを吹き流したように熱湯を噴出させ、ケヴィンの手首から顔に浴びせた。同時に、その股間を思いきり蹴り上げている。うずくまりそうになったケヴィンの頭頂部にポットをたたきつけてから、右腕をつかんでねじり上げ、手から拳銃を落とさせた。これを室内の隅にまで蹴飛ばすと、ケヴィンに横殴りのパンチを食らわせておいて、ベッドの壁に掛かっている黒鞘の刀を取りに行った。

　だがケヴィンも戦闘員だけのことはある。火傷を負って、視力も弱まり、二発の殴打で痛撃を受けながらも、また立ち上がって、調理台のマグネットボードから包丁をひっつかんだ。Ｊは抜き払った刀の鞘を投げ捨て、いつでも刀身を打ち下ろせるように構えて、敵との間合いを詰めた。

「嫉（ねた）んでやがったんだろう」Ｊは言った。「それにしても異常だな」

「嫉む？」ケヴィンは苦痛を洩らすまいとする。「あの女に言われて来ただけだ」

「くだらねえ嘘はよせ」

「ほんとだよ、相棒。おまえが脅迫なんかするから、もう死んで欲しいんだとさ」

「ちがう」Ｊは叫んだ。「嘘だ！」

　打ち消そうとしながらも、ケヴィンの言うとおりなのだろうとＪにもわかっていた。この薄汚い世界で信用できるものがあるとしたら、自分が手にしている武器だけだ。

「ちがう！」もう一度叫んで、ケヴィンの首筋にざっくり斬りつけていた。

血刀を流しの横に折りたたんであった布巾でぬぐった。これを鞘に収めるJは、心の中に復讐だけを残して、そのほか一切の考えを捨てた。


「そろそろ会議なんじゃないの？」フロレンスが言った。

「おまえを置いて行けないよ」と、ダンバーは言う。「ウィルソンに行ってもらえば大丈夫だ」

「私だって、様子がわからないうちは、お二人を置いて行けませんな」ウィルソンが言った。

「救急車があと六分の距離に来ています」医師が言った。

「もう二人とも、そんなに大事にしてくれなくていいって」フロレンスは何でもなさそうに聞かせようとしたが、やはり顔をそむけて、すでに血液や胆汁の受け皿になっている容器に、また吐いてしまった。「それより何より、こんなになってるところを見ていられたくないもの」

「僕はいてもいいよね」クリスが言った。ベッドに浅く腰掛けて、彼女の脚の輪郭線に手を添えている。「忘れたのかな」と笑顔を見せて、「二度もメキシコを旅して回ったじゃないか。こんなになってるところは、よく見せてもらったよ」

「それとこれとは違う」このときはフロレンスも恐怖心を隠さなかった。「吐きすぎて自分がなくなりそう。こんなに具合悪いの初めて」

　だが父親の顔に浮いた表情を見て、ついクリスに甘えたような態度で弱気になったことを悔やんだ。

「こりゃ、いかんぞ」ダンバーが医師に迫った。医師を責め立てれば解決の秘策を引き出せると言いたげな勢いだ。「何かしら打つ手はあるだろうに」

「ただの往診では済みません」医師はさらりと応じた。「救急車が来たら、まず嘔吐を抑える処置をします。それから活性炭の投与ですね。刺し傷がありますので、血液と皮膚組織のサンプルを緊急に送って検査してもらいます。一時間以内に〈プレスビテリアン病院〉の集中治療室に入ることになるでしょう。世界でも有数の医療体制が整っていますよ。まわりで騒がないほうが患者さんのためにはよろしい」

　ダンバーはむっつりと医師の顔を見て、

「集中治療室……」嗄れた声でささやくように、言われたことを繰り返した。


　メガンは車の後部席に坐っていた。アビーが建物から出てくるのを待っていると言えば言えるのだが、じりじり気を揉んで待っているのはケヴィンからのメールである。符牒が決めてあって、彼が朝食時のJを訪ねていってから一時間後に、メガンからは何の変哲もない連絡を入れた。取締役会が終わった頃合いに〈ダンバー・ビルディング〉に来てくれ、というものだった。Ｊの始末がうまくいったら、「了解」とだけ返信する。もし不都合なり遅延なりが生じたら、「では、これから」と返す。そういう手筈だったのに、まったく返事が来ないのだ。

心配しても始まらない、と彼女は思った。心配なんかしたくない。ところが、社内の取り巻き連中とは違って、心配は言うことをきかない。どうしようもなく不安ばかりが募った。ひょっとしてケヴィンとヘススが共同戦線を張ることにでもなったらどうなるのか。もともと戦友みたいなやつらだ。殺人、傷害、拷問のような行為を任務とする男どもには、どんな腐れ縁ができるものなのか知れやしない。あるいは、もしかしてＪが逆襲して生き残ったとしたら……。うまく言いくるめられるだろうか。ケヴィンは嫉妬のあまり気が変になったのよ、かわいいＪの命が無事だったとは、ロウソクを千本も灯して神様に感謝したいわ、とか何とか……。

「お待たせ」アビーの声に、メガンは考えごとから放り出された。「とんでもない日になったよね……」

「ああ、はい、本日もよろしく」メガンはふざけた言い方にしがみついて、姉が来るまでは溺れそうになっていた疑念の急流に押されまいとした。

「けさディック・ビルドと話したんだけど――」アビーは言った。「いやになっちゃうわよ。あいつめ、やらかしてくれたわ。見込んでいた株を確保できてないの。借り入れも増やさなくちゃ。だいぶ利益を食われるわね」

「会議なんて、もう出なくたっていいのかも」メガンが言った。自分でもびっくりしているが、なんだか急に金儲けをしなくてもいいような気がしてきた。それよりは監獄行きになるのが怖い。

「どうしたのよ、メグ」と言いかけたアビーだったが、やけに強ばった妹の横顔を見れば、それ以上は言えなくなった。メガンが怯えた表情を見せるのは、めったにあることではない。絶望感を漂わすなんて初めてだと思う。その二つの感情が、じっと一点を見つめる目の中で合わさっていた。アビーは腹立たしさを運転手にぶつけた。

「何ぼんやりしてんの。行くわよ」


「さて、おもしろくなるぞ」コグニチェンティが、コンピューターを起動した。「取締役会に出る新顔の男とつながってるんだ。その正体を明かすのはどうかと思うが、通称ではボブ博士、と言っておこう」

「あの馬鹿め」ディック・ビルドが言った。「あんなのが取締役会に出てどうなるんだ」

「お嬢さん方が抜擢してやった。何かしら働きがあってのご褒美らしい」

「どう働いたものやら。よく効くドラッグを流したか、嘱託医として精を出したか」

「薬の処方にも出し惜しみはなかったろうが、ダンバーの失墜にも一役買ったらしい」

「いや、たいして役に立たなかった」ビルドは言った。「あの老人、昨夜はニューヨークへ戻っていたそうじゃないか。ヘンリー・ダンバーと言えば、ヴィクターでさえ、まともに角を突き合わせなかった相手だぞ。まあ、だからこそ、こうして盗聴させてもらってるんだろうが、はたしてご威光は健在なりや否や」

「ご威光？」コグニチェンティは言った。「二日前までは立派に異常をきたしていた男じゃないか。イーグル・ロック陣営なんか、あんたに見捨てられたら難破船みたいなものさ。お嬢さんだけでは動かしようがあるまい。あの親父だって、どんなもんかな。勇ましい演説でもするんだろうか。二十二パーセントのプレミアムを拒否するのが取締役会の受託者責任というものである、なんてことを言ったら、怒った株主からは死ぬまで訴訟を起こされるかもしれない」

スティーヴ・コグニチェンティは、よく冷えた日本産のビールを二本、テーブルの上に置いた。これから男二人でフットボールの中継を見るような趣向である。

「勝負あった、だよな、ディック」と言って、スティーヴは前に乗り出し、コンピューターの音量を上げた。「ショーを楽しめばいい」

18

「いかん」ダンバーは言った。「なぜフロレンスなのだ」

「残念です」と言う医師も、どう言おうと仕方がないことに、いつになく呆然としていた。

「臓器を移植しよう」ダンバーは言った。「その間、どうにか機械につないで生かしておいてくれ。もし調達が間に合わないなら、おれの身体から取ればいい。古いものだが、まだ動く」

ダンバーは上着を引きはがすように脱いで、ネクタイもはずした。

「あ、いや、ダンバーさん……」

「娘が先に逝くなんておかしい」ダンバーは襟のボタンに手をかける。「順番が逆だ。必要なら何でも取ってくれ。心臓、肺、肝臓、腎臓、目……それで娘の命が助かるなら何でもいい」

「ところが、ダンバーさん、もう手の施しようがないのです」医師はダンバーの腕を制止しようとした。「残念ながら、全身に毒が回っています。たとえ移植しても、ただちに機能不全を起こすでしょう」

フロレンスに使われた毒物はアブリンだった。解毒剤はない。しかも今回は他の毒素も組み合わせて、より確実な、また苦痛の激しい死をもたらす仕掛けになっていた。いま現在、体内の浄化や血液の交換が行なわれているのだが、わずかな延命措置にはなるとしても、すでに彼女の肉体は崩壊への一途をたどるしかなくなっていた。

ダンバーはかまわずシャツのボタンを一番下まではずした。

「どうしたの?」フロレンスがずっしり重い鎮静剤の作用から目を覚まそうとする。

「おれが臓器の提供を……」

「ああ、ダディ」彼女の目に涙があふれた。

ダンバーは手を伸ばして、娘の手をしっかりと握った。すると安堵と恐怖が入り混じりながら、妻に死なれたときとは違うと思った。あのキャサリンに「助からない」という宣告があった日の彼は、全身麻酔のように感覚が鈍磨していた。きょうは麻酔が広がるようには感じない。心に城壁をめぐらして、悲しさ淋しさに降伏前の抵抗をしようとする作用がない。おのれを知ることの勝利として、苦しむことにも明晰な見方ができているのだろうか。つい前日には、人生で初めて自分は恵まれていると感じていたのだから、よく見えるというのは無節操なことだ。何でも見えてしまう。さっさとフロレンスと一緒にワイオミングへ行っていればよかった。もう少し早く権力を手放すことができていたらよかった。たとえて言うなら、やっと目が見えるようになって、さっそく連れて行かれた画廊に、マルシュアスの処刑の絵があったようなものだろう。生きながら皮を剝ぐ神話の情景を前にして、もはや動けず、去ることができずに、これでもう他の画廊を見ることはないのだと思わされる。

「すぐ外にいますのでね」医師が言った。「何かあったらボタンを押してください」

フロレンスはうなずいただけで何も言わなかった。もはや口に出せる言葉に限りがあって浪費はできないと思うかのようだ。医師、看護師が出て行ってから、重くなった口を開いた。

「死ぬのがこわいっていうよりは、私が死んだら、ほかの人がどうなるか気がかり……。愛が無駄に、荒れ果てる」

ちらりとクリスに目を走らせたのは、彼女の死で傷つくだろう人々を代表して、詫びる気持ちを受け止めてくれと言いたかったのか。

「愛が、荒れ果てる……」ダンバーも同じように口にした。娘が最後に言わんとすることに愕然とする。その言葉から想起せずにはいられない風景もまた凄まじい。

「ああ、ダディ」フロレンスは響きのなくなった声で必死に言う。「和解できてからでよかった。間に合った」

「しかし、もう間に合わん」ダンバーは口走った。

「ええ、まあ……。子供たち——まだ小さいのに、つらい思いをさせてしまう」

苦悶に喘ぐ娘に、おまえは悪くないと言って聞かせたい。ダンバーは言葉を模索したのだが、娘は話をするのもつらくなったようで、その謂れなき罪悪感を拭い去ってやることができないうちに、目を閉じて、ベッドの上でまったく動かず、息をしているのかどうかも疑わしかった。

「眠ったようです」ウィルソンが言った。「私たちも坐っていましょうか」

娘の部屋の一角に肘掛け椅子がならんでいる。その一つにダンバーは崩れるように坐り込んだ。よく磨いた黒い靴、チャコールグレーのズボン、というところまではフォーマルな装いなのだが、その上にはシャツをはだけた腹から胸元まで、場違いな裸の色が細長く伸びていた。見ていると、ふわふわした白い毛が息遣いとともに上下する。まだ生きているのかと自分で思いながら、他人の身体を観察しているような気もした。

「無慈悲だ」ダンバーは両手で頭を押さえた。「この世界にも、どの世界にも、慈悲はない」

鉄の鉢巻きで締めつけられるような痛みがあった。まもなく第二の鉄輪が胸回りを巻いて痛みだした。彼は腕を組んで、長い別離のあとの自身を抱きすくめたような格好になり、ずるりと椅子の背にもたれて、はあはあ息をしていた。あの際限のない恐怖感がよみがえってくる。命綱の切れた宇宙遊泳のように虚無の暗黒をふらふら漂う。すると今度は頭の中にどっと押し寄せるものがあった。ダボスの道で仰向けに転んで後頭部を強打したときに似ていた。気絶する直前に太い境界線上でふわりと吊されている気がして、これは緊急事態だと思いながら奇妙に客観視もしていて、すべて忘却しそうな予感が押し寄せてくる。

いま、何がどうなっているのかわからないうちに、医師が寄ってきていた。看護師らに指示を飛ばしている。除細動器、酸素、などという言葉が聞こえて、頭や心臓が締めつけられるのと同様に、周囲から押し潰してくるような緊迫感があった。

「大丈夫ですよ、ダンバーさん」すでに医師は注射器の用意をしている。「すぐに痛みはなくなります」

「いや、おれのことはどうでもいい」ダンバーは喘ぐように言った。「もう充分だ。見るものは見た」

「ええ、つらいお気持ちは察しますが……」

「まだ何を見せようというんだ。娘が死ぬのを目の当たりにさせるか」

「では、娘さんには、その最後の数時間を、どう過ごさせてあげたいですか」医師は問い返した。「父親の死を目の当たりにさせますか」

ダンバーも医師の言い分は正しいと観念して、注射される腕を差し出した。フロレンスの最期にしっかりと付き添ってやらねばなるまい。あとしばらく自身の死滅には我慢をきかせ、残った気力を娘への思いやりとして振り絞ることにする。

「もう少し、生きる」と、つぶやくように言った。透明な液体が彼の血流に混じり合い、頭と胸の緊張を溶かしていく。「ウィルソンとクリスに話があるのだが、ちょっとだけ外してもらえますかな」

「いいですとも」まるで見解の相違など一瞬たりともなかったかのように、医師は物柔らかに言った。

「チャーリー」ダンバーは盟友と内密に語るべく身を乗り出した。「あまり言いたくないことで……口に出せないことでもあるが……」

「わかりますよ」ウィルソンは言った。

「とにかく、一段落したら、おれの延命措置なんぞ止めさせてもらえないか」

「生前の意思表示もできます。文書として作成いたしましょう」

「ああ、しかるべく実行してくれ」ダンバーは何かしら思い出して引用するような口調になった。「あの娘どもに会社を操らせてはいけない。あいつらの好きにさせるくらいなら、いっそコグニチェンティと組むしかない。また二人のいずれにせよフロレンスの毒殺に関与したとわかったら、一生、監獄行きにしてやるがよい」

「では、そのように」ウィルソンは言った。「すでにアビーはイギリスの警察に手配されています。ピーター・ウォーカーが自殺した件に関して」

ダンバーはふたたび椅子に深く沈んだ。

「あいつが、自殺？」

「はい、残念ながら。フロレンスからお聞きかと思いましたが」

「いや」ダンバーは室内に虚ろな目を投げた。ぞっとする恐怖のあまり、考えることも、話すことも、何が悲しいと思うこともなく、心にぽっかりと穴のあいた時間ができたようだ。いま彼が見るフロレンスは、目を閉じて、ぴくりとも動かずベッドに横たわっていた。その傍らにクリスが坐って、彼女の息遣いを見守っている。

「いや、聞いていない」ようやくダンバーが口を開いた。「そうか、ピーターがな……いいやつだった。あいつがいなければ、どうにもならなかった」

まったく何たることかという目を、ウィルソンに向ける。

「どうしてこうなったのだろうな。おまえの息子が、うちの娘の臨終を見ている。どういうことなんだ。何につけ、やっとわかってくると壊されるばかりだったとは、どういうことだ」

「誰もみな、いつかは土に還ります」ウィルソンは言った。「しかし、わかったことは壊れません。壊されるものではないのです。あとに残される人がいて、なお真実を語ろうとするならば」

謝辞

まず友人ドミニク・アームストロングにお礼を申し上げます。この作品のビジネスおよびファイナンスに関わる部分について、専門家として書面による協力をいただきました。またジョン・ロジャーソンにも感謝いたします。作品の展開から生じる法律上の問題について助けられました。

著者の興味をホガース・シェイクスピアのシリーズに誘(いざな)ってくれたモニカ・カーモナ、これに参加することになった著者に対し、みごとな編集者となってくれたジュリエット・ブルックにお礼を申し上げます。

そしてジェーン・ロングマンと、フランシス・ウィンダム。いつも真っ先に読んでくれて感謝いたします。また著者にとって励みとなる読者でもありました。

『リア王』オリジナル・ストーリー

ブリテン国の王リアは、引退して王国を分割することに決め、長女ゴネリル、次女リーガン、三女コーディーリアの三人の娘たちに、自分への愛情を示すように言う。ゴネリルとリーガンは、より多くの見返りを得ようと、父への愛情を大仰に語るが、コーディーリアは「私の愛は、この舌よりももっと重いのだもの」と考え、「言うことは何もございません」と答える。怒ったリア王はコーディーリアを勘当し、反対をとなえた忠実な家臣ケント伯爵も追放。コーディーリアは、持参金なしでフランス王に嫁ぐことに。

ゴネリルの館に身を寄せるリア王のもとへ、王の身を案じたケント伯が変装して訪れ、家来となる。ゴネリルは王を蔑ろに扱い、供回りの騎士と従者を減らすように告げる。激昂したリア王は呪いの言葉を吐き、次女リーガンのもとへ向かう。その知らせの手紙を託されて先に向かうケント伯は、リア王の家臣グロスター伯の館で、リーガンと夫のコーンウォール公爵により足枷を嵌められてしまう。それを見たリア王は憤怒するが、リーガンは供回りの者をさらに減らし、姉のもとに帰るように諭す。今や娘二人の真意をはっきりと悟ったリア王は怒り狂い、道化とともに館を去る。

一方、グロスター伯の婚外子エドマンドは、世継ぎの座を嫡男エドガーから奪い取るために策略を練り、エドガーがグロスター伯の命を狙っているという大芝居をうつ。追われる身となったエドガーは、〝裸同然の物乞いトム〟に身をやつし、追跡の目をくらますことに。エドマンドはコーンウォール公の信頼を得て家臣となる。

嵐のなか、「雷よ、思いっきり響き渡るがいい。火よ、飛び散れ、雨よ、降りしきれ！」と叫びさまようリア王に、ケント伯が追いつき、近くの掘立小屋に避難させる。その小屋の中にトム（エドガー）がいた。グロスター伯も合流し、娘たちに裏切られたリア王に同情して「私だって気が狂いそうなのだ。私には、勘当した息子がいたが、そいつに命を狙われたのだ」と語るも、トムが当の息子だとは気づかない。

グロスター伯はリア王の命を守るため、彼をドーヴァーに移動させる。コーディーリアの嫁ぎ先であるフランス軍も兵を出した。

エドマンドの密告のせいで、〝謀反人〟となり捕らえられたグロスター伯は、リーガンに煽られたコーンウォール公によって両目を抉られ、その際、エドマンドの奸計にはまったこと、エドガーは無実であったことを悟る。召使の剣により、コーンウォール公は痛手を負い（のちに死亡）、召使はリーガンによって殺される。

失明し追放されたグロスター伯は、荒野でトムに扮するエドガーと再会し、彼が息子だと気づかぬまま、ドーヴァーに連れていってくれるように頼む。この世に絶望した彼は、ドーヴァーの海に身を投げるつもりだった。

ゴネリルは陰謀に消極的な夫オールバニ公に嫌気がさし、「あなたのためなら死の行軍も致します」と甘い言葉を囁くエドマンドに惹かれる。今や夫のいないリーガンのほうが、エドマンドとの結婚に有利なのが気がかりだ。エドマンドは、事態がどう転んでも権力の座を手に入れるため、姉妹の両方に愛を誓っていた。グロスター伯の顚末を知ったオールバニ公は、グロスター伯がリア王に示した愛を感謝し、仇をとることを誓う。

グロスター伯とエドガーは、荒野でリア王と遭遇。リア王の乱心を知るが、「人は生まれると、この阿呆(あほう)の大いなる舞台に出たと知って泣くのだ」という言葉に、悲しみの人生を生きていく力を得る。

リア王はコーディーリアと再会し、赦(ゆる)しを乞い、初めて心に安らぎが戻る。

しかし、フランス軍はエドマンド率いるブリテン軍に敗北。リア王とコーディーリアは投獄される。リーガンがエドマンドとの結婚を宣言して、ゴネリルと火花を散らすなか、オールバニ公がリア王とコーディーリアを引き渡すようにエドマンドに要求。そこにエドガーが登場して、エドマンドと決闘する。父グロスター伯は、エドガーからすべてを知らされたあとに喜びと悲しみで胸張りさけこの世を去っていた。決闘の結果、エドマンドが倒れ、死亡。ゴネリルはリーガンを毒殺し、すべての悪事が白日のもとにさらされて自殺した。牢獄では、すでにコーディーリアは絞殺されており、リア王が末娘の亡骸を抱きかかえて登場。嘆きつつ、息絶える。

（編集部）

※文中の科白は『新訳　リア王の悲劇』（シェイクスピア　河合祥一郎・訳　角川文庫）より引用させていただきました。

訳者あとがき

原著のタイトルは主人公の名前だけで『*Dunbar*（ダンバー）』という。初版は二〇一七年。版元のホガースは、その前身をたどれば、レナード・ウルフとヴァージニア・ウルフの夫妻が自宅に印刷機を導入した一九一七年にまでさかのぼる。当時の名称では「ホガース・プレス」であって、戦前の時期には、小規模ながら前衛的な出版で知られるようになっていた。現在では、ペンギンランダムハウスの一部門としての「ホガース」が、昔の名跡を継ぐような形で、二〇一二年から文芸書の刊行を続けている。その新生ホガースが立ち上げた大きな企画が、シェイクスピア作品を現代の作家が語りなおす、というシリーズだった。本書はその一環としてエドワード・セント・オービンに委ねられた『リア王』の現代版である。巨大なメディア産業の会長を「王様」として、その三人の娘が忠誠と裏切りのドラマを演じている。

著者は一九六〇年のロンドン生まれ。一九九二年に第一長篇を発表してから、今回が九冊目になる。そのうち五冊は自伝性の強い『パトリック・メルローズ』の連作で、虐待や飲酒癖、薬物中毒のはびこる富裕な名家を描き出していた。そういう著者であれば、『リア王』の語りなおしには適任と言うべきで、また自身にもそういう意識はあったようだ。権力、財力をめぐる家庭内闘争の悲劇は、幼少期からの現実でもあったろう。ほかの家の不幸を書くのなら「ずっと気が楽だ」と言ってのけるほどである（『ニューヨーク・タイムズ』二〇一七年九月二十八日）。

なお、このインタビュー記事では、ダンバーがルパート・マードックに似ていないかと水を向けられて、著者は即座に否定し、ダンバーはあくまで二十一世紀のメディア王として衣替えをしたリア王だと答えた。また「トランプを思いつく人もいたが、書いたのはトランプが大統領になるよりも前だ」とのことである。

さて、もちろん『リア王』を知っている読者なら、原作と比較しながら深く読むこともできよう。だが、この現代版だけでも充分に楽しめるはず、と訳者からは申し上げたい。かなりの娯楽性が確保された作品になっている。そもそも過去に存在した物語を素材として、うまく自作に転用することは、シェイクスピア自身の得意芸でもあった。『リア王』においても、いくつかの先行する物語から取材したことが指摘されている。そこまで源流をたどらずとも『リア王』を見る（読む）ことができるのと同じ理屈で、『リア王』を知らなくても本作を読むことはできるだろう。

またシェイクスピアを書き換えるという試みも、それだけなら決して目新しいものではない。

映画やミュージカルにもなっている。『リア王』については、日本の戦国時代に移植した黒澤明監督の映画『乱』（一九八五年）という例もあった。古くは『リア王』の初演から七十五年ほど後に、ネイハム・テイトによって書き換えられ、なんと悲劇ではなくなって、めでたしめでたしで終わっていた――ということを意識しながら著者は、そのテイトについて、ハッピーエンドで終わらせたがるハリウッドの重役のようなものだと言う。著者自身は「書きだした当初はどうなるかわからなかったが、ネイハム・テイト二号にだけはなりたくないと思っていた」（前述記事）

ということで、最後には（訳者と同じように）えっ、そうなっちゃうの、という心情を誘われる読者も多いのではないかと思うが、それは本来の『リア王』を尊重した結果だとしか言えない。つまり父親と三人の娘をめぐる葛藤、そして最後の悲劇的な死、という基本は変えられない。これに加えて、遠ざけられていた忠臣、途中で消える道化、といった脇役が配されるのだが、そのあたりの事情については、河合祥一郎氏が専門家ならではの綿密な「解説」を寄せてくださった。著者が『リア王』を熟知した上で、どれだけ巧妙に利用・転用したのか看破されていて、そうと教えられると、まったく驚くばかりである。

しかし巧妙であるということは、シェイクスピアをあからさまに振りまわすのではないということでもあろう。著者には自分の文章を名句の引用で飾り立てる趣味はなさそうで、これは訳者にとっては仕事をしていて心地よいことだった。どこかにシェイクスピアがいるのだと意識しながら、あくまで文章はセント・オービンのものとして取り扱う。字面よりはエッセンスとして、何となく芝居らしい気分が出ればよい。そんなつもりで（まずまず呑気に）訳していた。いきなり冒頭の場面からセリフだらけの進行で、変わった二人組が何を言っているのだろうと思うのだが、これが「王」と「道化」の会話なのだとわかってしまえば、なかなか楽しくなってくる。とくに声色を変えてしゃべるピーターが、「いいから、自分のままでいろ」とダンバーに言われて、「あー、それだけは難しい」と応じるところなど、翻訳を商売にする者には大いに共感するものがあって、あらためて訳者は役者の近縁だと思った次第である。

二〇二〇年十二月

小川高義

解説

河合祥一郎

『ダンバー　メディア王の悲劇』（以下『ダンバー』）はかなり凝って書かれているが、作者エドワード・セント・オービンがどういう思いで本作を執筆したのかが理解できると、作品の読み解き方もわかってくる。なにしろ、〈ホガース・シェイクスピア〉プロジェクトとして、ホガースからセント・オービンに執筆依頼をしたのではなく、セント・オービンのほうから、「現代のリア王を描く作家をお探しなら、ここにいる」とエージェントを通して持ち掛けたというのだ。「リア王という強烈で横暴な父親像を現代の視点から描き込むなら俺に任せろ」という強烈な自負がセント・オービンにはあったのである。

セント・オービンの名を世に知らしめたヒット作『パトリック・メルローズ』シリーズ——ベネディクト・カンバーバッチが主演して話題となったドラマの原作——に登場する強烈で横暴な父親像が、幼少時に父親から性的虐待を受けたセント・オービン自身の歪んだ父親像と重なっていることをご存じであれば、なぜ作者が自分こそ現代のリア王を描くべき作家だと考えたか腑に落ちるだろう。もちろん、ダンバーは、横暴な父親といっても、デイヴィッド・メルローズとはタイプが違う。作者の過去に基づく『パトリック・メルローズ』とは一線を画し、セント・オービンはシェイクスピアの原点に立ち返る。

　フォルジャー・シェイクスピア図書館のホームページで公開されていた作者インタビューを読むと、作者の原作『リア王』への思い入れがよくわかる。『リア王』は、作者が大学受験時に二年かけて読み込んで以来重要な作品となったのであり、ピーター・ブルック演出の強烈な『リア王』（一九六二年初演、一九七一年映画化）に大きなショックを受けながらも、別のやりようがあると感じていたという。そして、リア王には独白を語らせる必要があり、リアに振り回される娘たちにもきちんと肉付けを行い、特に原作ではあまりにも寡黙で薄っぺらなコーディーリアにしっかりした人間性を与え、欠点もある生身の人間として登場させたかったという。『リア王』を家庭劇にしないためには王を巨大な人物にする必要があると考え、こうしてメディア王ダンバーが登場する。

　作者の意気込みがこのように強いので、読者は『リア王』を熟知していることが期待されている。だが、それにしてもかなりハードルが高い。『新訳 リア王の悲劇』を角川文庫から出したばかりの私でも、本書のページをあちこち何度も繰り、読み直しながらこの解説を書くことになった。

　冒頭の場面からして難物だ。ダンバーと話しているピーターというアルコール依存症の患者が、さまざまな人物の声色を次々に使い分けて支離滅裂なことを言うので面喰（めんくら）う。読み進めると、かつては『ピーター・ウォーカーの多彩な顔』というテレビ番組も持っていた高名な喜劇役者で、ダニー・ケイ（一九一一〜八七）やディック・エメリー（一九一五〜八三）といった実在の昔のコメディアンに似た多芸多才なキャラとして設定されているとわかる。となれば、これは、リア王お抱えの道化師（エンターテイナー）、すなわち狂乱しかかったリア王につき従って歌を歌ったり謎めいた皮肉を言ったりしてリア王の気をまぎらわそうとする道化に相当することはまちがいない（前述の作者インタビューで、作者自ら、『リア王』の道化より可笑しい道化にしようとしたと認めている）。のっけからピーターが「もう薬は飲んでない、とっくに頭がいかれてる」「いまはベッドに寝ていない、もう薬は飲んでない！」と節回しをつけて言う（原文は韻を踏んでいる）のは、道化の歌（韻を踏んでいる）に呼応する。ピーターのさまざまな芸は、あれやこれやの手で王を慰めようとする道化ぶりを表しているわけだ。もちろんピーターの狙いは、大富豪ダンバーに取り入って際限なく酒を呑むことにあるという設定だが。

　そして、狂乱のリア王が道化ただ一人をお供に連れて嵐のなかへ彷徨い出ていくように、ダンバーはピーターと二人で病院を抜け出し、「冷たい雹のまじる嵐が観光の目玉」である「十二月のカンブリア」へと出て行く（本文五〇頁）。途中で認知症患者ミセス・アーシュラ・ハロッドが一緒になるが、これはリア王と道化が嵐のなかで狂気の態のエドガーと出会うイメージであろう。狂態のエドガーに親近感を抱いたリア王が「おまえ、何もかも娘にやってしまったのか？　それでこんなになったのか？」（第三幕第四場）と問うように、ダンバーもまたミセス・ハロッドに「あんたも娘らにカードを取り上げられたのか」と尋ねる（七三頁）。類似は明確だ。

　ミセス・ハロッドは早々に物語から消えていく人物だが、彼女は「かつては毒舌で鳴らした時代があって」「激しい口をきいて、『絶対に謝らない、言い訳しない』とも言った」という気になる描写がある（四二頁）。この「絶対に謝らない、言い訳しない」というのは、『パトリック・メルローズ』シリーズの第二作『バッド・ニュース』において、主人公パトリックが父親の口癖として記憶しているフレーズだ。パトリックの抱く暴君的父親像の影が『ダンバー』に大きく差し込む一瞬である。

原作のリア王はある種の脆さを抱えているが、ダンバーは強固だ。ダンバーが「ファベルジェの卵」（ロシア皇帝が金細工師ファベルジェに作らせた卵型の金製の飾り物）を投げつけても思ったとおりに砕けないというくだりは、『リア王』の道化の「卵を真ん中で割って、中身を食っちまえば、殻で王冠が二つできる」（第一幕第四場）という台詞や、エドガーの「あんな高いところから真っ逆さまに落ちたら、卵みたいにぺしゃんこになるはずなのに、あんた、息をしてる」（第四幕第五場）という台詞に対応するのだろうが、原作のリア王と違って、ダンバーの砕けることのない強烈さを示す一例になっているように思われる。

言及は『リア王』以外のシェイクスピア作品に広く及んでいる。たとえば、九頁で「世界はわがホスピス。初めて聞きましたな」とピーターが返すのは、「世界はおれのもの」という意味でよく用いられるシェイクスピア由来のフレーズ——『ウィンザーの陽気な女房たち』第二幕第二場でピストルが言う「世界はわが牡蠣だ（The world's mine oyster）、おれが剣でこじ開けてやる」——を踏まえている。また、一二頁で「これは喜劇的な疾患なのか、悲劇的な喜劇の疾患なのか、あるいは悲劇的な喜劇役者の史劇的疾患、はたまた史劇的な喜劇役者の悲劇的疾患をフィクションにした——」とピーターが言う台詞——affliction（疾患）と fiction（フィクション）の言葉遊びも入っている——が『ハムレット』のポローニアスの「悲劇よし、喜劇よし、歴史劇よし、牧歌劇よし、悲劇的歴史劇よし、悲劇的喜劇的歴史劇的牧歌劇よし」（第二幕第二場）に対応していることはシェイクスピア通ならすぐわかるだろうが、そのほかにも、ハムレットの狂気についてポローニアスが語る「このような逆境を招いた原因は何か。いや、このような発狂を招いた原因は何か。原因があればこそ結果いや欠陥が生じたはず」（第二幕第二場）などの言葉遊びを踏まえているとも考えられ、ダンバーが言うとおり、まさに「頭がごちゃごちゃになる」展開となっている（一二頁）。ごちゃごちゃになるのはダンバーの精神状態を表すものであり、ダンバーがここで「ああ、神よ、わが心の乱るるなかれ」と言うのは、もちろんリア王の「ああ、狂いたくない。狂わせないでくれ、天よ！」（第一幕第五場）という叫びに呼応している（ちなみに、一〇二〜一〇三頁でも「わが心、乱るるなかれ」と繰り返される）。

ピーターとダンバーの会話はかなり錯綜していて、読んでいると訳が分からなくなってくるが、これこそ、狂ったリアと道化の対話の錯綜ぶりにほかならない。合理性を重んじるトルストイが「道化の言うことは意味不明だ」と激怒したのは有名な話だが（詳しくは『新訳　リア王の悲劇』の巻末参照）、セント・オービンはトルストイをさらに激怒させる展開にしていると言えよう。そして、この混乱した会話のかなり早い段階で、ダンバーは「もう業務は執行せず、ただの会長職にとどまればよい。そのようにウィルソンには言ったんだ」と言い出す。「ウィルソンって誰？」と読者は思うだろう。ダンバーの顧問弁護士チャーリー・ウィルソンは、ダンバーの四十年来の友であり右腕であったのに、会社を娘たちに譲渡するのに反対したためにダンバーの怒りを買って突然解雇される人物だ。ということは、ウィルソンこそ、リア王に「国をお渡しなさいますな」と諫言したために王の怒りを買って追放を命じられる忠臣ケント伯爵にほかならない。リア王のことを誰よりも真剣に心配して、王国を分配して引退するなどという愚かなことをしてはいけないと直言する男である。

基本的事実を整理しよう。カナダのメディア王ヘンリー・ダンバーは独力で創業した巨大な会社〈ダンバー・トラスト〉の運営を娘アビゲイルとメガンに譲りながら、自分は会長職にとどまって依然として権勢を振るおうとする。これはリア王がブリテン王国を娘ゴネリルとリーガンに譲りながら「王の称号とその栄誉」を保持しつつ「百人の騎士」を手許において権勢を振るおうとするのに呼応する。「百人の騎士」が、『ダンバー』では「専用機」と「わずかな側近」（八頁）に替わっているところがおもしろく、原作では百人の騎士を五十人、二十五人と娘たちに減らされて激怒したリア王が道化を連れて嵐のなかへ飛び出すわけだが、そのとき娘たちが「私たちの館の召し使いがいるんだから、どれでも使えばいいでしょうに、なぜお抱えの騎士が要るのですか」という趣旨の理屈を言い立てるくだりが、『ダンバー』ではプライベートジェット機の機種についての問答となっており、ボーイング747機などなくたって「ガルフストリームがあるんだから、どれでも一機使えばいいでしょうに」と長女が言ってダンバーを激怒させたという展開に置き換わっているところが可笑しい（二九頁）。

原作では、リア王の一番のお気に入りだった末娘コーディーリアが父に追従を言わなかったというそれだけの理由で勘当されてしまう場面が一つの見せ場になっているが、『ダンバー』では最愛の末娘フロレンスが「夫のベンジャミン、および子供たちと、ワイオミングの田舎に引っ込んで簡素に暮らしたいのだと言ったとたんに、ダンバーの怒りを買った」という説明だけですまされる（五七〜五八頁）。本当は誰よりも父を愛している末娘コーディーリアが父の王国を欲しがらなかったがゆえに追放されてフランス王のもとに嫁ぐように、本当は誰よりも父を愛している末娘フロレンスは、ダンバー・トラストの経営から抜けて今は夫とともに遠いワイオミングに住んでいる。そこから長姉アビゲイルに長距離電話をかけて、施設に入れられ音信不通となった父親のことを尋ねるところが、第二章の始まりだ。アビゲイルはしらばっくれて、父親がいる施設の名前をど忘れしたふりをしているが、長女と次女の二人が父親のお気に入りの三女に対して激しい憎悪を抱いているのは、原作と同じである。ここで本作における家族関係を確認しておこう。【 】の中は『リア王』における相当する登場人物である。

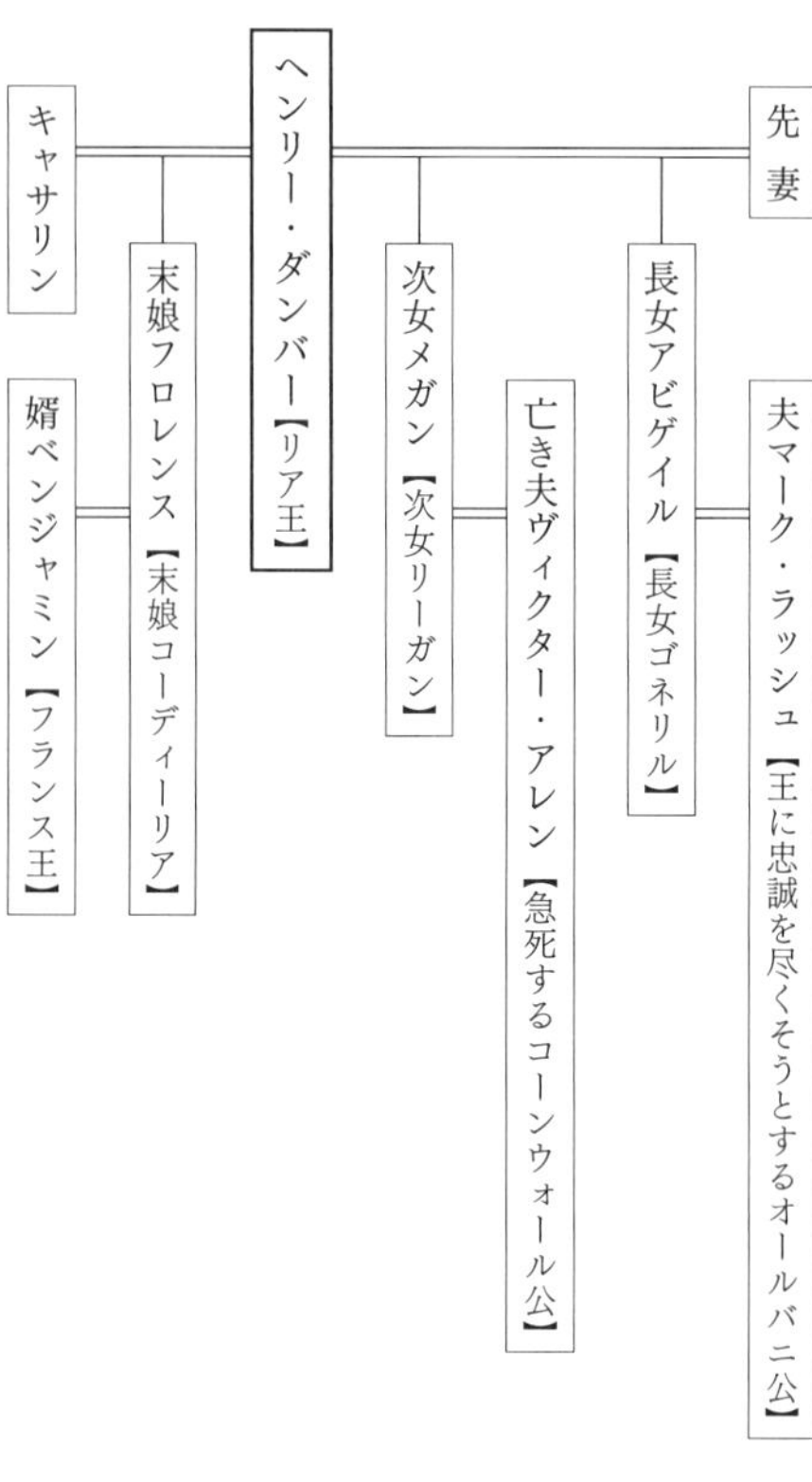

　原作では三人娘の母親は同一だが、『ダンバー』では末娘は後妻キャ

サリンの娘となっている。これは、事故死したキャサリンへのダンバーの尽きない愛情がフロレンスを溺愛する原因となる本作ならではのユニークな設定だ。母親が異なるという新たな設定にすることによって、優しいフロレンスと、悪辣な姉たちの性格付けを区別しようとしたのだろう。ちなみに、セント・オービンの父も、先妻とのあいだに二人の娘を設け、後妻とのあいだに末娘とその弟（セント・オービン）を設けている。

アビゲイルの夫マーク・ラッシュはダンバーに敵視されているにも拘(かかわ)らず、行方不明となったダンバーの捜索に協力しようとする。マークが「長らく抑えてきた妻への反感」（一八三頁）を抱いているように、オールバニ公爵は忘恩の妻ゴネリルを憎悪し、リア王の味方をしようとするため、敵なのか味方なのかはっきりしない。その曖昧さは、本作ではマーク自身が「おれは要するに中立国」（二五二頁）だと述懐することで示される。正しい人なのだろうけれど、どうにも煮え切らないところのある人物だ。

さて、ボブ博士である。アビゲイルとメガンの二人のあいだに横たわるこの人物は、ゴネリルとリーガンの二人を手玉に取り、「姉にも妹にも愛を誓ってやった。（中略）どっちをものにしようか？　両方か？　一方か？　どっちもやめとくか？」（第五幕第一場）と嘯(うそぶ)くエドマンドにほかならない。原作のエドマンドは医者ではないが、出世を狙い、強力な権力を持つコーンウォール公爵に取り入るところは、ボブ博士が強力なユナイテッド・コミュニケーションズ社長スティーヴ・コグニチェンティに取り入るのと同じである。つまり、原作のコーンウォール公爵は、リーガンと死別する夫である点でメガンの亡き夫ヴィクターに相当すると同時に、野望ある権力者ということでコグニチェンティにも相当することになる。

長女アビゲイルよりも次女メガンが凶暴である設定も原作どおりで、次女リーガンはリア王を助けようとしたグロスター伯爵の目を潰すことに異様な興奮を示す。メガンが、ボブ博士の胸に嚙みついたり、運転手ジョージを車の外に放り出してその足を轢いたりするくだりが、この残虐性に呼応している。ことほど左様に『ダンバー』は原作を忠実になぞっている。ダンバーが「ふん、性悪な娘どもが、いまに見ていろ。おれは返り咲くぞ」（二二頁）と言うのは、リア王が「どうやっても取り返すぞ。恩知らずの化け物め！」（第一幕第五場）と叫んで王国を取り返そうとするのと同じだし、ダンバーが突然「おれは誰だ」（三七頁）と唸るのも、リアの「わしが誰かわかる者は誰だ？」（第一幕第四場）という有名な台詞に呼応している。かつて絶対的権威の持ち主であった者がその権威を失ったとき、何者でもなくなる悲哀がここにある。

だが、ダンバーもリア王も、権威を失おうと、その激しい怒りを失うことはない。どちらの作品においても、長女と次女はその権力を掌握したはずなのに、父親の存在に振り回される。「執行しない会長職って、いったい何のことよ」（二八頁）とアビゲイルは言い、「愚かな年寄りね、いったん手放した権威をいつまでも振り回そうとするなんて！」とゴネリルは言う（第一幕第三場、クォート版のみ）。なお、セント・オービンは、長女と次女を悪女として捉えているが、それはクォート版の『リア王の物語』の描き方であり、フォーリオ版に基づく『リア王の悲劇』では平板な悪女たちとなっていないことは付言しておこう。この点については、『新訳　リア王の悲劇』訳者あとがきを参照されたい。『リア王』においても『ダンバー』においても、クライマックスは、荒野を彷徨するリア王／ダンバーが、これまでワンマンでやってきた自らの人生を反省し、とくに理由もなく冷たくしてしまった末娘への愛を募らせるところにある。ただし、「わしは罪を犯すよりも犯された男だ」（第三幕第二場）と述べて、自分の愚をなかなか認めようとしない頑固さがリア王にあるのに対して、ダンバーはかなり理性的であり、「自業自得。そうとしか解釈のしようがない。さんざん人を踏みつけにした罰を、いまになって受けている。（中略）つまり、アビゲイル、メガン、いわんやボブ博士ごときの所業とくらべても、それどころではない悪事を重ねたのが、ほかならぬダンバーということだ」（一〇八頁）と理解している。荒野を彷徨うときも、リア王は狂乱状態だが、ダンバーは追っ手に捕まらぬように巧みに立ち回るアクション・ヒーローのようなところがある。そのあたりは、現代小説ゆえに、主人公をより魅力的にパワーアップしたというところだろうか。ダンバーは、リア王より遥かにタフで知的だ。

圧巻なのは、第一一章で山野のなかをぼろぼろになりながら彷徨い、苦悩し絶望するダンバーの詳細な心理描写だ。原作ではグロスター伯爵が椅子に縛り付けられて目を潰され、その後、死を決意して架空の断崖から飛び降りるが、そうした苦悩もすべてダンバーが引き受ける。ダンバーが己の所業を深く反省し、「積年の罪悪が転じて目を潰す毒になる。（中略）目玉を剝き出しにされ、目潰しの劇薬をたらりたらりと落とされる」（一六四〜一六五頁）と考え、「架空の断崖から飛び降りる」ことで最愛の娘にひどいことをした己の悲しみの深さを見せたいと願う（一六六頁）のは、グロスター伯爵の苦悩がダンバーに転移していることを示す。

その後、ダンバーは山野で元牧師のサイモン・フィールドと出会い、苦しんでいるのは自分ひとりではないと気づく。リア王が嵐のなかでエドガーのいる小屋に避難することを考えると、ダンバーを洞窟へ連れて行ってくれるサイモンはエドガーに相当するのだろう。サイモンを牧師に設定したのは、聖書からの引用を繰り返させるためだろうか。サイモンが「『もし盲人が盲人を手引きするなら、ふたりとも穴に落ち込むであろう』マタイによる福音書、第十五章十四節」と言う（一七〇頁）のは、グロスター伯爵が「これもご時世だ、狂人が盲の手を引くのは」（第四幕第一場）という台詞と呼応し、『（前略）すべてのわざには時がある。生るるに時があり、死ぬるに時があり（後略）』伝道の書、第三章一—二節」と言う（一八五頁）のは、エドガーが言う「辛抱が肝心だ。この世を去るのは、生まれ出てくるときと同じ。時が満ちるのを待つしかない」（第五幕第二場）に呼応する。

ただし、サイモンが「助けてくれ」と叫び、「ブーツが脱げなくて困っている」（一七〇頁）と訴えるのは、サミュエル・ベケット作『ゴドーを待ちながら』のエストラゴンを思わせる。不条理という点で『リア王』に通じる作品だ。セント・オービンの解釈の深さを示す一例と言えよう。そんなサイモンもいつのまにか物語から消え去り、ダンバーは、原作の筋書きどおり、末娘に救済される。ダンバーは再び最愛の娘とともにあることの奇跡に驚愕し、その後錯乱して眠ったあと目を覚ます。彼はこの現実を受け入れられず、「おれの末娘に似てる」と口走り、娘だとフロレンスに言われても「いや。そんなはずはない」と返す（二一八頁）——このあたりの展開も原作と同じだ。こうして夢のような再会をしたのみならず、末娘に愛されていることを確かめられてようやくリア王が心の安らぎを取り戻したのも束の間、姦計によってコーディーリアが殺される原作の展開も忠実になぞられる。

エンディングの解釈については、前述の作者インタビューが大きな手掛かりを与えてくれる。セント・オービンは、ブルック演出の『リア王』があまりに荒涼たる不条理の世界であったことにショックを受け、次のように語っている――「不条理性と悲劇は同じものでない。何もかも意味がないなら、悲劇すら成立しないことになる。リアは、何らかの洞察を得なければならない。そしてその洞察が無に帰するのだ。愛を再発見しながらも愛が消えてしまうがゆえに、悲劇なのだ。なにもかも無意味で無慈悲に悲惨なら、悲劇にはならない。だから、罪が贖われる感覚が必要であり、それが空しくなることで悲劇の経験をすることになるのだ」。また、一五〇年以上舞台を席巻したハッピーエンディング版ネイハム・テイト翻案の『リア王』（一六八一年初演）――最後にリア王は王権を取り戻し、コーディーリアはエドガーと結婚してめでたしめでたしとなる――にも言及して、「ハッピーエンディングにするのは、ちがう」と語っているので、フロレンスの元恋人クリスのイメージは、ネイハム・テイト版のエドガーに重ねられていると考えてまちがいないだろう。

『ダンバー』がリア王の死で終わるのではなく、クリスがもはや希望もなく横たわるフロレンスの息遣いを見守るイメージで締めくくられるのは、かつてあった愛を慈しみ、そしてそれが無となった悲劇性を示すためと言ってよいだろう。そしてまた、最後にウィルソンが、人は皆死ぬが、人が大切にしたことは壊れるものではないという趣旨のことを言うのも、贖罪はなされたという点に救いを見出だそうとする解釈と考えられる。
二〇一四年にロイヤル・ナショナル・シアターで上演された、サム・メンデス演出、サイモン・ラッセル・ビール主演『リア王』でコーディーリアを演じたオリヴィア・ヴィノールは、BBC『シェイクスピア その魅力に迫る』シリーズ2（日本語字幕版は丸善出版より刊行）において次のように語っているが、これはまさにセント・オービンの解釈と同じだ——「『リア王』はとても悲劇的で、荒涼としているけれど、少なくともリアとコーディーリアの心が通じ合う瞬間があり、それは何物も壊すことができない。その瞬間が何にもまして大切なのです」。

セント・オービンがいかに『リア王』の本質をしっかりとつかんで、現代版『リア王』を現出したのかがよくわかるだろう。

最後に、セント・オービンは、『リア王』の歴史的背景についてはジェイムズ・シャピロ著『リア王』の時代——一六〇六年のシェイクスピア』から学んだと語っているが、この本の邦訳は私の翻訳で白水社から刊行されていることを付言しておこう。オービンの思考のあとを辿りながら『ダンバー』を読み返せば、さらに得るところも大きいかもしれない。

エドワード・セント・オービン

1960年生まれ。イギリスの作家。男爵家の末裔として生まれ、イギリスとフランスで育ち、名門ウエストミンスター・スクールを経てオックスフォード大学で文学を学ぶ。幼い時に父親から性的虐待を受け、のちにアルコール依存症、ヘロイン中毒に苦しむ。その半生を基につづった小説「パトリック・メルローズ」シリーズ（全5作）が高く評価され、なかでも『マザーズ・ミルク』はフェミナ賞外国小説賞を受賞、ブッカー賞の最終候補作に。シリーズはベネディクト・カンバーバッチ主演・製作総指揮でテレビドラマ化された。

小川高義（おがわ・たかよし）

1956年生まれ。翻訳家。東京工業大学名誉教授。東京大学大学院修士課程修了。著書に『翻訳の秘密　翻訳小説を「書く」ために』（研究社）。訳書に『オリーヴ・キタリッジの生活』『オリーヴ・キタリッジ、ふたたび』（エリザベス・ストラウト 早川書房）、『停電の夜に』『低地』（ジュンパ・ラヒリ 新潮社）、『ねじの回転』（ヘンリー・ジェイムズ 新潮文庫）、『老人と海』（アーネスト・ヘミングウェイ 光文社古典新訳文庫）、『アッシャー家の崩壊／黄金虫』（エドガー・アラン・ポー 光文社古典新訳文庫）他多数。

河合祥一郎（かわい・しょういちろう）

1960年生まれ。東京大学大学院総合文化研究科教授。東京大学及びケンブリッジ大学にて博士号取得。専門はシェイクスピア。著書に『ハムレットは太っていた！』（白水社）、『シェイクスピア 人生劇場の達人』（中公新書）など。訳書に『暴君　シェイクスピアの政治学』（スティーブン・グリーンブラット 岩波新書）、『若い読者のための文学史』（ジョン・サザーランド すばる舎）など。角川文庫よりシェイクスピアや児童文学の新訳を刊行中。

語(かた)りなおしシェイクスピア2　リア王(おう)
ダンバー　メディア王(おう)の悲劇(ひげき)

2021年3月10日　第一刷発行

著者　エドワード・セント・オービン
訳者　小川高義(おがわたかよし)
編集　株式会社　集英社クリエイティブ
〒一〇一－〇〇五一
東京都千代田区神田神保町二の二三の一
〇三－三二三九－三八一一
発行者　徳永　真
発行所　株式会社　集英社
〒一〇一－八〇五〇
東京都千代田区一ツ橋二の五の一〇
電話　〇三－三二三〇－六一〇〇（編集部）
〇三－三二三〇－六〇八〇（読者係）
〇三－三二三〇－六三九三（販売部）書店専用
印刷所　大日本印刷株式会社
製本所　加藤製本株式会社

ISBN978-4-08-773506-2　C0097